KB010191

솔러스의 여정, A40 도로

투팅 벡에서 **로슬레어**까지

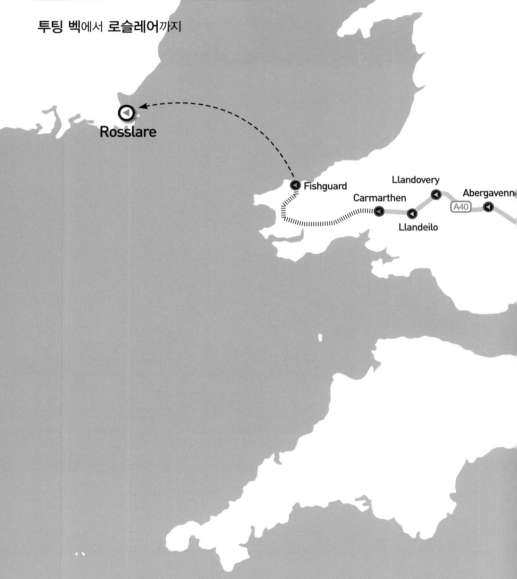

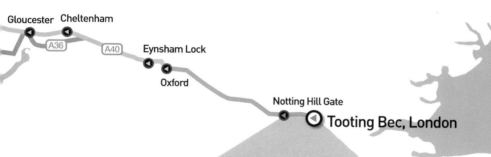

Gloucester Cheltenham

A36 A40

Eynsham Lock

Oxford

Notting Hill Gate

Tooting Bec, London

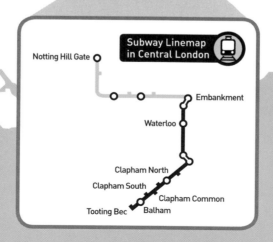

Subway Linemap
in Central London

Notting Hill Gate

Embankment

Waterloo

Clapham North

Clapham South

Clapham Common

Tooting Bec Balham

나는 솔러스

＊ 일러두기
본문에서 [ ]는 지은이의 글이고, ( )는 옮긴이의 주입니다.

나는 솔러스

시본 도우드 지음 ㅣ 부희령 옮김

생각과느낌

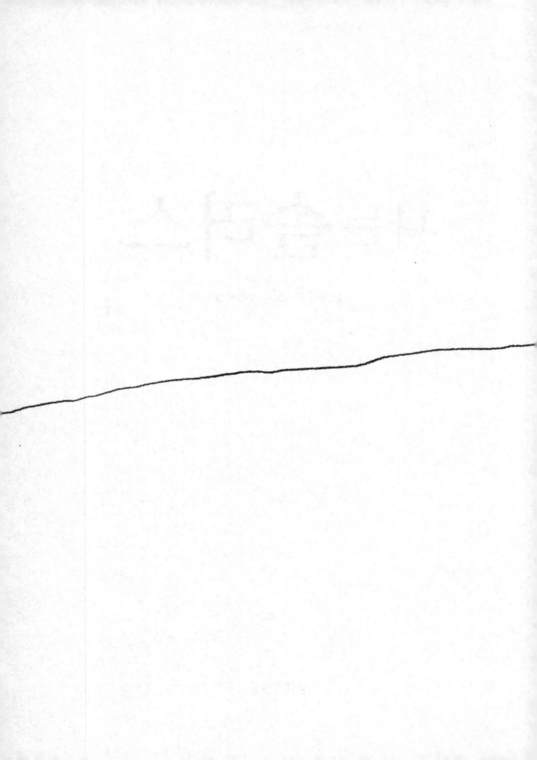

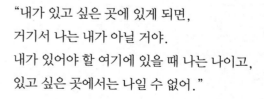

"내가 있고 싶은 곳에 있게 되면,
거기서 나는 내가 아닐 거야.
내가 있어야 할 여기에 있을 때 나는 나이고,
있고 싶은 곳에서는 나일 수 없어."

아일랜드 민요 〈잔인한 케이티〉에서

1. 피시가드

나는 자동차들이 늘어서 있는 줄에 슬쩍 끼어들어, 누가 봐도 놀랄 만큼 침착하게 배에 올라탈 방법을 찾고 있었다.

햇빛에 반짝이는 금발의 가발을 쓴 채, 나는 태연하게 이리저리 거닐었다. 그때 적당한 차가 눈에 띄었다. 번쩍이는 짙은 남색 7인승 사륜구동 차였고, 아이들은 없었다. 머리카락이 희끗희끗한 노인네들이 차에서 막 내렸다. 앞문이 활짝 열려 있었다. 두 사람은 몇 미터쯤 앞으로 걸어가 바다를 둘러보더니, 줄 앞쪽에 서 있는 누군가와 이야기를 나누었다.

그들은 백 퍼센트 '꼰대'들이었다. 추레한 늙다리들.

나는 차 안을 흘낏 들여다보았다. 코트와 잡지, 신문이 흩어져 있었다. 어린이용 카 시트가 있었지만, 아이는 없었다. 차 안은 어질러져 있었다. 딱 좋았다. 나는 조수석 문을 통해 차 뒷좌석으로 비집고 들어갔다.

개털 냄새와 플라스틱 냄새가 뒤섞여서 났다. 나는 바닥에 웅크리고 앉아 코트를 뒤집어썼다. 조용했고, 어두웠으며, 아무런 움직임도 없었다. 바람 소리도 들리지 않았다.

나 혼자 힘으로 아일랜드로 갈 작정이었다.

나는 기다렸다. 살갗에 소름이 돋았다. 코가 씰룩거렸다. 씨, 아파 죽겠네. 내가 지금 여기서 뭘 하고 있는 거야? 마치 한밤중에 꿈을 꾸다가 갑자기 깨어났는데, 내가 꿈이랑 똑같은 장소에 있고 그 꿈이 현실이라는 것을 깨달은 느낌이었다. 나는 벌떡 일어나 밖으로 뛰쳐나갈 뻔했으나, 때마침 차 주인들이 돌아왔다. 몸이 굳었다. 그들이 안으로 들어오자 차가 흔들렸다. 그때 가발이 벗겨졌다. 머리 한쪽 옆으로 가발이 미끄러져 떨어지려 했지만 어떻게 손쓸 수가 없었다. 나는 눈을 찡그리고 이를 앙다물었다. 차 주인들이 이야기를 나누기 시작했다. 문이 쾅 닫혔고, 차의 시동이 걸렸다.

"출발 시간이 된 것 같은데."

꼰대 씨가 투덜거렸다.

"아침 내내 이러고 있다니."

"꼭두새벽에 출발하자고 한 건 당신이잖아. 내가 아니라."[꼰대 여사의 말.]

"만일의 사태에 대비해서 그런 거지."

"당신과 당신에게 일어날 만일의 사태겠지."

"타이어가 펑크 났던 때는 어쨌어?"

"타이어가 펑크 났던 때는 어쨌느냐고?"

"그때는 우리가 일찍 출발하기를 잘했다고 당신도 그랬잖아."

"그건 몇 십 년 전 일이야. 손자들이 태어나기 전, 자식들도 태어나기 전이라고!"

"좋아. 만일의 사태는 언제든지 또 일어날 수 있지."

"성자들이여 우리를 지키소서! 제발, 우기지 좀 말아. 저 사람이 우리가 탈 차례라고 손을 흔드네."

나는 그들이 무슨 말을 하고 있는지 알 수 없었다. 마~닐~의사~태. 그것은 클론 존에서 파는 괴상한 칵테일 이름처럼 들렸다. 차 안에 있는 꼰대들은 내가 아는 아일랜드 사람들과는 다른 별난 말씨를 썼다. 엄마나 악몽 같은 데니 아저씨의 말씨와 비슷하지 않았다. 미코의 말투와도 확실히 달랐다. 하지만 두 사람이 말다툼을 해서 다행이었다. 그 때문에 뒤를 돌아보지 않았으니까. 꼰대 씨가 가속기를 밟았다. 차가 서서히 앞으로 나아갔다. 우리 차는 이미 매표소에서 티켓을 산 게 틀림없었다. 페리 승선 관리자가 티켓을 확인하는 소리가 들렸으니까. 관리자는 뒷좌석 바닥에 불룩 튀어나온 물체를 눈여겨볼 것인가? 이제 내 운은 바람 앞에 걸린 등불이었다. 가발 없이는 솔러스도 없다. 나는 예전의 평범한 홀리 호건으로, 아무도 원하지 않는 그 소녀로 다시 돌아갈 것이다. 하지만 그런 일은 일어나지 않았다. 기적이었다. 차는 덜컹거리면서 배와 연결되는 통로 위에 올라섰고, 소리가 메아리처럼 울렸다. 사람들 목소리와 차 문이 닫히는 소리, 금속이 부딪치는 소리들이었다. 저 아래 어디에선가 배의 엔진이 뜨거운 열을 뿜어내며 돌고 있었다. 코트 자락 아래 숨어 있었음에도 올라오는, 이상한 열기와 배관과 머리 위를 짓누르듯 낮게 드리워진 천장을 느낄 수 있었다. 그것은 아동보호치료시설에 갇혔을 때, 사람들에게 꽉 붙잡혀 몸을 움직일 수 없던 것과 비슷한 느낌이었다.

나는 숨을 쉴 수 없었다.

"음식 챙기는 거 잊지 마."

꼰대 씨가 잔소리를 했다. 목소리가 바로 옆에서 말하는 것처럼 크게 들리는 걸로 보아 이제 차가 배 안에 들어와 있는 듯했다.

"여기 내 발치에 잘 뒀어."

"좋았어, 치즈를 얹은 파르마햄처럼 되겠군."

"아이참, 조용히 해."

"농담도 못 하나."

"여섯 시간 동안이나 이 비좁은 곳에 갇혀 있으면 그렇게 돼. 이번 여행 내내 비가 오네. 자, 차에서 좀 내리자."

"코트를 입을까?"

'그래. 드디어 잡히는구나.'

"쪄 죽을 일 있어? 선크림이 필요한 때라고."

꼰대 씨가 웃었다.

"당신은 참 특이해. 거기 가방 좀 건네줘."

물건을 이리저리 정리하는 소리가 들렸다. 두 사람이 내릴 때 차가 마구 흔들렸다.

"여기 있다가는 속이 뒤집어지겠어. 곧장 갑판으로 올라가자."

꼰대 여사가 말했다.

'지금 들키거나 영원히 안 들키거나 둘 중 하나다. 두 사람이 다시 한 번 차 안을 훑어보면 나를 발견할 것이고, 그렇지 않으면 나를 발견하지 못할 것이다.'

그 순간 차의 앞문이 쾅 닫혔다. 그러고 나서 내가 예상하지 못했던 일이 일어났다.

철커덕.

내가 차 안에 있는데 순식간에 문이 죄다 잠겨 버렸다. 오, 맙소사. 두 사람의 희미한 목소리가 사라져 갔다.

차 안에 있는데 누가 밖에서 문을 잠그면, 차 밖으로 나갈 수 있나?

차 밖으로 나갈 수 없으면, 유리창은 열 수 있나?

유리창을 열 수 없으면, 차 안에서 얼마나 오랫동안 숨을 쉴 수 있나? 아일랜드 해협을 건너는 동안 버틸 수 있나?

밖으로 나가기 전에 산소를 다 쓰면, 나는 죽는 건가?

약이 잔뜩 오른 벌떼처럼 이런 질문들이 머릿속에서 윙윙거리며 맴돌았다. 몸이 뻣뻣하게 굳었다. 여기저기서 문 닫히는 소리가 들렸다. 사람들이 지나갔다. 누군가 부딪히면서 차가 흔들렸다. 차에서 나는 소리와 사람들의 말소리가 점점 사라져 갔다. 이제 나에게 들리는 소리는 배에서 나는 뜨겁고 커다란 소리뿐이었다.

나는 얼굴을 덮고 있던 코트 자락을 걷어 냈다. 크림색과 초록색 얼룩들이 있는 자동차 천장이 눈앞에 나타났다. 얼룩들이 녹아서 사라지고 그 대신 스카이 하우스가 보였다. 스카이 하우스는 오래전 엄마와 마지막으로 살던 곳이다. 유리창 밖으로 온통 구름이 보였다. 엄마와 데니 아저씨는 말다툼을 했다. 그러고 나서 둘은 웃었고, 엄마의 투명한 음료수 속에 있는 얼음이 달그락거렸고, 나는 텅 빈 치약 튜브를 내밀었다.

'아니야. 이게 아니라.'

나는 칠판에서 분필 자국을 지우듯 그 장면을 지웠다. 엄마는 다시 거울 앞에 앉아 있었다. 몸에 착 달라붙는 검은 홀터 넥(어깨가 드러나도록 목 뒤에서 끈을 매어 입는 옷) 드레스를 입은 채. 집 안에 앉아 있었는데 엄마의 머리카락이 바람에 헝클어져 있었다. 나는 엄마의 머리카락을 빗질했다.

'훨씬 보기 좋네. 홀리, 멈추지 말고 빗질을 계속해.'

하지만 나는 여기 홀로 크림색과 초록색 얼룩들 아래 있었다. 뜨거운 눈물이 뺨 위로 흘러내렸다. 사람들은 왔다가 가 버렸다. 좋은 사람들이든, 나쁜 사람들이든, 나에게 관심을 가졌던 사람들이거나 전혀 그렇지 않던 사람이거나. 오직 나 혼자 남았다. 쿵쿵 소리가 울리는 텅 빈 배 안에. 나의 꿈인 아일랜드가 나를 향해 윙크하는 것을 보았지만, 배를 타고 어떻게 꿈을 향해 갈 수 있을까? 꿈은 거울과도 같은 것이다. 꿈을 향해 걸어가면 차가운 유리벽이 길을 가로막는다.

아일랜드. 물결치는 푸른 풀밭.

엄마가 노래를 부르고 있다.

'달콤한 꿈은 이것으로 만들어지지.(영국 혼성 2인조 유리스믹스Eurythmics의 대표곡인 〈달콤한 꿈Sweet Dreams〉의 첫 소절. Sweet Dreams are Made of This.)'

젖소들이 언덕을 넘어가고 있고.

자유.

개들이 배를 드러내 보이며 즐겁게 짖어 대는 곳.

그리고 엄마가 미소를 짓는다.

'고향에 온 것을 환영한다, 사랑하는 아가야.'

나는 뒷좌석에 앉아 무릎 위에 놓인 가발을 쓰다듬었다. 차의 시트는 회색 가죽이었고 부드러웠다. 뺨이 타는 것처럼 뜨거웠다. 나는 심호흡을 했다.

'진정해, 홀.'

나는 문을 열어 보려 했다.

잠겨 있었다.

창문을 내리기 위해 버튼을 눌렀다.

작동되지 않았다.

'침착해, 얘야.'

밖을 내다보았다. 희미한 불빛 아래, 자동차 범퍼들이 줄을 맞춰 서 있었다. 칙칙한 색깔들이었고, 유리창마다 아무것도 보이지 않았다. 그때 배가 휘청하며 흔들렸다. 차와 내가 함께 움직였다.

이크. 꼰대 여사의 말이 옳았다. 여기는 지옥의 맨 밑바닥이었다. 나의 위장이 몸의 나머지 부분보다 반 박자쯤 늦게 기울어졌다. 나는 유리창에 쾅 부딪쳤다. 나는 트럼펫처럼 비명을 질러 댔지만 흔들림은 그치지 않았다. 답답한 열기 때문에 나는 정신을 잃을 것 같았다.

나는 생각했다.

'엄마, 저 밖 어딘가에 있잖아요. 풀밭이 있는 저 건너편에. 어서 와서 나를 데려가요.'

'나를 내보내 주세요. 제발. 누군가. 아무나.'

'나를.'

'밖으로.'

'내보내 주세요.'

배가 요동을 쳤다. 나는 비명을 질렀다. 주먹으로 유리창을 두드렸다.

어둠이 마치 담요처럼 나의 뇌를 감쌌다. 저 아래에서 바다가 입을 크게 벌렸다. 그러나 아무도 오지 않았다.

2. 입양 가능성

　어둠 속에서, 나는 여행을 처음 시작한 곳으로 되돌아가고 있었다. 걸어온 길이 발밑에서 사라져 갔고, 산과 성, 그리고 언덕들과 아스팔트들이 무너져 내려 나는 다시 출발점에 있었다. 내가 보육원을 떠나던 때로 되돌아갔다. 그것은 미코 때문이었다.

　"미코!"

　나는 큰 소리로 외쳤다.

　"미코? 어디 갔었어요?"

　미코는 내 마음속에서 나를 향해 미소를 짓고 있었다. 문 높이만큼 큰 키에 구레나룻이 덥수룩한 모습으로. 미코는 기타를 등에 멘 채 언덕 꼭대기에서 나를 내려다보고 있었다.

　'서둘러, 서둘러, 홀리 호건.'

　미코는 노래했다. 그것은 미코가 다 함께 데번으로 놀러 갔을 때 나를 위해 만든 노래였다.

　'네 발밑에서 길이 사라지기 전에.'

그러더니 미코는 고개를 가로저으면서 몸을 돌려 사라져 버렸다.

미코는 템플턴 하우스에서 나의 보호와 감독을 담당했던 키 워커(어떤 단체나 시설에서 각각의 구성원을 가장 가까이에서 관리하고 담당하는 직원)였다. 그것은 그가 나에게 특별한 관심을 가져야 한다는 의미였다. 우리는 마이클이라는 이름을 줄여서 미코라고 불렀다. 그는 팔뚝에 유니콘 모양의 문신을 하고 있었고, 온갖 일들, 그러니까 토스트 조각과 잼 단지, 열쇠 뭉치 같은 것들을 요령 좋게 관리했다. 미코는 매트리스를 뒤집어서 벽에 기대어 세우고 그것을 발로 차서 내 머릿속에 있는 못 폭탄(아일랜드공화국군(IRA)이 사용하는 수제 폭탄. 긴 못이 다수 들어 있어 큰 피해를 유발한다.)이 폭발하지 않게 하는 방법을 나에게 가르쳐 주었다. 미코는 아일랜드 사투리를 쓰지는 않았지만, 나와 엄마처럼 원래는 아일랜드 사람이었다. 나는 미코를 좋아했다. 그는 내 편이었다.

나는 열네 살이었다. 나는 미코를 포함해서 거기 있는 그 누구보다도 템플턴 하우스에 가장 오래 있었다. 나는 직원들과 아기들이 새로 들어왔다가 나가는 것을 보면서 살았지만, 미코가 있을 때가 가장 좋았다. 미코는 내 방을 초록색과 흰색으로 칠하는 것을 도와주었다. 창문에는 금색 커튼을 달아 주었다. 그 커튼은 내가 내 친구 그레이스랑 시장에서 발견한 것이었다. 그래서 내 방은 아일랜드를 상징하는 초록색, 흰색, 그리고 금색으로 꾸며졌다. 아일랜드가 내 방으로 들어온 것이다.

내 방은 내가 가진 최고의 물건들로 채워졌다. 벽에 붙어 있는 포스터 속에는 내가 가장 좋아하는 밴드인 '폭풍주의보Storm Alert'의 드류가 불타오르는 갈색 눈으로 지긋이 노려보고 있었다. 침대 위에는 나와 늘 함께 있던 복슬복슬한 개 인형 로자벨을 놓아두었다. 어렸을 때 나는 로자벨을 어디에든 안고 다녔다. 나는 로자벨에게 저녁밥을 조금씩 먹였고, 그것들은 로자벨의 앞발 사이에 쌓여 있다가 사라져 버렸다. 그리고 미코가 나타나서 나에게 말했다.

"홀리, 개가 점점 늙어 가는구나."

그때 나는 열두 살이었다. 그래서 나는 로자벨을 침대 발치에 놓아두었고— 로자벨은 늘 그 자리에서 내 발을 따뜻하게 해 주었다.— 그 뒤로 나는 로자벨이 진짜 강아지인 척하는 놀이는 그만두었다.

그 모든 것들 가운데 나에게 가장 소중한 물건은 선반 위에 올려 둔 조개껍질 상자 속에 있는 엄마의 호박 반지였다.

템플턴 하우스에는 남자애 셋, 여자애 셋, 이렇게 여섯 명의 아이들이 있었다. 남자애들은 뒤쪽에 있는 별관에서 잤고, 여자애들은 2층에 있는 방에서 잤다. 그레이스는 내가 가장 좋아하는 여자애였고, 트림은 내가 가장 좋아하는 남자애였다. 그 애들은 모두 나보다 나이가 한 살 많았다. 트림의 가운데 이름은 트러블trouble(골칫거리)이었고, 그레이스의 가운데 이름은 고저스gorgeous(매우 아름다운)였다. 그레이스와 트림과 나는 거의 매주 일요일마다 지하철을 타고 돌아다녔고, 학교에 가야 하는 날에도 가끔 그렇게 했다. 우리는 '겁나게 겁 없는' 위탁 아동들이었고, 우리보다 어린 애들은 우리를 피했다.

미코는 보고서에 내가 어떻게 나쁜 길로 빠져들었는지 썼다. 다른 애들이 나를 일탈 행동으로 이끄는 것을 막아야 한다는 내용이었다. '다른 애들'은 그레이스와 트림을 가리키는 것이었지만, 미코는 대놓고 말하지는 않았다.

어느 날 미코가 휴게실로 들어오더니 나에게 말했다.

"홀리, 너에게 전해 줄 소식이 있어."

우리는 타이타닉호가 침몰하는 장면을 오십 번째쯤 보고 있는 중이었다. 밖에는 비가 퍼붓고 있었고, 아무것도 할 일이 없었다. 나는 폭신한 1인용 의자에 널브러져 앉아 있었고, 내 다리에 기대어 누운 그레이스의 예쁜 머리카락을 땋고 있었다. 비가 와서 내 눈은 거의 몽롱한 상태로 감겨 있었다. 나는 언제나 비가 내리던 아일랜드로 돌아간 상상을 하고 있었다. 아주 어렸을 때 이후로 가 본 적이 없었지만, 나는 여전히 아일랜드를 떠올릴 수 있었다. 내가 엄마와 함께 푸른 언덕 꼭대기에 서 있다고 생각했다. 엄마는 검은색 홀터 넥 드레스를 입고 있었고, 바람에 물결치는 머리카락이 빛나고 있었다. 그리고 매우 가는 안개비가 내리고 있어서 마치 명주실 사이를 걷는 것 같았다.

우리는 케이트 윈즐릿이 도끼를 가지러 달려가는 장면을 보고 있었다.

"닥쳐."

트림이 미코를 향해 악을 썼다. 〈타이타닉〉은 트림이 가장 좋아하는 영화였다. 〈타이타닉〉을 보고 있을 때 누군가 과자를 오도독거리며 먹기만 해도 트림은 미친 듯이 화를 냈다.

"무슨 소식이요, 미코?"

나는 시큰둥하게 물었다. 그러자 트림이 바로 내 코앞으로 주먹을 휘둘렀다.

미코는 밖으로 나오라고 고갯짓을 했다. 그래서 나는 케이트 윈즐릿이 배의 복도를 질주하는 장면을 뒤로 하고 미코를 따라 온갖 서류를 놓아두는 좁은 직원 사무실로 들어갔다. 서류는 가지런히 정리된 회색 상자 속에 들어 있었고, 아이들의 이름이 적어도 하나 이상의 상자 위에 붙어 있었다. 템플턴 하우스에 오래 있으면 있을수록, 자기 이름이 붙어 있는 상자의 숫자가 늘어난다. 나는 상자를 여섯 개쯤 갖고 있었다.

미코는 회전의자에 앉았다. 나는 창가에 놓인 나무 접이의자에 앉아서 휴지통 가장자리에 발을 올려놓았다. 그 자리에서는 정원이 내다보였는데 비에 젖은 갈색과 회색 풍경이 괜찮았다. 내가 만약 도끼를 든 케이트 윈즐릿이라면 나와 결혼하고 싶어 하는 그 끔찍한 남자를 공격할 거라는 생각을 하면서 미소를 지었다.

"홀리."

미코가 말을 꺼냈다.

"네, 왜요?"

"너는 새로운 소식이 뭔지 알고 싶지? 아니야?"

"아무래도 좋아요."

"위탁 가정으로 가게 될 가능성이 생겼어, 홀리."

나는 어깨를 으쓱해 보였다. 전에도 이런 얘기를 들은 적이 있었다. 아무 일도 일어나지 않았다.

"네가 바라던 바로 그런 사람들이야. 성실하고 친절한 부부. 자녀는 없어."

미코는 마치 내가 로또에라도 당첨되었다는 듯이 입이 귀에 걸린 채 활짝 웃고 있었다. 나는 손을 뻗어 휴지통에서 공처럼 돌돌 뭉쳐진 종이를 꺼내 이쪽 손에서 저쪽 손으로 던지고 받는 동작을 계속했다.

"이번에는 굉장히 운이 좋은 거야."

미코가 말했다.

"오, 그래요?"

"정말이야. 나와 레이철이 그 문제에 대해 이야기를 여러 번 나누었어."

레이철은 나를 담당한 사회 복지사였는데, 미코 같은 키 워커들과는 달랐다. 키 워커들은 정해진 시간에만 보육원에서 생활했고, 사회 복지사는 아침 아홉시부터 오후 다섯 시까지 우리들과 함께 지냈다.

"레이철이 그 부부를 만났는데 정말 착한 사람들 같다던데."

미코가 말을 이었다.

'착한 사람들.'

나는 손가락을 목구멍 속에 집어넣어 구역질 흉내를 냈다.

"그래 좋아. 친절한 사람들이라고 해 두지. 꽤 예쁜 집도 가지고 있대. 빅토리아풍이고 시설도 잘되어 있단다. 너 혼자 쓰는 방도 가질 수 있을 거야. 아까 말했던 것처럼 애들이 없다니까."

"아일랜드 사람이에요?"

내가 물었다.

"뭐?"

"그레이스는 흑인에게만 위탁되잖아요. 그러니까 나도 아일랜드 사람에게만 가기를 원해요."

"이봐, 홀리. 그 사람들 이름은 앨드리지야. 아일랜드식 이름은 아니지. 하지만 영국 사람들 대부분은 조금씩 아일랜드 피가 섞여 있어. 이건 사실이야."

"흠."

"어때?"

"뭐가요?"

"홀리, 어떻게 생각하느냐고?"

나는 종이 공을 미코에게 던졌다. 하지만 내가 겨누었던 미코의 코에 맞는 대신, 그가 재빨리 종이 공을 잡아챘다.

"이게 바로 제 생각이에요. 헛소리 집어치우라고요."

미코가 종이 공을 나에게 다시 던졌고, 나는 그것을 되받아 던졌다. 우리는 몇 번 그렇게 종이 공을 주거니 받거니 했고, 마침내 미코가 헤딩으로 휴지통에 골인시켰다.

"어휴, 홀리."

그가 말했다

"어휴, 미코."

내가 받았다. 나는 웃지 않을 수 없었다. 미코는 내가 아는 가장 훌륭한 축구 선수였다. 프로 구단과 계약하지 않은 사람들 중에서는 말이다.

"나는 위탁 가정으로 가고 싶지 않아요. 여기서 잘 지내고 있어요."

"하지만 학교는, 홀리. 너는 학교에 가지 않잖아. 앨드리지 부부에게 가면 새로운 학교에서 완전히 새로 시작할 수 있어. 더 좋은 학교에서 말이야."

나는 '또 다른 헛소리를 지껄이네.' 하고 말하는 것 같은 눈초리로 쳐다보았다.

"홀리."

미코의 목소리가 나지막해졌다.

"네?"

"나를 위해서 이번 위탁의 기회를 놓치지 마. 그렇게 해 줄래?"

나는 스웨트 셔츠의 지퍼를 올린 다음, 옷을 잡아당겼다.

"하하, 그럴 생각 없어요."

"왜냐하면 홀리, 너에게 알려 줄 게 있어."

"뭔데요?"

"난 여기를 떠날 거야."

긴 침묵이 이어졌다. 나는 유리창 쪽으로 몸을 돌리고 빗방울이 흘러내리는 것을 바라보았다. 빗방울들은 마치 파멸이 예정된 임무를 수행하는 개미들 같았다.

"떠난다고요?"

내 목소리가 조그맣게 들렸다.

"떠난다는 게 무슨 뜻이에요?"

"나는 새로운 직업을 찾으려고 해. 이제 그럴 때가 됐어."

규칙에 따라 키 워커는 일을 그만두면 모든 관계를 끊어야 했다. 영원히.

"하지만 여름에 우리가 하기로 계획했던 일은 어떻게 되는 거예요, 미코? 데번에 다시 가 보기로 했잖아요, 그렇죠? 약속했잖아요. 나에게 파도타기를 가르쳐 주기로 했잖아요, 그렇죠? 미코, 그런 계획들은 어떻게 되는 거죠?"

미코는 아무 대답도 하지 않았다.

"때가 되었다는 건 무슨 의미예요?"

내가 자제력을 잃어 가고 있음을 느낄 수 있었다.

그러자 미코가 내 어깨 위에 손을 올려놓았다.

"오, 홀리."

"미코는 나를 담당하는 사람이잖아요. 미코와 나는 한팀이라고 말했잖아요."

"설명하기 어렵구나. 정말 어려운 일이야. 자……."

나는 입술을 깨물었다 .

"홀리, 나는 떠나야만 해. 이곳에서는 더 이상 내가 할 수 있는 일이 별로 없어. 너는 점점 빛나가고 있고. 내가 계속 주의를 주었는데 말이야. 너한테는 진짜 가정이 필요해. 그게 너에게 어울려. 그리고 앨드리지 부부는 진짜 가정을 갖고 있어. 너를 기다리면서 말이야. 홀리, 내 말을 믿어."

나는 의자에서 일어나 단단한 모서리를 움켜잡았다. 미코에게 내 얼굴을 보이고 싶지 않았기 때문에 창문을 향해 몸을 돌려 음울하게 서 있는 나무들을 노려보았다.

"홀리, 그리고 나는 또 다른 이유로도 그만두어야 해. 교대 근무 때문에 애인과의 관계가 망가지고 있어."

미코는 여자 친구인 이베트에 대해 말해 준 적이 있었다. 그때까지 나는 그런 이름의 여자가 실제 인물이라고 생각해 본 적이 없었다.

"밖이 온통 젖었어요."

"그 사람들을 그냥 한번 만나만 봐. 그다음에 네 느낌이 어떤지 보는 거야, 홀리. 제발 그렇게 해."

나는 잔디밭에 달라붙어 있는 낙엽들을 응시했다.

"쩔어."

"홀리, 그렇게 한다는 말이냐?"

나는 대답하지 않았다.

"아무 조건 없이 그냥 만난다고 할래?"

나는 손을 내저었다.

"그래요, 미코. 좋을 대로 하세요. 난 삼등칸에 있던 모든 아일랜드 사람들이 풀려나는 걸 보러 돌아갈게요."

그리고 나는 휴게실로 돌아왔다. 타이타닉호는 심하게 기울어져 반은 물에 잠겨 있고 반은 물 밖으로 나와 있었다. 그레이스는 바닥에 등을 구부리고 앉아서, 병에 엑스티시XTC(마약 엑스터시를 가리키는 속어)라는 괴상한 이름이 붙은 페디큐어를 발톱에 칠하고 있었다. 방에서 역겨운 탈취제 냄새가 났다. 방 안에서는 늘 역겨운 탈취제 냄새가 났다. 트림은 소파 등받이 위에 올라앉아, 배가 침몰하자 허공을 향해 주먹을 휘둘러 댔다.

　나는 그레이스 옆에 앉았다.

　"그 병 이리 줘, 그레이스. 나머지는 내가 칠해 줄게."

　하지만 나는 병에 담긴 내용물을 쏟고 말았고, 오트밀 빛깔의 양탄자에 보라색 얼룩이 생겼다.

　"이게 미쳤나, 뭐 하는 짓이야?"

　그레이스가 소리를 질렀다.

　"입 닥치고 조용히 해."

　트림이 악을 썼다.

　위탁 가정? 차라리 폭탄 돌리기를 해라.

　미코가 없는 템플턴 하우스? 차라리 타이타닉호를 타는 게 낫지.

3. 잘 있어, 템플턴 하우스

레이 앨드리지와 피오나 앨드리지 부부는 투팅 벡이라는 곳에서 살고 있었다. 나는 두 사람이 보육원으로 나를 보러 왔을 때 그들을 처음 만났다. 미코가 두 사람에게 내 방을 보여 주었고, 우리만 방에 남겨 두고 갔다.

피오나는 키가 작았고 눈 주위에 주름이 자글자글했고 긴장한 표정이었다. 게다가 코는 뾰족했고, 이마를 덮은 앞머리가 집에서 자기 손으로 자른 것처럼 비뚤비뚤했다. 귀에는 종처럼 보이는 귀걸이가 달랑거리고 있었고, 초록색과 붉은색이 드문드문 섞인 두꺼운 점퍼를 입고 있었다. 나는 그 자리에서 그녀가 어떤 사람인지 알아차렸다. 실제 자기 형편보다 더 허름한 옷을 입으면서, 고래들을 구하고자 하는 그런 종류의 사람이었다. 다리가 세 개밖에 없는 개를 굳이 맡아 키우려는 그런 사람 말이다.

침대 위에 앉아 있는 내 옆에 피오나는 마치 오래된 친구처럼 앉았다. 그리고 우아하고, 부드럽고, 정말로 예의 바르게 말을 건넸다. 레이는 말을 많이 하지 않았다. 그는 문 옆에 서서 곁눈질하며 지루해했다. 마르고 단정한 사람이었다. 서로를 소개하는 일이 끝나고 나니, 할 말이 별로 없었다.

피오나가 나에게 생일이 언제인지 물었다.

"홀리라는 이름을 어떻게 생각하세요?"

내가 되물었다.

피오나가 미소를 지었다.

"멋진 이름이지. 네 생일이 아마 크리스마스 무렵인가 보네?"

"모든 사람들이 그렇게 말해요. 하지만 제 생일은 6월이에요."

"6월? 좋은 계절에 태어났구나. 호랑가시나무는 일 년 내내 초록색이잖아, 그렇지 않니?"(홀리Holly라는 이름은 '신성한holy', '호랑가시나무holly'와 발음이 같다.)

"그런가요?"

"그래, 난 그렇게 알고 있어."

"붉은 열매들은요?"

"호랑가시나무 열매들? 그건 아마 겨울에 열릴걸."

좋았어. 그러면 나는 붉은 열매가 달리지 않은, 가시만 있는 호랑가시나무야. 그때 이미 나는 아무리 옆에 앉아 미소를 짓고 고개를 끄덕이고 있어도, 피오나 역시 또 하나의 꼰대에 불과하다고 판단했던 것 같다.

그렇지만 내가 왜 베개 옆에 있던 로자벨을 꺼내 들고 그 개가 아일랜드에서부터 내 애완견이었음을 이야기했는지 모르겠다. 게다가 왜 두 사람의 집에 그 개를 데려가도 되는지 물어보기까지 했을까? 그리고 나서 나는 "으르렁~왈!", 개 짖는 흉내까지 냈다. 그러자 피오나는 웃음을 터뜨렸고, 물론 아무 때나 와도 좋다고 말했다.

그리고 또, 내가 왜 그랬는지 모르겠는데 왜 두 사람에게 아이가 없는지를 물었다. 내가 정말로 알고 싶었던 것은 그들이 나를 데려가고 싶어 하는 진짜 이유였다. 하지만 피오나는 슬픈 목소리로 그녀가 아이를 가질 수 없다고 말했다. 그리고 더 이상 아무 말도 하지 않았다.

두 사람은 그들의 집에서 공동으로 사용하는 부분과 나를 위해 마련한 방에 대해 좀 더 이야기했다. 그러고 나서 둘 다 마치 동업을 하려는 사람들처럼 나와 악수를 한 다음, 내 방에서 나갔다.

두 사람이 가고 난 뒤에 미코가 와서 내 생각이 어떤지를 물었다.

"꼰대들이에요. 둘 다. 백 퍼센트."

내가 대답했다.

"어휴, 홀리. 할 말이 그뿐이야?"

미코가 물었다.

"넵."

"이 일을 계속 추진하고 싶은 거야, 아니야?"

"모르겠음."

그러자 미코는 내가 나가야 할 때가 되었으며, 템플턴 하우스를 떠나는 것이 나에게 더 좋을 것이고, 이곳에서는 상황이 점점 더 꼬여 가고 있다고 다시 한 번 이야기를 시작했다. 나는 머리에 이가 있는 것처럼 여기저기 긁적이면서 딴청을 피웠다. 미코가 목소리를 낮추면서 말했다.

"홀리, 지금 막 연락을 받았는데 다른 직장에서 면접을 보러 오라는 거야. 나는 내 갈 길을 갈 거야."

나는 그를 노려보았다. 나에게 차가운 물을 끼얹은 것 같았다. 만약 미코가 새 직장을 얻지 못하면 어떨까. 그래서 나를 담당하는 키 워커 일을 계속하게 된다면, 그래서 앨드리지 부부가 꺼져 버린다면 어떨까.

'직장을 옮겨야 해. 일 때문에 애인과의 관계가 망가지고 있어.'

"면접이라고요?"

나는 로자벨을 집어 올려 귀를 잡고 빙빙 돌렸다. 나는 만약 새로운 직장의 사람들이 미코를 좋아하지 않으면 어떨까를 생각해 보았다. 또는 그곳의 모든 사람들이 미코를 좋아하면 어떨까도 생각해 보았다. 결국 미코는 새로운 직장으로 가게 될 것이다. 해가 지는 것처럼 당연한 일이었다.

미코가 일어났다.

"그래. 다음 월요일이야. 그러니까 홀리, 생각해 봐. 피오나와 레이의 인상이 좋았어. 그런 사람들은 너에게 백만 번에 한 번쯤 오는 기회야. 시험 삼아 주말을 그 사람들 집에서 보낼 수도 있어."

"오, 그래요?"

"그럼, 홀리. 그렇게 해 볼 생각 있어?"

나는 침대에 누워서 로자벨의 갈색 앞발을 살펴보다가, 발바닥에 돌멩이라도 낀 양, 그것을 꺼내는 척했다.

"으르렁~왈!"

미코가 고개를 기울인 채 문틀에 기대서 있었다. 마치 무엇인가를 기다리는 것처럼. 그래서 나는 로자벨을 들어 개가 으르렁거리는 것 같은 목소리로 말했다.

"오케이. 우리가 꼰대네 집에 가기로 하죠. 으르렁~왈!"

"홀리, 진짜야?"

"네. 좋을 대로."

미코의 얼굴이 환해졌다. 아일랜드가 월드컵에서 이겼을 때처럼.

그리고 그때 나에게 사실은 선택의 여지가 없음을 알았다.

4. 안녕, 머큐셔 로드

피오나와 레이의 집에서 주말을 보내기로 한 날, 그레이스와 트림과 나는 세 가닥 매듭처럼 서로 팔다리가 마구 뒤엉킨 채 서 있었다. 그레이스의 부드러운 뺨과 트림의 깡패 같은 팔꿈치가 느껴졌다. 미코가 템플턴 하우스의 현관 앞에 서서 손짓을 했다.

"홀리, 걔네들을 떼어 버리고 이리 와."

미코가 불렀다.

누구 맘대로.

나를 지하철에 태워서 앨드리지 부부의 집에 데려가는 것은 레이철의 일이었다. 그들은 머큐셔 로드라는 거리에 살았다. 거리의 가로수에는 노란색 잎사귀들이 달려 있었다. 오래된 노란 벽돌에 내리닫이창이 달린, 크고 높은 데다 우아하기까지 한 집들이 늘어선 동네였다. 집들이 모두 우쭐거리며 아래를 내려다보고 있는 것 같았다. 잿빛이 섞인 보라색 지붕들은 하늘과 똑같은 색이었다. 집마다 현관문은 다른 색으로 칠해져 있었다. 일곱 계단을 올라가면 현관이 있었고, 문을 두드리는 멋진 쇠고리들과 우편물을 집어넣는 길쭉한 투입구가 있었다.

"여기네. 22번지."

레이철이 말했다.

"네."

"기분이 어때, 홀리?"

"좋아요."

"불안하지 않아?"

"아니요."

그 집에서 보낸 첫 번째 주말에 나는 피오나가 하라는 대로 다 했다. 피오나가 잠자리에 들지 않겠느냐고 말하면, 그렇게 했다. 피오나가 나에게 말을 걸 때는 이어폰을 뺐다. 나는 그녀와 마치 녹음된 지하철 안내 방송 같은 대화를 하루 종일 나누는 것도 싫어하지 않으려고 노력했다. 그녀의 목소리가 그랬다. 하차 안내 방송을 하면서 열차와 승강장 사이의 거리에 주의하라고 말하는 여자의 목소리처럼 우아하고 가식적이었다.

집은 좋았다. 어디든, 화장실까지도 나무로 되어 있었다. 어디나 깔끔하고 단정했으며 정리가 잘되어 있었다. 금요일에서 일요일까지 나는 숨도 쉬지 않으려고 노력했다.

적어도 피오나와 레이에게는 아이들이 없었다. 싹수 없는 어린 녀석들로부터는 자유로울 수 있으니, 캐버나 가족들에게 보내졌을 때와는 달랐다. 그 집에 있던 버릇없는 녀석은 나를 괴롭혔다. 가장 끔찍했던 건 그 녀석이 나에게 남아 있던 단 한 장의 엄마 사진을 찢은 일이었다. 그것은 마치 내 눈을 칼로 찌르는 것 같았고, 그 녀석의 어머니는 자기 자식이 그런 짓을 했다는 사실을 믿지 않았다.

여기에는 내 방이 있었고, 모든 사적인 생활을 보호받을 수 있었다. 살구색 이불이 덮인 큰 침대가 있었고, 침대는 정말 푹신했다. 열쇠로 잠글 수 있는 서랍장과 긴 거울이 달린 옷장도 있었다. 천장에는 늘어뜨린 유리 전등들이 방 안에 색색의 빛을 비추었다. 창가에는 유리가 깔린 책상이 있었고, 책상에 앉으면 정원과 담쟁이덩굴이 덮인 담벼락이 보였다. 벽 저쪽에는 노란 벽돌과 우쭐대는 창문들이 평범한 사람들을 내려다보고 있었다. 투팅 벡. 튕기시네, 웰.

"마음에 드니? 얼마 전에 이 방을 꾸몄어."

피오나가 말했다.

보육원의 내 방을 떠올렸다. 내가 고르고 미코가 달아 준 금색 실이 섞인 커튼이 품격 있게 창문에 주렁주렁 걸려 있던 모습을.

"좋은데요."

나는 대답했다. 그리고 함께 데려온 로자벨을 꺼내 낮잠을 자도록 베개 위에 올려놓았다.

피오나가 나에게 무엇을 먹고 싶은지 물어보았다. 나는 달걀을 싫어한다고 말했다. 좋아, 피오나가 대답했다. 달걀은 없을 거야. 그리고 나는 피자를 가장 좋아한다고 말했고, 피오나는 나를 위해 피자를 사 오겠다고 했다.

그 집에서 보낸 두 번째 주말도 마찬가지였다. 일요일 밤에는 보육원으로 돌아왔다. 레이가 차로 나를 데려다 주었다. 레이는 운전하면서 모퉁이를 돌 때마다 "이제 거의 다 왔다."라고 말했다. 그래서 입양을 하기로 한 것은 피오나의 생각이라는 것을 알게 되었다. 레이는 나를 보육원에 빨리 데려다 주고 싶어 했다.

크리스마스가 다가왔고, 미코와 레이철은 나에게 깜짝 선물이 있다고 말해 주었다. 앨드리지 부부가 나와 함께 살기로 마음먹었고, 정식 입양을 원한다는 것이었다. 레이철은 두 사람이 나를 좋아하며, 그들과 내가 잘 맞을 거라고 믿고 있다고 말했다.

'그래, 마치 헤비메탈 가수가 발레 수업에 간 것처럼 잘 맞겠지.'

"그 사람들은 얼마 동안 나를 맡기를 바라는 거예요?"

"기한은 정해져 있지 않아, 홀리. 잘됐지 않니? 그 사람들은 정말로 입양을 원하고 있어."

레이철이 대답했다.

"기한이 없다고요? 그러면 언제든지 나를 돌려보낼 수 있겠네요?"

미코가 손을 내저었다.

"홀리, 왜 그 사람들이 너를 돌려보내겠니? 네가 빗나가지만 않는다면 말이야, 안 그래?"

마치 내가 대단한 사기꾼이라도 된 기분이 들었다.

"모르겠어요, 미코. 비행 청소년이 되는 건 엄청 재밌거든요."

미코의 눈썹이 치켜 올라갔다.

"알았어요, 알았다고요. 노력할게요. 하지만 그 사람들이 나를 돌려보내도, 그건 내 잘못이 아니에요. 그 사람들이 나에 대해 알고 싶어 하지 않는다는 거니까요."

"홀리, 기한이 정해져 있지 않은 건 양쪽 다에 해당되는 거야. 네가 더 이상 그 집에 있고 싶지 않다고 결정할 수도 있어."

레이철이 미소를 지었다. 그녀는 괜찮은 사람이었다. 오직 50퍼센트만 꼰대였다. 그레이스의 경우처럼, 결코 가까워지기 힘든 사회 복지사를 만나는 아이들도 있었다. 그런 사람들은 보육원 아이들을 쓰레기 취급한다. 레이철은 그 정도는 아니었다.

1월이 되자, 개학하기 바로 전 금요일에 레이철은 나를, 어쩌면 영원히 있게 될지도 모를, 머큐셔 로드로 데려다 주었다. 레이철이 현관문을 두드릴 때, 나는 뒤로 물러서서 다섯 번째 계단에 서 있었다. 그래야 숨을 좀 쉴 수 있었다. 하얀 깃털 같은 눈이 내렸고, 나는 트림과 그레이스와 함께 세 가닥 꽈배기처럼 엉켜 놀던 생각을 했다. 하지만 자꾸 떠오르는 건 그날 아침에 미코가 나를 마지막으로 포옹했던 장면이었다. 마음속으로 나는 미코에게 자꾸만 안기고 또 안겼다. 그렇게 하면 결국 이것이 마지막이 아닐지도 모른다고, 그러면 미코가 규칙을 깨고 나에게 이따금 편지를 보내거나, 또는 내가 어느 날 거리로 나갔을 때 그곳에 미코가 웃으면서 서 있을지도 모른다는 생각을 했다.

"홀리, 너는 잘 지낼 거야. 나는 알아."

미코가 말했다.

"네, 미코. 잘 지낼 거예요."

"매트리스 걷어차기만 기억해. 아침마다 그렇게 하루를 시작하는 거……."

"알아요, 알아. 확실하게 할게요."

"바로 그거야, 홀리. 너는 똑똑하니까."

하지만 미코는 나에게 휴대 전화 번호 같은 개인적인 연락처를 주지는 않았다. 그날 아침 나는 눈 덮인 투팅 벡의 계단 위에 덜덜 떨면서 서 있었다.

"홀리, 괜찮니?"

레이철이 물었다 .

"네. 괜찮아요. 그런데 좀 추워요."

"그래."

레이철이 계단 맨 꼭대기에 서서 내 팔을 쓰다듬었다.

문이 열렸다. 피오나가 자동차 뒷좌석에 놓여 있는 우스꽝스런 개 인형처럼 고개를 끄덕이며 서 있었다.

"들어오세요. 지독하게 춥네요."

나는 현관문 깔개 위로 걸어갈 때 피오나가 손을 내 어깨 위에 놓는 걸 느꼈다.

"홀리, 너도 알겠지만, 우리 집에 온 걸 환영한다. 진심으로."

피오나가 말했다. 나를 바라보는 그녀의 눈길을 보니 마치 내가 그녀의 새로운 장난감이 된 것 같았다. 그러고 나서 그녀는 목소리를 높여서 레이철과 나에게 말했다.

"차가 준비되어 있어요."

레이철이 떠나자마자 피오나는 망가진 과거를 지닌 비행 청소년을 자기 집에 들이는 게 평범한 일상인 양, 콧노래를 부르며 부엌을 치웠다. 나는 나무 식탁과 그 위에 깔려 있는 깔개를 멍하니 바라보면서 식탁이 정말 새것처럼 윤이 흐른다

고 생각했다. 뜨거운 음료 때문에 생긴 둥근 자국들과 긁혀서 생긴 흠, 볼펜으로
한 낙서들로 뒤덮인 보육원의 식탁을 떠올리자 내 가슴이 묵직하게 아파 왔다.
약을 올리면 트림은 화가 나서 날뛰었고, 미코는 중재하려 했으며, 그레이스는
콩을 먹지 않고 탁자 위로 이리저리 튕겨 냈던 기억이 났다.

　'왜 나는 이 집으로 오겠다고 했을까?'

5. 가발

시간이 흘러갔다. 새로운 학교. 새로운 장소. 새로운 사람들. 새로운 모든 것들. 머큐셔 로드에 있는 집은 묘지처럼 고요했다. 밖에는 눈이 왔다가 녹았고, 날이 밝았다가 저물었다.

피오나는 늘 대화를 하려고 했다. 나는 무슨 말을 해야 할지 생각나지 않았다. 곤란하게도 그녀는 언제나 이것저것 물어보았고, 나는 무슨 말이든 대답해야 했다. 마치 나에게서 무엇인가를 캐내기 위해 냄새를 맡는 것 같았다. 신께 맹세하건데, 나는 뼈 같은 건 묻어 두지 않았다. 나는 피오나와 같은 방에 있지 않으려고 노력했다.

내가 좋아하는 장소는 계단이었다. 세어 보니, 현관 밖에 있는 것까지 포함해서 예순세 단의 계단이 있었다. 나는 집 안에 있는 두 번째 층계참에 앉아 있곤 했다. 그곳은 계단이 구부러지는 곳이었고, 작은 창문이 있었다. 나는 눈이 오는 것과 하늘이 텅 비는 것을 지켜보곤 했다. 로자벨이 무릎 위에 앉아 있는 날도 있었다. 그렇지 않을 때 로자벨은 내 침대 위에 누워 있었다.

피오나가 보고 있지 않을 때, 나는 집 안을 뒤지며 돌아다녔다. 서랍과 찬장을 열어 보았고, 새로운 생각이 떠오를 만한 게 있는지 찾아보았다. 하지만 지루한 물건들만 있었다. 침대보, 수건, 라벤더 향주머니. 모두 그런 것들이었다.

그런데 새집에서 일주일이 지났을 때, 나는 가발을 발견했다.

그것은 예순세 단의 계단 맨 꼭대기에 있는 서랍장 맨 아래 서랍의 비닐 봉투 속에 들어 있었는데 아주 얄팍해서 하마터면 안을 들여다볼 생각을 못 할 뻔했다. 하지만 안으로 손을 살짝 집어넣자 이상한 감촉이 느껴졌고, 곱슬곱슬하면서 부드러운 가는 실들이 만져졌다. 그래서 나는 안을 들여다보았다. 그것은 거의 은색이 도는 창백한 금빛이지만 전체적으로 은은한 광택이 있는 금발 가발이었다. 나는 그것을 꺼내어 층을 이룬 머릿결과 앞머리를 손가락으로 만져 보았다. 안쪽에는 머리카락을 고정시키는 그물망이 갈색 테이프에 붙어 있었다. 주먹 위에 가발을 씌워 보니, 가르마가 있는 곳으로 드러나는 하얀 피부가 머리 가죽처럼 보였다.

창백한 금발의 가발이라니, 완전 죽이는데!

"홀리!"

피오나의 목소리가 아래층에서 들려왔다.

"홀리, 점심 먹자!"

나는 황급히 가발을 쑤셔 넣고 서랍을 닫았다. 피오나가 오후에 시장을 보러 나가면, 그때 가발을 써 봐야겠다고 마음먹었다.

아래층에 있는 피오나는 마치 작살을 맞은 마지막 고래처럼 보였다. 그날은 토요일이었는데도 레이는 일을 하러 나갔다. 나는 부엌 식탁에 앉아 내 앞에 놓인 음식을 뒤적였다. 배가 고프지 않았다. 내 관심은 온통 가발에 쏠려 있었다. 나는 발가락으로 바닥을 톡톡 두드리고 있었다. 그러고 있다가 피오나와 나는 처음으로 말다툼했다. 정말 끔찍하게 엿 같은 일이었다.

내가 보육원에서 폭발할 때는 정도가 너무 심해서 미코는 마치 못 폭탄이 터지는 것 같다고 했다. 내 근처에 있는 모든 것들이 날아갔다. 쿠션. 의자. 운동화.

그리고 미코가 와서 나를 붙잡고 말리면, 나는 팔을 풍차처럼 휘둘렀다. 욕을 하면서 발길질을 하면 기분이 좀 나아졌다. 그때 미코는 말하곤 했다.

"가서 매트리스를 발로 차, 홀리."

그러면 나는 나가서 이층으로 올라가 내 침대의 매트리스를 끌어내려서 할 수 있는 한 힘껏 걷어찼다. 미코는 나에게 화가 나지 않았을 때도 아침저녁으로 그러라고 말했다. 나는 운동화 밑창으로 매트리스 스프링을 힘껏 차다가 땀을 쏟으면서 쓰러지곤 했다. 그래서 다른 애들은 함부로 나를 약 올릴 수 없었다.

하지만 피오나와 점심을 먹던 그날은, 매트리스 걷어차는 것을 잊었다. 게다가 머큐셔 로드에 있던 내 침대의 매트리스는 너무 무거워서 킹콩이라고 해도 들어 올릴 수 없었다. 나는 그저 피오나가 얼른 밖으로 나가서 가발을 한번 써 볼 수 있기만을 바랐다.

"정말 시장에 같이 가지 않을래? 네가 먹고 싶은 피자를 고를 수 있을 텐데."

피오나가 계속 물었다.

"안 갈래요. 집에 있는 게 더 좋아요. 진짜예요."

"확실해?"

"네. 비가 오잖아요."

"이럴 때 쓰라고 우산 같은 게 있는 거지. 너는 이틀이나 밖에 안 나갔어."

나는 잘게 썬 토마토를 접시 저쪽으로 밀어 버렸다.

"이건 차가워요."

"차가운 게 싫으니?"

"네."

"너는 여름을 더 좋아하지?"

도대체 이런 질문의 의도는 뭐라고 생각해야 하는 거지?

"네. 그런 것 같아요."

피오나가 빵 접시에서 또 다른 조각 하나를 집었다.

"나를 이상하다고 생각할지 모르지만, 나는 겨울이 좋아. 1월이 내가 가장 좋아하는 달이거든."

이 여자는 '안' 나갈 건가?

"홀리, 아가야, 내가 구운 빵 좀 더 먹어 봐."

나는 나에 대해서 잘 알지도 못하는 사람들이 나를 "아가야."라고 부르는 것을 참을 수 없다. 그건 나를 열 받게 하는 모든 일들 가운데서도 최고로 열 받는 일이기도 했다.

"이건 집에서 만든 거란다. 순수한 밀가루만으로. 그것도 통밀로."

피오나가 말했다.

나는 손가락을 입에 집어넣고 구역질하는 척했다.

"웩."

"홀리, 그러지 마, 제발."

나는 다시 한 번 그렇게 했다.

"하지 마! 내가 이 모든 음식을 만들어도 너는 이것 대신 그냥 쓰레기만 먹잖아. 진짜 쓰레기들을. 너에게 해가 되는 그런 모든 가공된 인공 물질이 네 몸을 망가뜨리지 않는 게 이상할 뿐이야."

"너에게 해가 되는 모든 가아고옹된 이인고옹 무울질."

나는 빵 덩어리 위에 토하는 척하면서 피오나의 말을 흉내 냈다.

피오나는 빵 덩어리를 재빨리 치웠다. 그리고 빵 자르는 칼을 남겨 두고 부엌의 조리대로 향했다. 빵 보관 통이 달가닥거리는 소리가 들렸다.

"가아고옹된 이인고옹."

나는 빵이 놓여 있던 자리를 향해 손가락을 흔들면서 말했다.

"이제 그만해, 홀리. 레이첼에게 전화해야겠다. 우리, 이야기를 나눌 필요가 있는 것 같아."

못 폭탄이 터졌다. 나는 빵 자르는 칼을 집어 들고 부엌 유리창을 향해 던졌다.

그것은 빗나가서 싱크대 속으로 쨍그랑 소리를 내며 들어갔다. 그래서 나는 일어나 의자를 들어서 다리로 부엌 찬장을 후려쳤다.

"빌어먹을 빵, 빌어먹을 부엌."

나는 고함을 질렀다.

"그래, 얼마든지 일러바쳐. 당신은 내가 없어지기를 바라고, 레이도 내가 없어지기를 바라지. 당신은 내가 눈에 보이는 게 싫은 거야. 그리고 나는 당신의 저 훌륭한 빵이 싫고, 당신도 싫어. 나는 당신 아이가 아니야. 나는 당신 아이가 되고 싶지 않아. 나는 우리 엄마의 아이야, 당신 애가 아니라고."

피오나가 다가와 내 어깨 위에 손을 얹었다.

"홀리! 진정해."

나는 역겹게 뜨거운 그녀의 손가락이 몸에 닿는 게 싫었다. 나는 그녀를 밀쳐내고 부엌에서 뛰쳐나왔다.

이층으로 올라갔다. 내 방문을 쾅 닫고 걸어 잠갔다. 조금 뒤에 피오나가 올라와 방문을 두드렸다.

"홀리?"

"꺼져, 아기도 못 낳는 아줌마야."

침묵.

잠시 뒤에 피오나가 다시 물었다.

"나를 뭐라고 부른 거지?"

"아무것도 아냐."

"아니. 아무것도 아니지 않아. 뭐라고 했지?"

나는 대답하지 않았다.

피오나는 가 버렸다가 십 분 뒤에 다시 돌아왔다.

"나는 시장에 갈 거야."

그녀는 방문을 사이에 두고 말했다. 울고 난 뒤처럼 떨리는 목소리였다.

"돌아올 때쯤에는 나에게 사과할 마음이 생기기를 바란다."

침묵이 이어졌다. 그러고 나서 나는 그녀가 떠나는 소리를 들었다.

아래층 현관문이 닫히는 소리가 들리자마자, 나는 방문을 열고 나가서 위로 올라가 가발을 꺼냈다.

6. 내 이름은 솔러스

나는 꼭대기 층계참으로 가서 서랍 속에서 가발을 꺼내 들고 내 방으로 부리나케 돌아왔다. 그러는 동안 내내 누군가 나를 지켜보고 있는 것 같았다. 유령, 그것도 나쁜 유령이 나를 잡으러 튀어나올 듯했다.

유령을 못 들어오게 하려고 방문을 잠갔지만, 문틈으로 바로 따라 들어왔다.

나는 거울 앞에 앉아 고개를 숙인 채 숨을 돌렸다. 그러고 나서 가발을 썼다.

고개를 들고 거울 속을 들여다보았다. 방안이 좀 어두워진 것처럼 보였다. 창밖에 내리던 비가 눈으로 바뀌어 있었다. 가발의 머리카락과 나의 연한 갈색 머리카락이 가장자리를 따라 뒤섞여 있었다. 반은 홀리 호건이고 반은 정신 나간 낯선 사람이었다.

'침착해, 애야.'

나는 스스로에게 말했다.

'깔끔하게 매만져 봐.'

심장이 두근거리는 것을 느끼면서, 나는 갈색 머리카락을 가발 안으로 집어넣었다. 그리고 매혹적인 은빛 금발 머리카락에 솔질을 한 다음, 앞으로 빗어 내리고, 가르마를 똑바로 탔다.

머리 손질을 끝낸 다음, 나는 솔빗을 내려놓고 또 한 번 숨을 돌렸다. 옆에 놓인 전등의 스위치를 켰다. 방의 구석에 그림자가 생겼다. 나는 다시 거울을 들여다보았다.

거울 속에 그녀가 있었다.

새롭게 모습을 드러낸 여자.

그녀는 홀리 호건보다 나이가 다섯 살 더 많고, 끝내주게 영리하며, 진짜 멋지고 매력적인 여자였다.

그레이스가 매력적인 여자들의 모든 것에 대해 나에게 알려 주었다. 그들은 엉덩이가 날씬하고 화끈할 뿐 아니라, 담배 연기로 고리를 만들어 꼰대들에게 뿜어내는 배짱이 있다고 했다. 온 세상이 그들의 발밑에 있다고 했다.

여자의 눈 속에 엄마의 모습이 조금 보였다. 그녀는 반은 홀리이고 반은 브리짓 호건 여사였다. 하지만 그녀는 우리 두 사람 위로 솟구쳐 올라 다른 삶을 향해 갈 것이다. 그녀는 사람들이 오직 선망의 눈빛으로 쳐다볼 수 있을 뿐, 그녀처럼 될 수는 없는 그런 사람이었다.

그녀의 눈이 깜박였다. 그녀의 입이 벌어졌다. 나는 다시 솔빗을 집어 들었다. 조개껍질로 만든 보석 상자에서 엄마의 오래된 호박 반지를 꺼냈다. 반지는 내 넷째 손가락에는 너무 컸으므로, 그 옆에 있는 가운뎃손가락에 꼈다. 엄마의 목소리가 머릿속에서 들려왔다. 마치 옛날에 스카이 하우스에서 내가 엄마의 머리를 빗겨 줄 때처럼 말하고 있었다. 나는 머리를 빗으면서 눈을 떼지 않고 거울 너머 저쪽을 바라보았다. 그 속에서는 창 너머로 높이 떠 있는 구름이 보였다. 홀터 넥 드레스를 입은 엄마가 나를 보며 미소 지었다. 엄마의 드레스는 하얀 어깨를 드러내 보이며 무릎 위를 감싸 안고 있었다. 엄마의 머리카락은 반짝이며 구불거렸지만, 눈썹은 짙고 찡그린 것처럼 보였다. 엄마는 한쪽 손에 투명한 술잔을 들고 있었고, 다른 쪽 손에는 립스틱을 들고 있었다. 엄마는 춤추는 일을 하러 나갈 준비를 하는 중이었고, 나는 머리를 빗겨 주고 있었다.

"저 여자를 뭐라고 부를까, 홀리?"

엄마가 물었다.

우리는 새로 등장한 여자를 바라보았다.

"몰라요. 뭔가 멋진 이름이어야 해요."

우리는 생각에 잠겼다.

그때 엄마가 생각해 냈다.

"그 경주마 기억나니? 그때 네가 골랐던 말. 데니가 돈을 걸었던 말."

나는 근육질의 밤색 말들이 기린처럼 목을 길게 빼고 들쑥날쑥하게 한 줄로 서 있는 것을 보았다. 세상에서 가장 아름다운 말이 맨 앞에서 잔뜩 긴장한 채 서 있었다. 다른 말들과는 확연히 다른 창백한 황금색의 팔로미노(갈기와 꼬리는 흰색이고 털은 크림색이나 황금색인 말)였다.

"시스터 솔러스Solace(위로, 위안)예요. 기억나요, 엄마."

나는 중얼거렸다.

"여기 이 여자가 그 말과 같은 머리 빛깔이잖아, 그렇지?"

"맞아요."

"빠르겠지?"

"승리자겠죠."

"홀리, 그러니까 우리는 이 여자를 솔러스라고 부르자. 그 말의 이름을 따서 말이야."

"솔러스?"

머릿결이 내 뺨을 어루만졌다.

"그래요, 엄마. 그 말의 이름을 붙여요. 완벽해요. 그녀가 바로 나예요. 내가 바로 솔러스라는 이름의 여자예요. 그리고 나는 이리저리 돌아다녀요. 아무도 나에게 이래라저래라 하지 않아요."

"그렇지, 홀리. 너는 이미 다 이해했구나."

엄마는 내 손 위에 손을 올려놓았다.

"홀리, 빗질을 멈추지 마, 무슨 일이 있어도."

나는 빗질을 멈출 수 없었다.

"솔러스."

빗질을 한 번 할 때마다 뇌까렸다.

"나를 솔러스라고 불러 주세요."

그리고 나는 솔러스였다. 길 위에 있는 솔러스, 모든 것을 떨치고 나와 담배를 손에 든 채, 밤하늘 속으로 걸어가는. 나는 아일랜드를 향해 떠날 것이다. 엄마가 있고 푸른 풀밭이 있는 그곳으로. 엄마가 어느 도시에 있는지는 모르지만, 나는 엄마를 찾게 될 것이다. 반드시 나는 찾아낼 것이다. 나는 아일랜드 바다를 건널 것이고, 신선한 공기를 한껏 들이마시면서, 안개비가 내리는 아일랜드의 언덕 위를 걸어갈 것이다. 엄마가 약속했던 대로. 아무도 내가 가는 것을 막지 못할 것이고, 나는 계속 가고 또 갈 것이다……

아래층에서 문이 닫히는 소리가 들려왔다.

스카이 하우스는 사라졌다. 아일랜드도 사라졌다. 또다시 밖에는 눈발이 휘날리고 안에는 정적이 감도는, 엄청 짜증 나게 튕기는 투팅 벡이었다.

피오나가 벌써 시장에서 돌아왔다. 나는 매끄러운 정수리 주위로 후광이 비스듬히 비치는 듯한 솔러스의 미소를 지었다. 나는 멋있어 보였으나, 사실은 제정신이 아닌 나쁜 애였다.

"홀리."

피오나가 아래층에서 불렀다.

"내려와서 내가 뭘 사왔나 보렴."

나는 가발을 벗어서 베개 밑에 숨기고 그 위에 로자벨을 올려놓았다.

"곧 가요."

나는 문을 열고 난간을 손으로 스치면서 아래층으로 내려갔다. 부엌으로 다가가 문에 기대어 섰다.

"피오나, 다녀오셨어요?"

피오나는 햄과 파인애플이 들어 있는 피자를 사왔다.

"제가 좋아하는 거네요. 고마워요."

나는 몹시 배가 고파서 당장 그 자리에서 피자를 먹을 수 있기를 바랐다.

"우리 아까 있었던 일은 잊어버리자, 알았지, 홀리?"

피오나가 나를 똑바로 바라보았다. 외면할 수 없었다.

"네, 피오나. 좋아요."

"다시는 나를 그런 식으로 부르지 않는다는 조건이야."

나는 웃옷에 달린 지퍼를 만지작거리며 부엌문 앞에 서 있었다.

"앞으로 그러지 않을 거지, 그렇지, 홀리? 부탁해."

"그래요, 피오나."

나는 미코가 늘 쓰던 말투로 대답했다.

"알아들었어요."

피오나는 미소를 지었다.

"고맙다. 너도 알다시피, 아이를 가질 수 없는 건 나에게는 아픈 부분이야."

그녀는 장바구니 속에 손을 집어넣어 귤 한 봉지를 꺼냈다. 그리고 나에게 하나를 건네주었다.

"몇 년 전에 나는 암에 걸렸어."

귤껍질 까는 것을 매우 싫어한다는 것조차 생각하지 못한 채 나는 귤을 받아들었다.

"암이라고요?"

"지금은 걱정하지 않아도 돼. 의사들이 내가 완전히 나았다고 했으니까. 하지만 나는 항암 치료를 받아야 했어. 그게 뭔지 아니?"

나는 공처럼 귤을 이쪽에서 저쪽 손으로 주고받으며 서 있었다.

"글쎄요."

"항암 약을 먹으면, 머리카락이 빠지고 구역질이 나지. 치료를 다 받고 나면 아이를 가질 수 없게 되기도 해."

나는 귤 껍질에 나 있는 작은 구멍들을 뚫어지게 바라보았다.

"으."

겨우 소리를 냈다.

"살기 위해 치른 작은 대가지만, 레이나 나로서는 겪고 싶지 않은 일이었지. 그러니까 다시는 나를 그렇게 부르지 마, 홀리. 부탁이야."

"알았어요."

나는 대답했다.

피오나는 고개를 끄덕이고 시장 봐 온 나머지 물건들을 풀기 시작했다. 나는 그녀를 지켜보다가 귤을 내려놓고 장바구니에서 토마토 통조림들을 꺼냈다. 그리고 그것들이 들어갈 자리라고 생각되는 찬장 속에 집어넣었다.

"그때가……."

피오나가 냉장고 문을 열면서 말을 이었다. 그녀는 냉동 생선들을 냉장고 안에 넣었다.

"내 인생에서 가장 긴 18주였어. 나는 머리카락이 빠진 것을 가리려고 가발을 쓰고 다녔지."

"가발요?"

"그래. 은색이 도는 금발이었어. 나는 그 가발이 싫었어. 그걸 쓰면 뺨이 붉어 보였거든. 하지만 건강해 보이는 붉은 빛이 아니라 반점이 있는 것처럼 보이는 거야. 스카프를 써 보기도 했지만, 차라리 이마에 암환자라는 문신을 새기는 게 나을 지경이었지. 모든 일들이 내가 아닌 다른 누군가에게 일어나고 있는 악몽처럼 느껴졌어, 홀리. 어떤 기분인지 알겠니?"

"그럼요."

나는 말했다.

"그때는 용감한 얼굴을 하고 다녔지. 그런데 그 일을 다 겪고 난 뒤에, 나는 엉망진창이 되었어. 지금 돌이켜 생각해 보면, 오싹해져. 나는 머리카락이 다시 자라지 않을 거라고 생각했는데, 다시 자라더구나. 형태는 달라졌지만."

그녀는 부엌 저쪽에서 미소를 지으며, 구불거리는 머리카락 몇 가닥을 집어서 보여 주었다.

"옛날에는 곧은 머리였어. 이제는 이렇게 되었지. 너에게 가장 나빴던 시기는 언제였니?"

나는 현미가 들어 있는 봉투를 찬장 위에 올려놓으려다가 멈추었다. 그리고 내 머리카락과는 다른, 피오나의 옅은 갈색 머리카락을 멍하니 바라보았다. '아동보호치료시설', '그레이스와 트림과 함께 밤에 나갔다가 경찰에게 체포되었을 때', '가출했을 때 술 취한 미치광이들과 함께 기차에 매달렸던 순간'. 내 머릿속에서 기억들이 뒤엉키며 빙글빙글 돌았다. '스카이 하우스에서 엄마 그리고 데니 아저씨와 함께 지내던 때'.

나는 말을 할 수 없었다. 피오나가 머리카락을 살며시 귀 뒤로 넘겼다. 나는 현미를 조리대 위에 올려놓고 피오나 옆을 걸어서 재빨리 지나쳤다.
아무 말도 하지 않은 채, 피오나가 아무것도 묻지 않은 것처럼.

"홀리?"

피오나가 나를 불렀다. 그러자 귤을 놓고 왔다는 게 생각났다. 그러나 이미 계단을 반쯤 올라온 뒤였다.

나는 위층 내 방 베개 밑에 있는 솔러스를 한 번 더 보러 가야겠다고 생각했다.

7. 짜증나게 팅기고 팅기는 웩, 투팅 벡

겨울은 지나가고 있었고, 다른 사람들이 바쁘게 움직이는 동안 나는 단단하게 얼어붙어 있었다. 앨드리지 부부의 벽난로 위에 놓여 있는 똑딱거리는 시계만이 나에게 시간이 흐르고 있음을 알려 주었다. 금으로 만들어진 그 멋진 물건은 한 시간마다 종을 울렸고, 삶이 마치 솜으로 덮여 있는 듯 둔탁한 툴툴거림을 멈추지 않았다.

피오나는 일주일에 세 번 직장에 나갔다. 그녀는 지적 장애가 있는 아이들에게 읽는 법을 가르쳤다. 그래서 언제나 책에 대해 이야기했으며, 나에게 왜 책을 한 권도 가지고 있지 않은지 물어보았다. 그것은 미코와의 공통점이기도 했다. 때때로 미코는 두 손을 비벼 대면서 말하곤 했다.

"가서 책 같은 걸 좀 읽어 봐, 이 녀석들아."

그것은 우리에게 화성까지 날아가라는 말이나 마찬가지였다. 나는 피오나에게 내가 잡지를 많이 갖고 있고, 그게 지루한 책보다 훨씬 낫다고 말했다. 피오나에게는 사방의 벽마다 책이 가득 꽂힌 책장들이 있었다. 나는 그렇게 많은 책들을 본 적이 없었다. 그것들을 볼 때마다 나는 학교가 떠올라 질겁했다.

학교는 깊고 커다란 구렁텅이였다. 선생님들은 한 명도 예외 없이 모두 그 속에서 잔소리를 일삼는 불평꾼들이었다. 영어를 가르치는 앳킨스 선생님이 가장 끔찍했다. 나는 전쟁에 대해 시를 쓴 시인들에 대한 공부를 끝내고 『제인 에어』를 막 배우기 시작할 무렵 수업에 처음 들어갔다. 전쟁시들은 전쟁이 부질없다고 생각했던 오래전에 죽은 병사들이 지은 것인데, 철조망과 가스 공격, 그리고 고통을 당하는 동료들에 대해 주절대는 내용들이었다.

"홀리, 듣고 있는 거니?"

수업 시간에 앳킨스 선생님이 물었다.

"네, 선생님."

영어 수업을 듣는 학생의 숫자는 홀수였는데 책상은 둘씩 짝을 지어 배열되어 있었다. 그래서 새로 온 전학생 소녀는 한쪽 구석에 외따로 앉아 있어야 했다.

"내가 지금 뭐라고 했지?"

"전쟁 시인들이 얼마나 위대한가, 그런 얘기였죠."

"그게 아니라 내가 정확하게 뭐라고 말했냐는 거야, 홀리?"

나는 얼굴을 찡그렸다.

"아, 네. 전쟁 시인들의 위대한 점은 그들이 모두 죽었다는 점이라고요, 선생님."

반 전체가 웃음을 터뜨렸다. 앳킨스 선생님은 내가 칼로 눈이라도 쑤신 것 같은 표정이었다.

"매우 재미있구나. 아주 우스워. 홀리, 이제 새로 배울 책인 『제인 에어』를 펼쳐 봐. 이 책의 저자도 죽었으니까, 분명히 즐겁게 읽을 수 있을 거야. 처음부터 읽어 보렴."

나는 구식의 긴 드레스를 입은 여자가 나무 아래로 걸어가고 있는 그림이 들어 있는 책을 집어 들었다. '이런, 오래전에 죽은 사람들의 또 다른 헛소리들이 아니길.' 하고 생각하면서. 그 책에는 아주 긴 소개의 글이 붙어 있었고, 내가 첫

부분을 찾는 동안 반 아이들은 계속 킥킥거렸다.

"산책이 전혀 불가능한 날씨는 아니었다."

나는 가장 촌스러운 런던 사투리로 책을 읽었다. 그러자 반 전체가 폭소의 도가니가 되었다. 나는 계속해서 비와 창가에 놓여 있는 의자, 그리고 조류 도감에 대해 웅얼거리며 읽었다. 정말 입이 딱 벌어질 만큼 지독하게 쓰레기 같은 내용이었고, 그래서 나쁜 사촌인 존이 그 여자에게 책을 던지는 부분에 이르렀을 때 나는 반가웠다. 그 제인인가 뭔가 하는 여자는 정말 징징거리는 투덜이였다. 그런데 앳킨스 선생님이 자기 귀가 떨어질 지경이니 그만 읽으라고 말했고 반 아이들이 웃어 댔다. 나는 그 거지 같은 책을 앳킨스 선생님에게 던지고 싶었지만, 수업 끝을 알리는 종이 울려서 그렇게 하지 않았다.

그날 오전 늦게, 그 반에서 힘 좀 쓰는 듯한, 도회지 아이인 카루나가 나를 향해 다가왔다. 그 애는 의자 위에 올라서더니, 책을 거꾸로 들고 나의 런던 사투리를 흉내 내면서 읽었다. 그러고 나서 바닥으로 내려와 자기 귀가 떨어질 뻔했다고 말했고, 반 아이들 모두가 다시 한 번 웃음을 터뜨렸다. 그 애는 마침 내가 손에 들고 있던 저녁 급식비용 수표를 낚아채서 그것을 큰 소리로 읽었다. 나는 그것을 도로 빼앗으려 했지만, 이미 늦어 버렸다. 그 애는 내가 보통의 정상적인 학생이 아니라는 사실을 알아차렸다. 수표의 한쪽 면에는 호건이라는 내 성이 적혀 있었지만, 다른 면에는 피오나의 성인 앨드리지로 서명이 되어 있었으니까. 그 애는 반 전체를 향해 내가 사생아라고 소리를 질렀다. 내가 그 애의 목을 잡고 숱 많은 머리카락을 홱 잡아당기자 그 애가 비명을 질렀다. 그때 프레스턴 선생님이 들어와 나는 거의 밖으로 쫓겨나다시피 했다. 그 선생은 나를 교장 선생님에게 보냈고, 교장 선생님은 한 번만 더 그러면 끝장날 줄 알라고 말했다. 교실로 돌아오자, 프레스턴 선생님이 나를 보며 모든 학생들 앞에서 카루나에게 사과하라고 했다.

"미안해, 카루나."

나는 엄청나게 부드럽고 달콤한 목소리로 꾸며서 말했다.

"미이아안 , 캬루르니아."

우리는 서로를 노려보았고, 그리고 한눈에 둘 다 똑같은 인간임을 알아보았다. 모를 수가 없었다. 나는 미소를 지었고, 그 애도 마주 보며 씩 웃었다. 우리는 한 우리에 있는 두 마리의 고양이 같았다. 쉬는 시간에 그 애는 나에게 담배 한 대를 주었고, 우리는 휴대 전화 번호를 주고받았다. 다음 날 그 애는 나를 아는 척도 하지 않았다. 단짝인 루크가 테네리페 섬에서 돌아온 덕분이었다. 적어도 말은 그렇게 했지만, 루크는 햇볕에 그을린 모습은 아니었다. 어쨌든 그래서 나는 다시 새로 온 전학생 소녀로 돌아갔다. 엄마가 늘 말하곤 했듯이, 해야 할 일이 태산인, 끝없이 이어지는 홀리의 힘든 나날들이었다.

저녁때는 집으로 돌아가 TV 리모컨을 들고 소파에 누워 나를 위한 피자를 먹었다. 내가 피오나에게 내 방에 TV를 놓으면 안 되냐고 물어보았더니, 안 된다고 했다.

"학교에 있는 애들 모두가 자기 방에 TV가 있다던데요."

내가 덧붙였다.

"우리는 모두가 아니야."

'이런 아기도 못 낳는 아줌마가.'

나는 생각했다.

"하지만⋯⋯."

"그래, 그래, 내가 생각 좀 해 볼게."

아마도 그녀는 레이철에게 전화를 했거나 그랬겠지만, 다음 날이 되자 작은 TV 하나 정도는 가져도 될 것 같다고 말했다. 그렇게 하려면 나는 매주 받는 용돈을 조금씩 모아서 값을 치러야 하고, 딱 11시까지만 보아야 한다고 했다. 나는 동의했다.

예전에는 내 방에 TV를 놓아 본 적이 한 번도 없었다. 이렇게 산뜻한 휴대 전화도 가져 본 적이 없었다. 미리 요금을 정해서 지불하는 것이었지만, 작고 가벼웠다. 전에 내가 쓰던 것이 망가져서 피오나가 새로 사 주었다. 사자마자 곧장 트림과 그레이스에게 문자 메시지를 보냈다. 그러니까 걔네도 나의 새 번호를 알게 되었을 것이다.

잘 있냐. 여기 짱 좋다. 사랑해. H.

물론 여기가 짱 좋지는 않지만.

내 방과 휴대 전화와 TV를 갖게 되어서 내가 완전히 천국에 있는 기분일 거라고 생각하는 사람이 있을지도 모르겠다. 위탁 아동 주제에 더 이상 뭘 바라느냐고? 하지만 그건 어느 정도는 잘못된 생각이다. 이 집에서 나라는 존재는 요가 수업에 들어온 마약 중독자 같은 괴물이었다.

예를 들어 담배 피는 것만 해도 그렇다.

피오나와 레이에게는 내가 담배를 핀다는 사실을 말하지 않았다. 그 사람들은 너무 말끔하니까. 그래서 내 방 창가에서만 담배를 피웠다.

어느 토요일에 레이가 담배꽁초를 발견했다.

"홀리."

그가 불렀다. 그는 뒷마당에 있었고, 나는 창문을 조금 열어 놓고 있었다. 나는 코를 밖으로 내밀었다. 바람 속에 무엇인가 새로운 게 있는 것처럼 어떤 떨림이 느껴졌다. 레이가 나를 올려다보면서 미소를 지었다. 그것은 사람들이 다른 사람과 정말로 눈을 마주칠 생각은 없을 때 짓는 그런 종류의 웃음이었다.

"왜요?"

그는 황토색 꽁초를, 마치 칵테일에 꽂혀 있는 우산 장식처럼 빙빙 돌리면서, 들어 올려 보였다.

"이거 네 것이냐?"

"아니요. 저랑 아무 상관없는 거예요."

"그럼 바람이 이걸 떨어뜨리고 갔다?"

"맞아요, 레이. 틀림없을걸요. 바람이요. 굉장히 세게 불었나 보죠."

그는 어처구니없고 슬프다는 듯이 고개를 흔들었다. 그리고 꽁초를 정원의 쓰레기들과 함께 쓰레기통에 던져 넣었다.

"난 예전에 담배를 피웠어. 아는지 모르겠지만."

그는 생나무 울타리를 다듬는 가위를 집어 들면서 말했다.

"그래요?"

"그래. 하지만 난 그게 얼빠진 짓이라는 걸 깨달았지. 그래서 끊었어."

그는 울타리를 다듬기 시작했다.

"찰칵, 철컥."

오후 내내 레이의 가위질 소리가 들려왔다. 나는 창문을 닫고 커튼까지 쳐서 좀 더 사적인 공간을 확보했다. 담배를 피워야 했는데. 하지만 내 용돈의 많은 부분이 TV를 사는 데 들어갔기 때문에 담배를 살 돈이 하나도 없었다. 그래서 나는 가상의 담배에 불을 붙인 다음, 끝내주게 매력적인 여자 솔러스 놀이를 했다. 손톱을 화끈한 빨간색으로 바르고, 가장 짧은 스커트에 비키니 상의를 입고 가발을 쓴 채 거울 앞에서 몸을 흔들었다. 엄마는 메이페어(런던 시내의 유흥가)에 있는 모든 고급 클럽에서 춤을 추었고, 그래서 떼돈을 벌었다. 엄마는 반짝이는 스팽글과 타조 깃털로 장식한 몸에 딱 붙는 바디슈트(몸에 딱 달라 붙는 원피스 형식의 옷)를 입었고, 원하는 모든 것을 가졌다. 그리고 물론, 엄마는 지금 아일랜드 어딘가, 심장이 멈춰 버릴 듯 멋진 곳에 있을 것이고, 앞으로 나도 그곳에 가게 될 거라고 생각한다. 엄마와 나의 출발점이었던 아일랜드로 돌아가면, 나는 엄마와 함께 무대 위에 오를 것이고 우리 두 사람은 짝을 이루어 춤을 추게 될 것이다.

나에게 아일랜드에 대한 기억이 어떤지 묻는다면, 그것은 마치 빗속에서 움직이고 있는 아직 마르지 않은 그림 같은 것이라고 대답할 수 있다. 영국으로 올 때 나는 다섯 살이었다. 내가 떠올릴 수 있는 것은 단지 스쳐 지나가는 몇 장면들뿐이다. 파리 한 마리가 노란색 전등갓 주위를 윙윙거리며 맴돌던 것, 다른 방에서 터져 나온 웃음소리, 교회의 높은 첨탑, 그리고 거리를 내려가면 다리가 있고 그 아래로 내가 막대기를 떨어뜨리던 검은 강이 흐르던 것.

게다가 그곳에는 지금 엄마가 살고 있다. 엄마는 그곳에 있는데 내가 여기에 있다는 건 잘못된 일이다. 엄마는 서둘러 영국을 떠나야 했고, 그래서 사람을 보내서 나를 데려오려고 했는데, 엄마가 미처 그렇게 하기 전에 사회 복지국에서 나를 데려갔다. 그러자 엄마는 나를 어디에서 찾아야 할지 모르게 되었다. 나의 원대한 계획은 내 힘으로 아일랜드에 돌아가 엄마를 찾아내는 것이다. 나는 우리가 원래 살던 코크(아일랜드에서 두 번째로 큰 도시)로 돌아가, 춤출 때 입는 몸에 딱 붙는 옷을 입은 엄마의 사진이 게시판에 붙어 있는 것을 보고 엄마를 찾을 것이다. 가발을 쓰고 춤을 추니 내가 더 성숙해 보였다. 그러니까 나의 계획에 한 걸음 더 다가간 것 같았다.

'엄마, 내가 갈 거예요.'

흔들고, 또 흔들고, 날씬하고 화끈하게.

'엄마가 어디에 있든 나는 엄마를 찾아낼 거예요.'

밑에서 레이의 가위질 소리가 '찰칵, 철컥' 들려왔다. 주위가 어둑어둑해지자, 가발의 빛깔도 달라 보였다. 많은 양의 싸락눈이 쏟아지면서 커튼 뒤에서 유리창이 달그락거렸다.

나는 미소를 지었다. 싸락눈은 신호였다.

'바람이 네 얼굴에 부딪히는 것을 상상해 보라고.'

나는 마음속으로 생각했다. 그 사람들의 표정을 상상해 봐. 푸른 언덕과 작은 도시를 지나쳐 도로와 들판 위를 달리는 자동차들을 상상해 봐. 아일랜드와 바보 같은 개들과 말끔한 보도들과 음악과 우스갯소리에 빠져서 술집에서 밤새 춤추는 사람들을 상상해 봐.

'자유를 상상해 봐, 홀리. 상상해 보라고.'

8. 코스터

위탁 가정의 상황이 어떤지 확인하기 위해 레이철이 사람들을 불러 모았다. 우리 모두는 거실의 멋진 조명 아래 있는 커다란 소파 두 개에 나눠 앉았다. 문어 다리처럼 꼰 여덟 개의 팔 끝에 전구가 달린 조명이 커피 탁자 바로 위에 매달려 있었다. 벽난로 위에서 시계가 째깍거렸다. 피오나, 레이, 그리고 레이철은 차를 마셨다. 그들의 컵은 피오나가 '코스터coaster'라고 부르는, 야자 섬유로 짠 컵 받침 위에 깔끔하게 놓여 있었다. 나 역시 받침 위에 놓인 콜라를 마셨다. 피오나는 마치 우리가 한집에서 행복하게 살고 있는 친구들인 것처럼 밝게 수다를 떨었다. 내가 피오나를 기분 나쁜 호칭으로 불렀던 때의 이야기는 한마디도 꺼내지 않았다.

"홀리, 여기서 행복하니?"

레이철이 물었다.

"네, 좋아요."

내가 대답했다.

"보육원이 그립니?"

"아뇨."

"미코는 이제 거기 없어. 알고 있었니?"

놀랄 일은 아니었지만, 나는 놀랐다.

"없어요?"

"미코는 어린 소년범들을 위해 일하는 직장을 얻었어. 강 건너 북쪽 핀칠리 웨이 쪽으로 갔단다."

나는 강을 건너간 미코를 생각했다. 그리고 '휴!' 한숨을 쉬었다. 그는 갈 거였고, 가 버렸다. 규칙으로 정해져 있기 때문에 그와 모든 연락은 끊어졌다. 메이오 주에 살고 있다던, 제정신이 아닌 그의 아일랜드 가족들에 대한 과장된 모든 이야기들. 오, 맙소사, 그리고 백만 한 명쯤 되는 사촌 형제들과 프랑스의 끝에서 끝까지 차를 얻어 타고 여행 다녔던 시절의 이야기들이 모두 사라졌다. 앞니가 빠져 있고, 머리카락은 완전히 밀어 버렸으며, 트림 주위에서 축구공으로 드리블을 하던 그의 모습도 사라졌다. 미코는 기회만 있으면 자기 얼굴에 주먹을 날리려는 얼빠진 문제아들과 씨름하면서 그들을 순화시키려 애쓰고 있을 것이다.

"하고 싶은 말이 있으면 내가 미코에게 전해 줄까?"

레이첼이 물었다.

"하고 싶은 말요?"

"'새 직장에서 잘 지내기를 빌어요.' 같은 말들 있잖아? 너와 미코는 친구였잖니, 아니야?"

"아마 그럴걸요."

"그러니까 미코에게 하고 싶은 말이 있을 것 같은데?"

나는 어깨를 으쓱해 보였다. 피오나가 나에게 콜라를 더 마시고 싶은지 물었다. 나는 그렇다고 대답했다. 피오나가 콜라를 가지러 부엌으로 갔다. 침묵. 레이가 레이첼에게 이 근처 출신이냐고 물었다. 나는 뺨을 홀쭉하게 만든 채 호화로운 크림색 깔개 위에 운동화 끝으로 나선 모양을 그렸다. 동그라미를 그릴 때마다 템플턴 하우스는 점점 더 쪼그라들었다. 그레이스, 트림 그리고 미코는 세 개의 점이 되었고, 그곳에서 지냈던 세월은 존재한 적도 없는 꿈처럼 되어 버렸다. 나는 미코가 멀리서 빅 벤이 울리는 소리를 들으며, 강 위에 놓인 다리를 건너 북쪽으로 향하는 것을 보았다. 그다음에는 슈퍼 모델이 되기 위해 맵시 있게 걷는 연습을 하는 그레이스를 보았다. 그리고 중국에 카지노를 열어서 백만장자가 될 계획을 갖고 있는 트림의 모습도 보았다. 그레이스와 트림은 둘 다 나에게 문자 메시지를 보내지 않기로 작당이라도 한 것 같았다. 작별 인사가 적힌 카드 한 장 보내지 않았다. 피오나가 나를 위한 콜라를 가지고 왔다. 나는 일어나 아무 말도 없이 그녀를 스쳐 지나 거실에서 나왔다.

방 안에서 나는 가발을 쓰고 솔러스가 되었다. 그녀의 머리를 빗겨 주자, 엄마가 다시 거울 속에 나타났고, 아일랜드 전체를 위해 열심히 빗질을 하라고 말했다. 그리고 나는 스카이 하우스에 있는 승강기가 밤에 일하러 나가는 엄마를 태우기 위해 올라오는 소리를 들을 수 있고, 한 층 또 한 층 올라올 때마다 웅웅거리는 소리를 참을 수 있다고 확신했다.

"홀리?"

피오나가 내 방 문을 두드렸다.

"레이철이 갔어. 너에게 잘 있으라고 전해 달래. 그런데 너 괜찮니?"

"네."

"너무 말이 없어서."

"네."

"안으로 들어가도 될까?"

나는 가발을 베개 밑에 안전하게 숨기고 침대에 누운 채 로자벨을 뭉쳐 배 위에 올려놓았다.

"아마도요."

피오나의 창백한 얼굴이 미소를 띤 채 문가에 나타났다.

"매우 아늑해 보이네."

"네. 고마워요."

"홀리, 괜찮니? 정말로 괜찮은 거야?"

"괜찮아요."

"그런데 꼭 이제까지 울고 있던 것처럼 보여."

나는 로자벨의 귀를 만지작거렸다.

"레이와 내가 생각해 봤는데, 너 템플턴 하우스에 잠깐 다녀오고 싶니? 레이가 차로 데려다 줄 수 있다고 했어. 아마도 다음 주말쯤?"

나는 어깨를 으쓱했다. 아마도 당일로 갔다 오라는 것 같았다. 그때 내 생각으로는, 그레이스와 트림을 만나면 옛날과 다르지 않을 것 같았다. 그레이스가 나의 지퍼 달린 웃옷을 보고 무슨 말을 할지 궁금했다. 그 애는 지퍼를 십 센티미터쯤 더 내려야 한다고 말할 것이다. 그리고 트림은 나를 상대로 태권도 연습을 하려고 하겠지.

"좋아요. 피오나만 괜찮다면요."

피오나는 씩 웃었다.

"잘됐다, 홀. 레이에게 말할게."

그녀는 문을 닫고 나갔다.

'홀?'

단 한 사람, 엄마만 나를 그렇게 불렀다.

나는 문에서 피오나의 얼굴이 위치해 있던 곳을 겨냥해 로자벨을 집어 던졌다.

그러나 다음 주말이 되자 피오나는 약속을 기억하고 있었고, 그래서 레이가 나를 템플턴 하우스에 태워다 주었다.

템플턴 하우스는 달라진 것만 빼놓고 그대로였다. 똑같은 냄새가 났지만, 사람들이 달랐다. 미코가 없어서 텅 빈 것 같았다. 그레이스는 속눈썹을 깜빡이면서 슈퍼 모델다운 목덜미를 쓰다듬었다. 그리고 새 친구 애시에 대해 이야기했다.

애시는 이렇고 애시는 저렇다면서. 그레이스의 목소리는 어색했고, 별 이유 없이 실실 웃었다. 나는 그 애가 무엇인가 숨기고 있다는 것, 그리고 사실은 내가 떠나기 직전부터 그랬다는 것을 깨달았다.

"트림은 어디 있어?"

내가 물었다.

"트림? 걔는 아동보호치료시설로 돌아갔어. 달리 갈 데가 있겠어? 자업자득이지."

"왜? 이번에는 무엇 때문에?"

"자동차 타이어를 칼로 그었대나 그렇다던데. 뭐든 어때. 누가 상관이나 한대? 트림과 나는 전과가 있으니까."

그 애는 무심하게 말했고, 더 웃어 댔다.

나는 예전에 쓰던 방에 가서 금실을 섞어서 짠 커튼이 아직 있는지 보고 싶었으나, 그 방은 이제 애시의 것이 되었다. 결국 나의 양아버지가 밖에서 기다리고 있다는 말을 해야만 하는 순간이 돌아왔고, 나는 더 이상 질질 끌 수 없었다.

"잘 지내, 그레이스."

나는 말했다.

그레이스는 마치 이제 막 매니큐어를 칠하고 난 사람처럼 자신의 손톱만 뚫어져라 보았다. 손거스러미가 빨갛게 일어나 있었다. 그레이스는 그것들을 손톱 손질용 가위로 잘라 냈을 것이다. 그 애는 목덜미를 몇 번 더 쓰다듬었다.

"또 보자, 그레이스."

나는 말했다. 곧 울음을 터뜨릴 것처럼 그레이스의 눈에 눈물이 고였기 때문에 나는 그 애에게 다가갔다. 나는 예쁘게 땋아 늘인 그 애의 머리를 만지고 싶었지만, 감히 손도 댈 수 없었다.

"그레이스?"

"넌 나쁜 년이야, 홀리."

그 애는 침을 뱉듯이 말했다.

"나쁜 년이라니. 내가?"

"그래. 너 말이야. 너랑 네 멋진 새집도. 빌어먹을 나쁜 년. 이건 트림이 끌려가기 전에 했던 말이야."

"난 나쁜 년이 아니야."

"아니, 넌 나쁜 년이야."

나는 어깨를 으쓱했다.

"내가 위탁된 집은 말이야. 사실은 그렇게 좋지는 않아, 그레이스."

"안 좋다고?"

"응."

"왜?"

"몰라. 호들갑을 떨어."

"호들갑?"

"그래. 잔소리꾼들이야."

"잔소리라고?"

"하루 종일 들들 볶아. 이래라저래라."

"어떻게?"

"예를 들어 받침 없이는 탁자 위에 물건을 놓을 수 없어."

그레이스가 코를 찡그렸다.

"받침?"

"그래, 알잖아. 얼룩이 생기지 않게 하려는 거야. 그 사람들은 받침을 코스터라고 부르지만."

"코스터?"

"응. 받침을 고상하게 말하는 거래."

"코스터라."

그레이스는 "쿠우오오우스터."라고 잔뜩 잘난 척하는 말씨로 말했고, 나는 웃음을 터뜨렸다.

"지퍼를 좀 내려, 홀리. 그렇게 목 끝까지 올리고 있으니 꼭 수녀 꼴이잖아."

나는 브래지어가 있는 데까지 지퍼를 내렸다.

"쿠우오오우스터 씨와 쿠우오오우스터 여사."라고 그레이스가 노래를 불렀다. 우리는 데굴데굴 구르면서 웃었다.

"그러니까 여기만큼 좋지 않다고?"

그레이스가 방 전체를 손으로 가리키면서 말했다.

"그래. 좋지 않아."

"그러면 너는 왜 돌아오지 않는 거야?"

나는 연기를 한가득 뿜어내는 척했다.

"지금 애시가 내 방을 쓰고 있잖아. 알지?"

"오, 그래. 애시가 있지. 그래서?"

"그렇지. 나는 애시와 함께 방을 쓰고 싶지 않아."

"애시는 임시로 잠깐 있는 것일 뿐이야."

나는 지퍼를 만지작거리면서 발을 불안하게 움직였다.

"애시가 가면, 내가 돌아올 수도 있겠지."

"흥. 넌 거짓말쟁이야."

그레이스도 알고 있었고, 나도 알고 있었다. 템플턴 하우스는 한쪽 방향으로만 돌아가는 회전문 같은 곳이었다.

"너는 돌아오지 않아, 홀리. 나는 알아. 넌 빌어먹을 나쁜 년이야."

다음 순간 내가 뭐라고 대답을 하기도 전에 그레이스는 소파에서 벌떡 일어나 문을 향해 달려갔다. 그 애의 갈색 어깨가 위아래로 들썩거렸다. 나는 그 애가 울고 있는 건지 웃고 있는 건지 알 수 없었다.

"그레이스, 가지 마."

나는 소리쳤다.

그 애가 나가고 문이 닫혔다. 마치 내 삶 속에 그 애가 전혀 존재하지 않던 것처럼 완전히 빠져나가 버린 것 같았다.

"그레이스? 제발. 돌아와."

나는 울부짖었다.

아무 대답도 없었다.

'빌어먹을 나쁜 년은 너야.'

나는 그 애가 앉아 있던 의자를 발로 찼다. 낯익은 방안을 둘러보자 어떤 프로를 볼 것인가 싸울 때와 트림이 〈타이타닉〉에 열광할 때의 기억이 떠올랐다. TV는 소리를 줄인 채로 켜져 있었고, 기상 예보를 하는 여자가 꼰대다운 끔찍한 재킷을 입고 나와, 그들이 항상 짓는 미소, 특히 비가 온다는 예보를 할 때 입가에 띠는 가식적인 미소를 지은 채 영국 지도를 가리키고 있었다. 나는 리모컨을 찾아서 TV를 껐다. 그러고 나서 소파 밑으로 리모컨을 발로 차 넣었다. 아무도 찾지 못하도록.

'그들에게 교훈이 될 거야.'

레이와 피오나가 다시 나를 이곳으로 돌려보내면, 나는 자살해 버릴 거라고 결심했다.

그것을 끝으로 그 방에서 나와, 배웅해 주는 사람 하나 없이 나 홀로 현관을 걸어 나왔다. 레이가 밖에서 기다리고 있을 뿐이었다. 나는 포장이 갈라진 틈새로 잡초들이 자라고 있는 것을 내려다보면서 진입로를 걸어갔다. 그곳을 죄다 불태워 버리고 싶었다.

레이의 차로 돌아오는 길 내내 창밖을 바라보고 있었다. 레이에게 질질 짜는 모습을 보이고 싶지 않았다.

레이는 내가 한 번도 들어 보지 못한 괴상한 밴드의 테이프를 집어넣고 콧노래로 따라 부르고 있었다. 음악은 부드럽고 몽롱했으며 어떤 여자의 목소리가, 어떤 남자가 비행기를 몰고 날아올라 하늘에 비행 구름으로 그녀의 이름을 썼다는 내용을 노래하고 있었다.

"그래, 그랬겠지."

나는 중얼거렸다.

"어련하시겠어."

레이가 미소를 지었다.

"아, 하지만 상상만이라도 할 수는 있잖아?"

레이는 하늘을 향해 손을 흔들었다.

"홀리 호건. 누구나 볼 수 있게 저 위에 크게 씌어 있네. 네 이름이 구름으로 씌어 있어, 홀리."

나는 계속 창밖을 바라보았다. 아무 말도 하지 않았다.

"그런데 어땠어?"

노래가 끝나자 레이가 물었다.

그가 노래에 대해 묻는 건지 보육원에 대해 묻는 건지 알 수 없었다. 나는 소리 내어 흐느끼기 시작했고, 멈출 수 없었다. 노래에서처럼, 내 이름이 하늘 위에서 빛나고 있고, 런던의 북쪽에서 미코가 그것을 바라보면서 나를 기억하면 좋겠다고 생각했다. 울음을 숨길 수 없었다. 얼굴이 엉망이 되었다. 레이가 차를 멈추었다. 그리고 손수건을 꺼내서 건네주었지만, 나는 아무 말도 하지 않았다. 레이는 내가 울음을 멈추기를 기다리는 것 같았다.

"허, 홀리. 그렇게 안 좋았던 거야?"

조금 뒤에 레이가 중얼거렸다.

그 말에 나는 다시 울음이 터질 뻔했지만, 레이가 차를 출발시키고 운전을 계속했으므로 나는 울음을 삼켰고, 마치 저녁을 잔뜩 먹은 것처럼 뱃속에 울음이 가득 찼다. 레이는 더 이상 아무 말도 하지 않았다. 나는 창피해서 죽고 싶었다. 나는 그레이스와 트림과 미코와 보육원과 사회 복지국을 향해 욕을 했다. 그리고 앨드리지 부부와 레이철에게도 욕을 했다. 나 자신과 그 노래와 코스터와 내가 차 안에서 본 모든 것들을 욕했다. 때마침 엄청난 비가 쏟아지기 시작했다.

9. 길 위의 솔러스

그날 밤 나는 레이의 영국 도로 지도를 몰래 내 방으로 가지고 올라왔다.

'그래, 이제 실행에 옮길 때가 된 거야.'

나는 런던의 북쪽, 남쪽, 동쪽, 그리고 서쪽으로 뻗은 도로들을 훑어보았다. 그러다가 서쪽으로 향하는 뱀처럼 구불거리는 긴 도로를 발견했다. 어떤 도로들은 다른 도로들과 만나거나 끝나 버린다. 그런데 내가 발견한 A40번 도로는 그렇지 않았다. 옥스퍼드, 첼트넘. 내 손가락은 그 도로가 지나가는 도시들을 따라 움직였다. 곧바로 웨일스를 통과해서 애버게이브니, 그리고 란도베리, 란데일로, 카마던. 나는 어떻게 발음해야 할지조차 모르는 이름들을 읽었다. 란~데이~로우, 란도~베리. 그 도로는 피시가드라는 곳에서 바다와 만났다. 그러고 나서 마치 바다 위에 도로가 난 것처럼 점선으로 이어져 있었는데, 그것은 페리들이 지나다니는 뱃길이었다. 점선은 지도의 모서리쯤에 위치한 아일랜드 해변에 있는 로슬레어 항과 만났다.

나는 양들의 울음소리가 들리는 피시가드 언덕 위에 서 있는 나를 상상했다. 저 아래로 키 큰 곡식들이 물결치는 네모난 밭들이 내려다보였다. 그 너머로 거대한 푸른 경계선이 넘실거렸다. 아일랜드로 향하는 하얀 돛들이 떠 있는 바다였다.

나는 가발을 쓴 채 나 자신을 A40번 도로 위에 있는 솔러스라고 생각했다. A40번 도로는 모험을 위한 길이었다. 가발이 저녁 햇살에 반짝였다. 나는 살랑대는 걸음걸이에, 톡톡 쏘는 말투를 지닌 매력적인 여자, 아무도 막을 수 없는 솔러스였다. 나는 노을이 물든 붉은 하늘 속으로 걸어 나가 지나가는 차를 잡아탈 준비가 되었다. 나는 바다를 건너 아일랜드에 닿을 것이다. 그리고 엄마를 만나기 위해 신선한 아침 공기를 잔뜩 마시면서 언덕 위로 걸어 올라갈 것이다. 바다 저쪽 푸른 풀들이 우거진 나라에서 행복하고 편안하게 날을 보낼 것이다. 그날 밤과 그 뒤 몇 주 동안 나는 밤마다 지도를 보면서 길을 따라갔다.

10. 다리미

꿈이 실현된 것은 여름이 되기 전, 내 생일 바로 전날인 6월의 어느 더운 날이었다. 아침에 나는 창문을 열고 잿빛이 섞인 보라색 지붕들 너머를 바라보며 심호흡을 했다. 공원 위로 신선한 아침 공기가 하얗게 빛나고 있었다.

밖에 나가서 놀고 싶은 그런 날이었다.

아래층에 내려가니, 레이는 출근 준비가 늦어지고 있었고, 피오나는 레이의 셔츠를 다림질하고 있었다. 레이는 부엌 안에서 왔다 갔다 뛰어다니며 피오나를 재촉했고, 나는 앉아서 음악을 들으며 시리얼을 먹었다. 피오나와 레이는 말다툼을 거의 하지 않았다. 그 이유는 첫째, 레이가 집에 거의 없었고, 둘째, 레이가 말을 많이 하지 않기 때문이었다. 피오나는 그와 말다툼을 하는 것은 서 있는 모자걸이와 싸우는 것과 같다고 투덜거렸다. 하지만 그날 아침 두 사람은 크게 다퉜다. 나는 레이가 마치 물에 빠진 사람처럼 허공에서 손을 휘두르는 것을 보았다. 그는 다림질이 다 끝나기도 전에 셔츠를 낚아채려 했다. 호기심에 나는 이어폰을 뺐다.

"아직 다림질이 끝나지 않았어."

피오나가 쏘아붙였다.

"됐어, 피. 난 늦었어."

"소매가 아직도 구겨져 있잖아."

"재킷을 입을 거야. 그런데 재킷은 어디 간 거야."

레이는 다리미판 위에 있는 셔츠를 움켜잡았다.

"밖은 푹푹 찌는데. 재킷을 입기에는 너무 더워."

"회사에는 에어컨이 있어."

"보통은 귀찮아서 재킷 안 입잖아."

"오늘 중요한 회의가 있어."

"회의?"

"그러니까, 피. 회의 비슷한 거야. 사실은 면접이 있어."

"면접? 무슨 면접?"

레이는 구겨진 셔츠를 입으면서 어깨를 으쓱했다.

"그냥 몇 마디 나누는 거야. 아무것도 아니라고……."

"무슨 면접?"

"그냥 직장에 관한 거야."

"무슨 직장? 어디?"

"우리 회사이긴 한데, 북부에 있는 지점으로 옮기는 문제야. 그저……."

"'북부' 지점이라고?"

피오나의 목소리가 올라갔다.

나는 강을 건너 북쪽으로 간 미코를 생각했다. 아마도 레이는 그 뒤를 따를 작정인가 보다.

"나한테 말하지 않았잖아. 나에게 물어보지도 않았어."

피오나가 소리쳤다.

"그건 단지……."

피오나는 다리미를 거세게 내려놓고 부엌에서 나갔다. 그녀는 단지 다리미를 제자리에 내려놓으려고 했을 뿐인데, 그것이 다리미판에서 빗나가 바닥으로 쾅 하고 소리를 내며 떨어졌다. 거의 레이의 발 위에 떨어질 뻔했다. 내 머릿속에서 기억 서랍이 열렸다. 나는 몸이 굳었다. 레이는 펄쩍 뛰어올랐고, 나를 보더니 내 눈치를 살피면서 미소를 지었다. 그것은 마치 레이와 내가 한편이고 다리미와 피오나가 한편이라고 말하는 것 같은 이상한 미소였다. 나는 머릿속의 서랍을 닫았다. 귀에 다시 이어폰을 꽂고 소리를 크게 했다. 시리얼을 옆으로 밀어 놓고, 위층으로 달려 올라갔다. 심장이 '폭풍주의보'의 노래에 맞춰 두근거렸다.

다리미는 어떤 신호였다.

나는 올라가다가 아래층으로 내려오는 피오나와 엇갈렸다.

"왜 이렇게 서둘러? 오늘은 왜 모두들 서두르는 거야?"

피오나는 투덜거렸다.

나는 어깨를 으쓱했다. 내 방으로 들어가, 교복으로 갈아입고 아래층으로 살금살금 내려갔다. 현관으로 향하는 나의 머릿속에서는 이런저런 계획들이 앞다투어 세워지고 있었다.

"다녀올게요, 피오나."

나는 모든 것이 평소와 다름없다는 듯 소리쳤다. 아마도 내가 듣고 있는 음악 소리 때문에 목소리가 너무 컸을 것이다. 복도로 나온 피오나가 나를 향해 뭐라고 말하는 듯 입술을 움직였다.

"뭐라고요?"

나는 고함을 질렀다. 그리고 귀에서 이어폰을 뺐다.

"그걸 끼고 있을 때는 내 말을 들을 수 없는 것 같구나. 마치 벽에 대고 이야기하는 것 같아."

피오나가 나를 향해 다가왔다.

"홀, 있잖아……."

못 폭탄이 거의 터질 뻔했다.

"오늘 내가 늦을 거라고 말하려고 했어. 네 열쇠는 잘 갖고 있지?"

피오나가 말했다.

"네."

"내가 해야 할 일이 있어서 말이야. 어떤 사람을 위해서 어떤 일을 해야 해. 너 혼자 집에서 샌드위치 챙겨 먹어. 나는 6시쯤 돌아올 거야."

나는 고개를 끄덕였다. 피오나는 내 눈을 보면서 예의 그 이상한 미소를 지었다.

"다녀올게요, 피오나."

나는 현관문 밖으로 나왔다.

학교에 가려면 공원을 지나서 버스를 타야 했다. 하지만 그날 아침 나는 공원 쪽으로 발길을 돌렸다. 부서진 벤치에 앉아서 시간을 보냈다. 뜨거운 다리미가 레이의 발 근처 바닥에 떨어진 장면이 떠오르면 손이 떨렸다. 다리미의 뜨거운 면이 물에 닿으면서 수증기를 뿜어내는 소리가 들리는 것 같았다. 머릿속이 뜨겁게 지글거렸다. 마치 머리에 비닐 봉투를 덮어씌운 것처럼 숨 쉬는 게 힘들었다. 신선한 공기와 푸른 풀밭만이 나를 질식하지 않게 할 수 있었다. 햇빛이 밝고 강렬하게 쏟아졌다. 나는 눈을 감았다. 승강기가 올라오는 소리처럼 엄마와 데니 아저씨가 말다툼하는 소리가 점점 가까이 다가오면서 스카이 하우스의 기억이 되살아났기 때문이다. 나는 오리가 서로를 물어뜯으며 꽥꽥거리는 소리에 귀를 기울였다. 온 세상이 싸우고 있었고, 나는 그 속에 짓눌려 있었다.

앨드리지 부부가 했던 허튼짓 때문에 짜증 나서 죽을 것 같다고 나는 생각했다. 그들은 나와는 다른 종류의 사람들이다. 나는 떠나야만 한다. 지금.

나는 미코를 떠올렸다. 머리카락을 완전히 밀어 버린 채 씩 웃으며 흙먼지가 이는 고속 도로를 걷다가 엄지손가락을 치켜들면서 프랑스의 이쪽 끝에서 저쪽 끝까지 가로질러 갔다는 미코를. 그리고 마치 바다를 향하는 강과 같이, 서쪽을 향해 뱀처럼 구불거리면서 영국을 가로지르는 A40번 도로를 떠올렸다.

그 길은 모험을 의미했다.

나는 미소를 지었다. 머큐셔 로드의 집 열쇠를 손가락으로 만지작거리며, 풀밭을 가로질러 걸어온 길로 되돌아갔다.

절망의 구렁텅이인 학교와는 작별을 고할 것이다. 왕짜증 투팅과도 끝이다. 레이철과 보고서와 규칙과 서류들과도 안녕이다. 나는 모든 것을 끝낼 것이다. 이제부터 나는 가발을 쓰고 솔러스가 될 것이다. 솔러스는 자기가 가야 할 길을 갈 것이다. 오늘.

지난번에 가출했을 때 나는 아무것도 가지고 가지 않았다. 다시는 그런 실수를 저지르지 않는다.

나 혼자 열쇠로 문을 열고 집 안으로 들어갔다. 피오나는 일하러 갔고 레이도 여러 도면과 건설과 다른 꼰대의 일들을 하러, 그리고 면접을 보러 시내로 가고 없었다. 나는 현관문을 닫았다. 복도는 구슬픈 대기실의 분위기가 감돌았다. 온 집 안이 고요했다. 나는 한시라도 빨리 사라지고 싶었지만, 가발은 물론이고 내 물건들을 챙겨 가야만 했다. 이번에는 진짜로 달아날 것이다. 나에게는 계획이 있었다.

위층으로 올라가서 내가 가진 가장 좋은 물건인 도마뱀 가죽 가방을 꺼냈다. 그리고 물건들을 집어넣었다.

칫솔.

아이팟과 이어폰.

립스틱과 거울.

솔빗.

휴대 전화.

털로 덮인 분홍색 지갑.

그리고 벽난로 선반 위에 놓아둔 조개껍질로 만든 상자로 다가가 엄마의 호박 반지를 꺼냈다. 그것은 유행이 지난 묘비처럼 생긴 황갈색 반지로 행운의 부적 같은 것이었다. 한가운데에는 벌레처럼 생긴 검은 알맹이가 들어 있었다. 미코 는 먼 옛날에 살던 생물이 그곳에 갇혀서 화석이 된 것이라고 말해 주었다.

'반지를 뺏으려고 사람들이 네 손가락을 잘라 버릴 수도 있어, 홀.'

엄마의 목소리가 머릿속에서 울려 퍼졌다. 나는 미소를 지으면서 도마뱀 가방 의 지퍼가 달린 비밀 주머니 속에 반지를 안전하게 넣어 두었다.

그러고 나서 베개 위에 누워 있는 로자벨을 들어 올렸다. 나는 로자벨의 닳고 닳은 귀를 쓰다듬으며 소리를 내 보았다.

"으르렁~왈!"

가슴이 쓰라렸지만, 로자벨은 가방 안에 들어가기에는 너무 컸다. 게다가 가 발을 쓰면 나는 열네 살이 아니라 열아홉 살이었으므로, 장난감 개를 들고 다니 기에는 너무 많은 나이였다. 나는 로자벨을 다시 침대 위에 내려놓고, 검은 플라 스틱 코를 양쪽 앞발 사이에 집어넣고 있도록 했다.

나는 가장 새 운동복으로 갈아입고 가장 좋은 운동화를 신었다.

그러고 나서 돈을 찾기 위해 온 집 안을 돌아다녔다. 이미 지갑 속에는 6파운 드가 들어 있었다. 나는 레이의 재킷 하나에서 10파운드를, 바지 주머니들 속에 서 수많은 잔돈들을 찾아냈다. 그 돈이 없다고 해서 레이가 불편할 일은 없었다. 모두 합해서 24파운드였다. 또 지도책도 챙겼다. 처음에는 A40번 도로가 나와 있는 페이지만 찢으려고 했는데, 머릿속에 전구가 켜지듯 어떤 생각이 퍼뜩 떠 올랐다.

'이런, 바보. 이것만 가져가고 나면 사람들이 네가 어디로 가려고 하는지 알게 될 거 아니겠어.'

그래서 필요 없는 부분은 나중에 버릴 생각으로, 지도책을 통째로 가져가기로 했다.

부엌에서 나는 다리미판 위에 다리미가 그대로 놓여 있는 것을 보았다. 나의 뇌에 담요를 덮어씌운 느낌이었다. 전구가 곧 나갈 것만 같은 황백색의 불빛이 케케묵고 단조로운 분위기를 자아내고 있었다.

"이제 떠날 시간이야, 아기도 못 낳는 아줌마와 아저씨."

나는 소리 내어 말했다. 그리고 아무도 없는 거실로 갔다. 그곳에는 나와 시계와 코스터라 불리는 컵 받침들뿐이었다. 탁자 위에 둥근 컵 자국을 만드는 게 죄라도 되는 양, 컵을 받침 없이 탁자에 내려놓지 말라는 잔소리를 듣는 일도 이제 끝이라고, 나는 생각했다.

나는 정말로 갈 생각인가?

그래.

지난번에 달아났을 때, 결국은 아동보호치료시설로 끌려갔잖아.

'이번에는 전혀 새로운 나라에서 완전히 새로운 인생을 시작할 거야.'

그러고 나서 나는 가발을 썼다. 시계 위에 테두리가 금색인 둥근 거울이 걸려 있었다. 나는 고개를 숙이고 내 진짜 머리카락을 가발 가장자리 속으로 집어넣었다. 그리고 귀 앞에 드리워져 있는 상표를 잡아당겨 관자놀이 속으로 돌돌 말아 넣었다. 거울을 올려다보았다. 나는 셰틀랜드산 조랑말처럼 보였다. 앞머리가 너무 내려와 있었다. 그래서 가발을 뒤로 잡아당기고 빗질을 한 다음, 연분홍색 립스틱을 발랐다. 영화에 나올 법한 매력적인 여자가 나타났다. 솔러스의 등장이었다.

나는 입술을 삐죽 내밀었다. 손으로 키스를 보내는 시늉을 했다. 솔러스는 특별했다. 그녀는 사람들이 무슨 생각을 하든지 관심을 갖지 않았다. 그녀에게는 아일랜드 절반을 덮어 버릴 만큼 친구들이 넘쳐 났다. 그녀는 가야 할 곳이 있었다. 나는 바람처럼 가벼운 마음으로 쪽지를 썼다.

피오나와 레이에게

저는 친구 드류와 함께 클럽에서 일하기 위해 테네리페 섬으로 떠나요. 그 애가 나에게 비행기 표를 보내 줬어요. 그러니까 나를 찾으려는 수고는 하지 마세요. 그동안 저에게 해 준 모든 일들에 감사해요. 다시 만날 때까지 안녕히 계세요.

홀리

나는 쪽지를 훑어보다가 '홀리'라는 이름 옆에 X를 덧붙였다. 그러고 나서 내 열쇠를 쪽지 옆에 가지런히 놓았다. 그리고 나는 그 집을 떠났다. 도마뱀 가방을 등에 메고, 오른손에는 상상 속의 담배를 들고, 머리에는 떠다니는 금발의 왕관을 쓴 채. 그리고 눈앞에 펼쳐진 길은 모두 나의 것이었다.

11. 지하철

    나는 일곱 개의 계단을 내려가 거리를 따라 내가 가야 할 방향으로 향했다. 나는 길고 가는 다리를 뻗으며 걸었고, 내 머리카락은 미용사의 손길이 막 닿은 것처럼 윤기가 흐르고 말쑥했다.

    머큐셔 로드에서는 현관문을 옆집과 다른 색으로 칠해야 한다는 규칙이 있었다. 빨강, 파랑, 검정, 짙은 회색, 다시 파랑. 같은 색 현관문이 나란히 있는 경우는 없었다.

    '만약 내 마음대로 할 수 있으면, 눈에 확 띄는 분홍색을 칠할 텐데.'

    내가 지나칠 때마다 내리닫이 창들이 노려보았다. 돌을 집어 들어 던지고 싶어 손이 근질근질했지만, 달아나는 중이라는 것을 잊지 않고 있었으므로 빨리 큰길로 나가 지하철을 타야 했다. 나의 계획은 될 수 있으면 서쪽으로 멀리 가는 것이었다. 바보들조차 도시에서는 차를 잡아탈 수 없다는 것을 안다. 나는 미코가 프랑스에서도 도시에서는 엄지손가락으로 차를 세우지 않았다고 말했던 것을 기억하고 있었다. 도시에서는 다른 사람들을 모두 도끼 살인마로 간주해서 차를 세우지 않기 때문이라고 했다. 나는 런던의 경계를 빠져나가야만 했다.

역 안으로 걸어 들어가자 뜨겁고 퀴퀴한 공기가 나를 덮쳤다. 일요일 오후마다 그레이스, 트림과 함께 지하철역을 돌아다니던 기억이 떠올랐다. 하지만 오늘은 자유를 향한 첫걸음의 냄새였다.

나의 교통 카드를 짜증 나게 팅기는 웰에 벗어 놓은 교복 바지 주머니에 두고 왔기 때문에 나는 지하철 표를 사야만 했다.

"어린이용 정액권(런던 지하철은 만 15세까지 어린이 요금을 적용) 주세요."

나는 매표소에 있는 남자에게 말했다.

"어린이처럼 보이지 않는데."

나는 노려보았다. 예전에는 한 번도 이런 일이 없었다. 그때 가발을 쓰고 있다는 사실이 떠올랐다. 그것 때문에 나는 다섯 살은 더 나이 들어 보일 것이다.

"저는 열네 살이에요, 아저씨. 정말이에요."

내가 말했다.

"그런 소리를 누가 믿는다고."

남자가 말했다. 그리고 내가 거의 알아차릴 수 없을 정도로 재빨리 윙크를 했다. 그러더니 기계를 가볍게 두드렸고 교통 카드가 발급되었다. 그래서 나는 돈을 건넸다. 남자는 동전을 받더니 나에게 가라고 손짓했다.

나는 미인 대회에서 일등이라도 한 것처럼 미소를 지으면서 아래로 내려가는 에스컬레이터를 탔다.

'그런 소리를 누가 믿는다고, 얘야.'

그 순간 바람이 불어와 가발이 벗겨질 뻔했다. 나는 비어 있는 손으로 가까스로 가발을 움켜잡고, 제정신이 아닌 사람처럼 웃음을 터뜨렸다.

'자유를 상상해 봐, 얘야.'

지하철에서 불어오는 바람이 말했다.

나는 곧바로 열차를 탔다. 밸럼, 클래펌 사우스. 열차는 구불구불한 모퉁이를 돌아 손톱으로 칠판을 긁는 듯한 소리를 내면서 북쪽을 향해 달려갔다. 열차 안에서는 기름과 땀 냄새가 났다. 출근 시간이 막 지난 뒤라 신문들이 여기저기 버려져 있었다. 아마도 레이가 나보다 먼저 이 길을 지나갔을 것이다. 나는 저녁마다 늘 그랬던 것처럼 공허하고 지쳐 보이는 얼굴로 손잡이에 매달려 있는 레이를 그려 보았다. 그의 새로 다림질한 셔츠는 다시 구겨졌을 것이다. 북부에 있는 사무실로 옮기려는 면접? 그 순간 나는 그것이 런던의 북쪽, 그러니까 미코가 핀칠리 웨이로 옮긴 것과 같은 의미가 아님을 깨달았다. 왜냐하면 레이는 이미 강의 북쪽에서 일하고 있으니까. 그것은 런던이 아니라 이 나라의 북쪽이라는 의미였다. 만약 그가 그곳에 일자리를 얻으면 그는 피오나와 함께 이사를 가야 한다는 뜻이었다. 그러면 나는 어디에 남게 되는 거지? 아무 데도. 나는 입술을 깨물었다. 달아나기로 한 게 오히려 다행이었다. 그 순간 나는 레이가 마치 내 옆에 앉아 있는 것처럼 그의 목소리를 들었다.

"네 이름이 구름으로 씌어 있어, 홀리."

나는 고개를 저으면서 주위를 둘러보았다. 아무도 없었다. 찢어진 청바지를 입고 팔뚝에 문신을 한 남자 하나가 나를 노려보고 있을 뿐이었다. 그에게 필요한 단 하나의 물건은 도끼였다. 그는 대머리였고, 살찐 뺨에 턱수염이 거무스름했다. 나는 내 발을 뚫어져라 내려다보고 있었다. 그가 소름끼치는 욕을 해서 내가 비상 연락용 줄을 바라보는 순간 열차가 다음 정거장에 들어섰다.

클래펌 공원. 사람들이 많이 올라탔다. 나는 안도했다.

클래펌 노스. 나는 피오나와 함께 시내로 옷을 사러 가면서 이곳에 와 본 적이 있었다. 그전에 템플턴 하우스에 있을 때도 트림과 그레이스와 지하철을 타고 왔었다. 우리는 음료수와 담배를 사 들고 삐기면서 승강장을 돌아다녔다. 트림은 군대의 부사관인 척하면서 부동자세로 서 있곤 했다. 그는 막대기 하나를 들고 머리 위의 전등들이 자기가 지휘하는 졸병이라도 되는 양 마구 두드리곤 했다. 그레이스는 죽을 지경이 된 마약 중독자들처럼 벤치 위에 쓰러져 있곤 했다. 나는 광고지에 나온 작은 글씨들, 그러니까 전 재산을 몽땅 잃어버리게 만들어 주겠다는 내용들을 읽었다. 물론 두 배로 불려 주겠다는 이야기도 있었다. 그러니까 머리가 좀 있는 사람이라면 꼰대들의 전형적인 헛소리인 광고지의 큰 글씨들은 무시하라는 소리다. 우리는 끔찍하게 지루했다. 아마도 우리는 한 번도 가본 적이 없는 곳에 가 보려고 했던 것 같다. 대거넘 히스웨이Dagenham Heathway 같은. 나는 칼dagger과 공원과 강도들, 그리고 가시덤불heath 같은 것들을 상상했지만, 그냥 큰 도로와 트럭들뿐이었다. 한낮의 햇빛이 머리를 아프게 했으므로 우리는 다시 역으로 내려가 다른 열차를 탔다.

워털루. 워털루를 지나면 강 밑으로 들어간다. 더럽고 육중한 물이 머리 위에서 출렁이고 있다는 생각을 하니 숨이 막혀 왔다. 만약 물이 터져 나와 퓨즈가 나가고 열차가 폭발하면 사람들은 물에 빠져 죽을까, 혹은 타 죽을까, 아니면 둘 다일까? 나는 눈을 감았다. 내가 껌을 씹고 있다고 믿으려고 했다. 하지만 아무리 열심히 씹어도, 효과가 없었다. 나는 정신을 잃었다고 생각하려 했다. 눈을 떴다. 문신을 한 남자가 다시 노려보고 있었다. 내려야만 한다. 지금. 나는 도마뱀 가죽 가방을 움켜쥐고 문을 향해 사람들을 헤치고 나아갔다.

문신을 한 남자는 여전히 혼자서 욕지거리를 하고 있었다.

나는 주위 사람들이 뿜어내는 입김을 느끼면서 팔들과 몸통들 사이에 서 있었다.

임뱅크먼트 역. 문이 열리자 승강장으로 튀어 나갔다. 군중들 사이를 요리조리 뚫고 나가 에스컬레이터에 올라탔다. 드디어 밖으로 나와 공기를 들이마셨다.

나는 꽃을 파는 좌판 바로 옆에 서 있었다.

"어디 불편해요?"

꽃 파는 사람이 물었다.

나는 펄쩍 뛰었다.

"아뇨. 고마워요. 괜찮아요."

나는 가운데 노란 술이 달린 키 큰 보라색 꽃을 가리켰다.

"얼마예요?"

"붓꽃이요? 당신한테는 특별히 2파운드에 드릴게요, 아가씨."

"다음에 살게요."

나는 마치 왕족처럼 손을 흔들면서 앞으로 걸어갔다. 목적지가 확실히 있는 사람처럼 보이려고 애썼지만, 사실은 그렇지 않았다. 꽃 파는 사람의 눈길이 바늘처럼 등에 꽂히는 것을 느꼈으므로, 나는 종종걸음으로 오른쪽 길로 꺾어 들어가 재빨리 모습을 감췄다.

그렇게 해서 나는 있는지조차 몰랐던 아름다운 정원까지 오게 되었다. 흙구덩이에서 천국에 이르기까지 10미터도 되지 않는 거리인 셈이었다. 그리고 그곳은 내가 아는 런던이 아니었다.

12. 접시 위의 런던

　그 정원은 비밀스러운 곳이었다. 아무도 앉지 않은 것처럼 보이는 접이의자들이 있었고, 노랑, 파랑, 그리고 빨강 꽃들이 있는 화단이 있었다. 스프링클러가 설치되어 있는 잔디밭에는 나 말고 어슬렁거리는 사람이 아무도 없었다.

　어쩌면 나는 현실 세계에서 떨어져 나온 것일지도 몰랐다. 어쩌면 이곳은 꿈속의 정원일 수도 있었다. 하지만 그때 나는 하얀 플라스틱 의자가 놓여 있는 카페를 발견했다. 사람들이 여기저기 흩어져 있었다. 나는 산딸기아이스티를 떠올렸다. 안으로 들어가 차를 주문하고 밀리어네어 바도 샀다. 밀리어네어 바는 초콜릿캐러멜쇼트케이크인데, 슈퍼 모델을 꿈꾸는 그레이스조차 밥을 다 먹고 나서도 한입에 꿀꺽 삼켜 버릴 만한 맛이었다.

　밖으로 나와 꼰대들로부터 멀리 떨어진 탁자로 가서 앉았다. 나는 차를 반 정도 들이켰고, 케이크를 게걸스럽게 먹었다. 눈을 감은 채 몸을 뒤로 기대어 앉았다. 둥근 해가 눈꺼풀 너머에 떠 있었다. 새들이 지저귀었다. 자동차들이 강둑 위로 빠르게 달려갔다. 런던이 수없이 재미있는 것들로 들끓고 있었다. 나는 미소를 지었다.

'다음에는 뭘 하지?'

그레이스를 만나러 버스를 타고 강을 다시 건너갈 수도 있을 것이다. 그 애는 학교를 땡땡이칠 것이고 화해를 하고 싶어 할지도 모른다. 그러면 우리는 함께 옥스퍼드 광장 주위의 상점들을 돌거나 코번트 가든에서 벌어지는 거리 공연들을 구경할 수 있을 것이다. 오늘 같은 날, 거리의 악사들은 엄청난 돈을 벌어들일 수도 있다. 어쩌면 그레이스와 내가 그들을 위해 깡통을 들고 돈을 걷는 일을 해 줄 수도 있겠지. 우리가 돈을 많이 모아 주면, 그들은 우리 몫을 두둑하게 줄지도 모른다. 발코니 위의 사람들은 5파운드 지폐로 종이비행기를 접어서 폭소와 휘파람 소리와 함께 날려 보낼 것이다. 매혹적인 그레이스와 못 말리는 솔러스에게. 거리의 악사들은 우리를 행운의 마스코트로 채용할 것이고 곧 우리는 그들과 함께 유럽 대도시의 순회공연을 하게 될 것이다. 그리고 내가 그다음에 할 일은 에펠 탑에서 엉덩이를 씰룩거리는 것이다.

그때 빅 벤이 울리기 시작했고, 나는 런던으로 돌아왔다. 댕, 댕, 댕.

'하나, 둘, 셋.'

때때로 바람의 방향이 바뀌면 엄마와 나는 스카이 하우스에서 빅 벤이 울리는 소리를 들을 수 있었다. 우리는 함께 시간을 세어 보곤 했다. 엄마는 발코니에 나가 술을 홀짝홀짝 마시고 있었다.

'넷, 다섯.'

엄마의 실내용 가운이 신부의 베일처럼 휘날렸다. 물론 흰색이 아니라 검은색이었지만. 엄마의 가운 아래로 살구색 속치마가 보였다.

"오직 내가 원했던 건 런던을 접시 위에 올려놓는 거였어."

엄마는 말했다. 그리고 마치 노래 가사의 첫 줄을 만든 것처럼 웃어 댔다.

"런던을 말이야, 빌어먹을 접시 위에."

'여섯, 일곱, 여덟.'

스카이 하우스의 발코니에서 보면, 런던은 저 멀리 수백만의 서로 다른 삶들이 어울려 와글와글하는 곳이었다. 엄마는 해가 지는 곳을 손가락으로 가리켰다.

"홀, 저쪽에 아일랜드가 있어. 상상해 봐. 그 공기. 그 푸르름. 그 웃음. 그곳에는 숨 쉴 수 있는 공간이 있어, 홀. 언젠가 우리는 돌아갈 거야. 너와 내가 함께. 우리는 옛 친구들을 찾을 수 있을 것이고 완전히 새로운 삶을 시작할 수 있을 거야. 개를 키우자. 그리고 경치가 끝내주는 곳에 작은 집도 갖게 될 거야. 이렇게 황량한 곳 말고. 홀, 언젠가는 그렇게 될 거야. 이건 약속이야."

'아홉, 열, 열하나.'

빅 벤의 종소리가 멈추었다. 11시였다. 나는 눈을 떴다. 공원이었고, 햇볕이 내리쪼이고 있었으며, 산딸기차는 반쯤 마신 상태였다. 나는 출발했던 장소에서 서쪽으로 더 가지도 못했다.

'다음에는 뭘 하지?'

나는 도로 지도를 꺼내 페이지 전체가 붉은색, 노란색, 검은색, 갈색 도로들로 뒤엉킨, 커다란 얼룩처럼 보이는 한가운데에서 내가 있는 곳을 찾아보았다.

이건 현실일까?

이번에 잡히면 그들은 나를 데려가 아동보호치료시설에 돌려보낼 것이다. 담장이 버티고 서 있으며 아무도 대답하지 않고, 방에는 아무것도 없으며 지독한 냄새가 나는 곳. 잘 자라는 인사를 하는 사람은 아무도 없고, 추락하는 꿈을 꾸게 되며, 머릿속에서는 무시무시한 일들만 생각하게 되는 곳. 그리고 아무 소리도 들리지 않는다. 오직 하나, 누군가를 안으로 들여보낸 다음 문을 잠그는 사람의 목소리만을 들을 수 있다.

"너는 아무 데도 갈 수 없어, 귀염둥이야. 울고 싶은 만큼 울어."

그러므로 이것은 현실이고 그들은 결코 나를 잡을 수 없을 것이라고, 나는 마음먹었다. 나는 가발을 쓰고 있고, 교통 카드를 갖고 있으며, 길을 떠났다.

나는 지도에서 A40번 도로를 찾아내어 런던을 향해 되짚어 따라가 보았다. 그 도로는 옥스퍼드를 지나면서 고속 도로를 뜻하는 파란색 굵은 선으로 변했다.

그리고 그 길은 셰퍼드 부시라는 곳으로 쭉 연결되어 있었다. 셰퍼드 부시는 그레이스, 트림과 함께 지하철을 타고 돌아다닐 때 알게 된 곳이었다. 그곳은 목동과 양 떼들이 있는 푸른 풀밭은 아니었다. 매연으로 가득 찬 도로였다. 머릿속에서 나는 이미 고속 도로 입구에 서서 엄지손가락을 치켜들고 있었다.

또다시 지하철을 타고 싶지 않았지만, 그곳에 가려면 다른 방법은 없었다.

나는 A40번 도로가 나와 있는 페이지를 지도책에서 찢었다. 그리고 그것을 접어서 도마뱀 가방 속에 넣고 자리에서 일어났다. 그러고 나서 레이의 지도책을 휴지통에 버렸다. 살인에 사용한 흉기를 버리는 것 같은 기분이었다. 나는 공원을 재빨리 벗어나 지하철역으로 가서 서쪽으로 가는 순환선을 탔다. 나는 도끼 살인자들이나 물이 쳐들어오는 재난에 대해 생각하지 않았고, 큰 소리로 울려 퍼지는 '폭풍주의보'의 노래에 정신이 팔려 있었다. 노팅 힐 게이트에서 셰퍼드 부시로 연결되는 중앙선으로 갈아타야만 했다. 그런데 담배가 간절히 피고 싶었다. 맨 꼭대기 층에 있는 가게가 엄청 붐볐기 때문에 나는 밖으로 나가 신문 가판대를 찾았다.

해는 들어가고, 비가 부슬부슬 내리고 있었다.

나는 가발이 젖지 않도록 도마뱀 가방을 머리 위에 올려놓았다. 빠르게 지나치는 자동차들을 지켜보면서 나는 머큐셔 로드와 내 방의 살구색 침대, 켜지는 것을 기다리고 있을 내 TV의 텅 빈 모니터를 떠올렸다. 조금만 더 그러고 있었더라면, 지하철역으로 돌아가 투팅 벡으로 돌아가는 열차를 탔을 것이고, 이 이야기는 끝났을지도 모른다. 하지만 놀라운 일이 일어났다. 기적이었다. 옆구리에 옥스퍼드 지하철역이라고 써 있는 높고 긴 붉은색 2층 버스가 정류장으로 들어왔다.

"이 버스가 정말로 옥스퍼드로 가요?"

나는 버스 줄 맨 끝에 서 있는 꼰대 여자에게 물었다.

"확실히 그런 것 같은데요. 나는 거기에 가는 중이니까요."

그 여자는 콧속에 포도씨가 들어간 것 같은 목소리로 대답했다.

나는 그 여자의 뒤에 섰다.

"옥스퍼드까지 한 장요."

운전기사에게 말했다. '어린이 표'를 달라는 말은 아예 꺼내지도 않았다. 동행하는 어른이 없다는 이유로 경찰에 넘겨지고 싶지 않았다.

운전기사는 나를 쳐다보지도 않았다.

"편도, 왕복?"

내가 가진 돈으로 가능할까?

"편도요."

"13파운드요."

기사가 말했다.

담배를 사지 않은 게 다행이었다. 나는 돈을 냈고, 기사가 표를 주었다. 나는 2층으로 올라가 뒤쪽에 빈자리 몇 개가 있는 것을 발견했다. 나는 가발의 물기를 손으로 털어 내면서 날씬하고 화끈한 엉덩이를 흔들며 걸어갔다.

나는 생각했다.

'솔러스, 너는 제정신이 아닌, 못된 여자야.'

밖에는 비가 퍼붓기 시작했다. 아일랜드가 한 발자국 가까워졌다. 버스 엔진의 시동이 걸렸고, 드디어 버스가 런던을 뒤로 한 채 가로수 길을 달리기 시작했다.

13. 버스에서 만난 소녀

버스가 덜컹거리면서 길에서 벗어나더니, 힐링턴이라는 지하철역 근처로 다가갔다. 런던의 변두리에 다다른 것이었다. 길은 여기서 둘로 나뉘어 하나는 고속 도로로, 하나는 공장 지대로 연결됐다. 창밖은 황무지였다. 그 풍경은 어렸을 때 스카이 하우스의 창밖으로 보이던 볼품없는 표지판 같은 거무스름한 옛날 탑들의 느낌을 떠올리게 했다. 나는 유리창에 손바닥을 대고 어떻게 유리의 이쪽 편에는 내가 있고 그 반대편에는 세상이 있는지를 생각하며, 만약 내가 그 양쪽을 뒤바꿀 수 있다면 어떻게 될까 궁금해했다. 버스가 멈췄다. 몇 분 뒤에 짧은 갈색 곱슬머리에 단정한 배낭을 멘 여자애 하나가 계단으로 올라왔다. 그 애는 나를 향해 걸어왔다. 옆자리에 아무도 앉지 않기를 바랐기 때문에 창밖만 바라보고 있었지만, 그 애는 내 바로 옆에서 걸음을 멈췄다.

"여기 누가 앉을 거니?"

그 애가 물었다. 짜증 나게 우아한 말씨를 쓰는 부류였다.

"아니."

"앉아도 될까?"

"응."

"고마워."

그 애는 배낭을 벗어 들고 자리에 앉았다. 그 애의 곱슬머리에서 빗물이 떨어졌다. 수녀들이 신는 것 같은, 끈을 묶는 검은색 구두를 신고 있는 그 애의 발은 내가 이제까지 본 발 중에 가장 작아 보였다.

"아이, 참!"

그 애가 말했다.

"징글징글한 날씨야."

"그러게."

"옥스퍼드까지 가니?"

"응."

"나도. 거기서 공부해?"

나는 가발을 쓰다듬으면서 미소를 지었다. 내 입에서 어떤 말이 튀어나올지 나도 몰랐다. 나는 입을 열어 대답했다.

"응."

내가, 홀리 호건이, 옥스퍼드에서 공부한다고? 농담도 지나치지. 나는 앳킨스 선생님을 절망에 빠뜨렸다. 물론 그레이스나 트림과는 달리 나는 적어도 '읽을' 수는 있었다. 그 애들은 ABC도 거의 알지 못했다. 지하철을 타고 돌아다닐 때 그 애들은 나에게 지하철에 붙어 있는 광고를 읽어 달라고 했다. 문자 메시지는 말할 것도 없고.

"나도 거기서 공부해."

그 애가 활짝 웃으면서 말했다.

"나는 세인트 존에 있어. 너는 어디에 있니?"

"세인트 피터?"

나는 말꼬리를 높이 올려 대답하면서 농담을 하고 있는 듯 웃었다.

"오, 그러니? 거기에는 아는 애가 없어. 음식은 나쁘고 바가 좋다는 얘기는 들었어."

그런 데가 진짜로 '있다'는 거야?

나는 고개를 끄덕였다.

"엄청 나쁘고, 엄청 좋지."

내 목소리가 촌스러운 남부 런던 사투리에서 포도씨를 백 개쯤 집어넣은 소리로 변했음에도, 세인트 존인가 뭔가에 있다는 멍청한 여자애는 알아차리지 못하는 것 같았다.

"1학년이니?"

그 애가 물었다.

"응."

"나도 그래. 학교 다니는 거 좋아?"

"그저 그래."

"그저 그렇기만 해?"

"응. 알다시피 음식도 그렇고."

그 애가 웃었다.

"맞아. 음식이 별로지. 세인트 존의 음식은 괜찮아."

"세인트 피터의 음식은 끔찍해."

나는 한숨을 쉬었다.

"지난번에 내가 크림 크래커 속에서 뭘 발견했는지 알아?"

"뭔데?"

"구더기 같은 거였어. 구멍 속에서 기어 나오더라고."

"웩. 바구미 같네. 신고했어?"

"아니. 그냥 던져 버렸어."

"내가 그런 일을 겪었으면 다시는 홀(학생 식당이나 학생회관을 말함)에 갈 수 없을 것 같아."

그 애가 말했다.

홀? 그건 또 뭐지?

그 애는 가방을 열더니 손때 묻은 책 한 권을 꺼냈다. 표지에 『타키투스』라고 씌어 있는 게 보였다.

"내가 책을 읽어도 괜찮겠니?"

그 애가 물었다.

"물론이지."

나는 책을 읽기 전에 다른 사람에게 양해를 구해야 한다는 이야기는 들어 본 적이 없었다. 하지만 그 애가 책에 빠져들자, 나에게도 책이 있으면 좋겠다는 생각이 들었다. 앞에서 내가 책을 지루해한다고 말했던가? 하지만 사실 나는 이따금 책을 읽었다. 아무도 보지 않을 때만. 사람들이 마차에 올라타고 내리고 하는 고리타분한 이야기들 말고. 그런 헛소리들은 지루했다. 하지만 지금 일어나고 있는 진짜 이야기들은 읽을 수 있었다. 연애나 섹스. 살인. 위기에 빠진 사람들에 대한 이야기들.

일주일 전에 앳킨스 선생님이 학교로 작가인가 뭔가 하는 사람을 초청하는 행사를 한 적이 있었다. 선생은 아마도 그 사람을 유명 인사쯤으로 생각해서 그 사람이 오면 우리가 눈을 크게 뜨고 흥미를 보일 것이라고 생각했을 것이다. 그리고 과연 그가 교실 안으로 걸어 들어왔을 때, 나는 그가 자기 자신과 사랑에 빠진 전형적인 꼰대임을 알았다. 우편물 투입구처럼 생긴 번쩍이는 안경을 낀 비쩍 마른 사람이었다. 그는 자신의 생각과 자기가 만든 인물들, 그리고 출판에 대한 이야기들을 할 예정이었는데, 내 생각에는 하품이 나올 것 같았다. 그는 자리에 앉더니, 어떻게 이야기를 시작할지 잘 모르겠다는 듯 우리를 둘러보았다. 그러더니 입을 열었다.

"현대에도 기적이 일어난다고 믿는 사람이 여기에 있나요?"

반 아이들이 킥킥거렸다. 그러더니 몇몇 아이들이 손을 들었다. 갑자기 모두들 자기네들이 아는 기적에 대해 떠들기 시작했다. 심장마비로 죽은 할머니가 되살아난 이야기, 가장 친한 친구를 우연히 마요르카 섬에서 마주친 이야기, 또는 크리스털 팰리스 축구단이 맨유를 3 대 0으로 이긴 이야기 같은 것들이었다.

그러자 그 사람은 고개를 끄덕이더니 그 많은 기적들 가운데 그가 『토드 피시의 열한 번의 삶』이라는 책을 써서 이 자리에 서게 된 것이 가장 큰 현대의 기적이라고 말했다. 왜냐하면 그는 학교를 싫어했고, 난독증 때문에 열세 살이 될 때까지 책을 잘 읽지도 못했다는 것이다. 그건 트림이 갖고 있다고 주장하는 증상이었다. 내 생각에는 자기 머리가 나쁜 것에 대한 트림의 변명이었지만.

"만약 내가 언젠가 작가가 될 거라는 데 여러분이 돈을 걸었다면, 만 대 일 정도의 승률로 부자가 되었을 거예요."

나는 웃음을 참으면서 자리에 앉아 있었다. 만약 내가 작가가 되는 데 돈을 건다면, 아마도 승률이 백만 대 일이 될 것이다. 하지만 무슨 일이 일어났는지 아는가? 그가 기적을 믿는지 아닌지에 대해 우리에게 몇 문장을 쓰게 했는데 그는 내가 쓴 것을 매우 마음에 들어 하면서 반 전체 아이들에게 읽어 주었다. 그것을 듣고 모두들 웃었고, 그는 내 글이 '간결하나 함축적'이라고 했다. 그 말이 무슨 의미인지는 잘 모르겠지만. 내가 쓴 글을 기억하고 있다. 그것은 다음과 같다.

나는 기적을 믿지 않는다. 우리 엄마는 예전에 나를 기적이라고 부르곤 했지만, 이제 내가 아기들에 대해 알게 되고 나니, 나는 기적이 아니었다. 기적이란 내 친구 트림이 프로 선수로 계약을 안 한 사람들 가운데 가장 뛰어난 축구 선수인 미코에게서 공을 빼앗았을 때 같은 경우를 말하는 것이다. 또는 내 피자 위에 햄뿐 아니라 파인애플까지 있을 때와 같은 것이다. 그건 신과 아무 관계도 없다. 그건 행운이다. 행운이 기적과 똑같은 것은 아니다. 행운은 64번 버스 같은 걸 기다릴 만큼 기다렸을 때 버스가 모퉁이를 돌아서 오는 그런 것이다. 이 학교, 이 반에서 오늘, 이 순간에 어렸을 때 이러저러해서 여기에 서 있는 게 기적이라고 말하는 작자라는 사람을 위해 기적에 대해 써야만 하는 나는 드럽게 운이 없다. 그에게는 기적이었던 것이 나를 위해서는 기적이 아니라니. 오호라.

나는 일부러 철자를 틀린 게 하나 있었고, 실수로는 여러 개 틀렸지만, 그는 별로 개의치 않았으며 나도 그를 심하게 조롱한 것도 아니었다.

옆자리에 앉은 여자애가 책을 읽다가 고개를 드는 걸 보니, 기억을 되살리다가 나 혼자 깔깔대고 웃었던 게 틀림없었다. 나는 재빨리 창밖의 고속 도로 갓길을 뚫어지게 바라보았고, 그 애는 다시 책으로 눈을 돌렸다. 슬쩍 훔쳐보니 보물지도 같은 것을 보고 있었다. 나는 곁눈질로 뭐가 그렇게 재미있는지 보려고 했지만, 보이는 것은 이해할 수 없는 단어들뿐이었다.

마침내 그 애가 책을 내려놓았다.

"툴레(유럽 신화에 나오는 극북極北의 섬)가 보이고 있어. 하지만 아득히 멀리서."

그 애가 말했다.

"뭐?"

"미안, 이 책에서 나오는 이야기야."

그 애가 웃었다.

"대단해. 로마의 역사가 타키투스라는 사람 말이야. 그가 자신의 장인인 아그리콜라가 어떻게 영국을 돌아 항해를 했는지 기록해 놓았거든. 그리고 그가 얼어붙은 북쪽에 도착했을 때 육지를 보면서 그것이 툴레라고 생각해. 하지만 그들은 그곳에 상륙할 시간이 없었거나 아마도 너무 추웠기 때문에 그냥 지나쳐 가버려. 그리고 아그리콜라는 남은 생애 동안 그것을 후회했을 게 분명해. 툴레는 마치 성배와도 같은 거잖아."

"쭐레?"

내가 되물었다.

"아니. 툴레."

그 애는 책 속에 있는 '툴레'라는 단어를 나에게 보여 주었다.

"예쁜 이름이구나."

내가 말했다.

"너에게도 그런 곳이 있니? 툴레와 같은 곳?"

"뭐?"

"네가 언제나 가기를 소망하는 장소가 있냐고?"

"아, 그래. 물론 있지. 나에게는 그런 곳이 있어. 아일랜드."

"아일랜드?"

"응. 내가 태어난 곳이야. 오랫동안 가 보지 못했지만."

"멋진 곳 같아."

"멋진 곳 맞아. 사람들이 흔히 하는 말처럼 푸른 들판과 초원이 있는 곳이지. 넌 어떤 곳에 가고 싶어?"

그 애는 눈을 감고 미소를 지었다.

"이집트. 왕가의 계곡."

"미라들이 있고 그런데 말이야?"

"응. 하지만 내가 가고 싶은 곳은 현재의 왕가의 계곡이 아니라 1922년의 그곳이야. 나는 하워드 카터와 함께 발굴을 하고 있는 중이야. 우리는 투탕카멘의 무덤이 봉인된 이후 최초로 그 무덤 안으로 기어 들어가고 있어. 시간이 멈췄어. 우리는 반짝이는 금을 보고 있어⋯⋯."

그 애는 눈을 감은 채로 마치 어두운 통로 속에서 더듬더듬 길을 찾는 것처럼 손을 움직였다.

"그것 참 '툴레'스럽구나."

그 애는 눈을 떴다.

"너는 내가 미쳤다고 생각할 거야. 지금은 쓰지 않는 옛날 언어를 공부한 결과인 것 같아. 너는 뭘 읽고 있니?"

"『제인 에어』."

나는 대답했다. 앳킨스 선생님이 알면 자랑스러워할 것이다. 수업 시간에 우리는 그 징징대는 제인이 습지로 달아나는 부분까지 읽었다. 로체스터 씨가 미친 부인을 다락방에 숨겨 둔 것을 알았기 때문이었다. 정말 어리석지 않은가? 그 애가 웃었다.

"내 말은 학교에서 뭘 공부하느냐는 거야. 옥스퍼드에서."

"오."

나는 피식 웃었다.

"불어."

그건 내 머릿속에 떠오른 오직 한 가지 말이었다. 재미있게도 그건 내가 영어보다 불어를 훨씬 더 싫어하기 때문이기도 했다.

"불어?"

나는 고개를 끄덕였다.

"현대 불어를 말하는 거지?"

"응."

"두 가지를 공부해야만 하는 거 아니야?"

"두 가지?"

"두 가지 언어."

"오, 그래. 그렇지."

"또 다른 하나는 뭔데?"

"아일랜드 말."

"아일랜드 말?"

"응."

"난 옥스퍼드에서 아일랜드 말을 배울 수 있는 줄 몰랐어."

그 애의 갈색 눈이 휘둥그레졌다.

"응. 배울 수 있어. 이제 막 시작했대."

"그거 잘됐다. 내 말은 정말 잘됐다고. 너는 아일랜드 말을 처음부터 조금이라도 했어?"

"응. 아까 말했다시피, 난 거기서 태어났거든. 우리 엄마는 아일랜드 사람이야."

"엄마는 아일랜드 말을 해?"

"오, 그럼."

'러시아 말을 하는 것처럼 하지.'

"나에게 한번 말해 봐. 어서. 조금이라도 듣고 싶어."

버스가 방향을 바꾸자 고속 도로가 끝났다. 에어컨이 꺼지고 여기저기서 말하고 웃는 소리가 들려왔다. 내 귀가 뜨거워졌다.

"인 우치 산, 두난 미칼 눈디."

나는 말했다.

"끝내주는데. 무슨 뜻이야?"

"도대체 언제 도착하느냐는 뜻이야."

그 애가 웃었다.

"그러게 말이야. 아, 참, 난 클로이야."

나는 히죽 웃었다.

"난 솔러스."

"솔러스?"

나는 고개를 끄덕였다.

"멋진 이름이네. 하지만 아일랜드식은 아니잖아. 그렇지?"

"아니지. 우리 아버지가 지은 이름이야."

"아버지가?"

"응. 우리 아버지는 엄마와는 달리 영국 사람이거든. 우리 아버지는 작가야."

"우아! 우리 아버지는 그냥 CEO야. 아버지가 작가인 게 훨씬 더 좋은 거 같아."

CEO. 그게 뭐지? 여왕에게서 받는 훈장 종류 같은 건가?

"그런데 너희 아버지 이름이 뭐야? 이름을 알아야 내가 찾아볼 수 있잖아?"

클로이가 물었다.

"토드 피시."

내가 대답했다.

"피시? 그게 네 성이야?"

이런. 솔러스 피시? 그건 아니었다.

"오, 아니야."

나는 한숨을 쉬었다.

"그건 아버지의 가짜 이름이야. 책 표지에 쓰는 이름이지."

"그러니까 놈 드 플륌(불어로 작가의 필명이라는 뜻)이라는 거지?"

"딱히 그런 건 아니고. 그냥 글 쓸 때 쓰는 이름 같은 거지."

내가 대답했다.

아마도 내가 우아한 목소리로 말하는 것을 잊었는지도 몰랐다. 클로이가 이상한 표정으로 나를 바라보았다.

"그 두 개가 다른 뜻인지 몰랐어……."

그 애는 말을 멈추고 어깨를 으쓱했다.

"하지만 뭐, 네가 불어를 공부하니까 더 잘 알겠지."

내 뺨이 뜨거워졌다. 클로이는 성배와 툴레의 책으로 다시 돌아갔다. 버스는 둥근 교차로에 이르렀고, 그곳에는 내가 한 번도 들어보지 못한 곳들의 이름들과 나란히 옥스퍼드라고 씌어 있는 표지판이 있었다.

버스의 속도가 느려졌다. 사람들이 부산하게 바스락거리면서 웅성대기 시작했다. 시내로 들어섰다.

'옥스퍼드, 우리가 왔다.'

버스는 어느 도시 어디서나 흔히 볼 수 있는 칙칙한 거리를 달리고 있었다. 하지만 둥근 교차로 하나를 더 돌고 다리를 건너자 옥스퍼드가 내 눈 안으로 들어왔다. 커다란 노란색 탑과 노란 담장들, 그리고 초록색 잎사귀들이 있었고, 세상을 다 가진 듯 걷고 있는, 아직 나이를 먹지 않아 꼰대가 되기 전인 젊은이들이 보였다. 팔짱을 낀 젊은 한 쌍이 흰옷 위에 입고 박쥐 날개 같은 소매가 달린 검은 가운을 입은 채 서 있었다.

"내 남자 친구가 저기 다녀."

갑자기 클로이가 내 귀에 대고 말하면서, 고갯짓으로 좀 더 짙은 노란색의 커다란 건물을 가리켰다. 버스가 지나가는 동안, 나는 아치형의 문 사이로 평평한 초록색 잔디밭을 흘낏 보았다. 한가운데에는 한쪽 팔을 치켜든 검은색의 마른 조각상이, 이제까지 내가 본 중에 가장 아름다운 분수 속에서 달리고 있었다. 나는 템플턴 하우스의 뒷마당에서 비키니를 입은 그레이스와 나에게 트림이 물을 뿌려서 우리가 이리 뛰고 저리 뛰던 기억을 떠올렸다. 트림은 고무호스의 끝부분을 틀어쥐고 사방에 물벼락을 안겼다.

"훌륭한데."

나는 미소를 지으며 말했다.

"남자 친구는 내년에 떠날 거야."

"떠난다고?"

"응. 세계은행에 취직됐거든. 라고스에 있는."

나는 세계은행이라는 게 있다는 것을 전혀 몰랐다. 어디에서도 그 은행의 지점을 보지 못했다. 게다가 라고스가 어디에 있는지도 몰랐다.

"멋있네."

나는 말했다.

클로이는 어깨를 으쓱하더니, 책을 덮고 가방에 집어넣었다. 버스가 모퉁이를 돌자 속도를 줄이면서 차량 진입 방지용 콘크리트 말뚝과 창문이 없는 건물들이 있는 거리를 지나갔다. 그리고 광장으로 진입했다.

"글로스터 그린입니다."

운전기사가 소리쳤다. 그는 주차 공간에 버스를 세우고 엔진을 껐다. 모두들 자리에서 일어나, 가방을 들고, 차에서 내리려고 줄지어 섰다.

클로이는 나를 돌아보며 희미하게 미소를 지었다.

"안녕, 솔러스. 또 보자."

그 애는 천천히 버스에서 내렸다.

"잘 가."

내가 소리쳤다. 나는 그 애가 모퉁이를 돌아 사라지는 것을 지켜보았다. 그리고 나도 도마뱀 가방을 들고 차에서 내려 광장을 가로질러 걸었다. 나는 길 위의 솔러스다. 나에게는 친구가 엄청 많다. 나는 너무 기분이 좋아 넋을 잃고 있다가 출발하는 버스에 치일 뻔했다.

옥스퍼드, 내가 왔다.

14. 변신

상점들이 있는 거리를 어슬렁거리다가 자전거에 치어 죽을 뻔했다. 어디에나 자전거가 있었다. 보기만 해도 속이 울렁거렸다. 사람들이 어떻게 자전거 같은 것을 타고 다니는지 이해할 수가 없었다. 트림은 요령만 익히면 매우 쉽다고 했지만, 나는 한 번도 시도한 적이 없었다. 내가 보기에는 서커스에나 어울릴 어리석은 짓이었다.

나의 휴대 전화가 진동했다. 문자 메시지가 들어왔다.

잊지 마, 오늘 늦을 거야. F.

피오나가 아직 밖에 있는 모양이었다. 그때 나는 화려한 원피스들로 가득 찬 상점 앞을 지나고 있었다. 언제 마지막으로 원피스를 입었는지 기억할 수도 없었다. 스케이트보드를 타는 반항적인 스케이터로서 나는 늘 청바지에 운동복 같은 웃옷을 고수했다. 나는 그레이스처럼 유명 디자이너의 제품을 입지 않았다. 분홍색, 주름 잡힌 꽃무늬, 타이츠, 스커트는 나와 어울리지 않았다. 하지만 나는 걸음을 멈추고 유리창을 바라보았다. 주된 목적은 가발을 고쳐 쓰는 것이었다. 하지만 주황색과 하늘색 바탕에 짙은 갈색 물방울무늬가 있는, 노출이 심하고 화려한 원피스를 입은 마네킹들에게서 눈을 뗄 수 없었다.

저 옷의 디자이너는 마약을 너무 많이 먹고 옷을 만들었나 봐.

저 옷들은 바늘 한 땀까지 모두 솔러스의 스타일이네.

나에게는 겨우 4파운드가 남아 있을 뿐이었다. 하지만 나는 언제나 훔칠 수 있었다. 템플턴 하우스 근처에 있는, 주인이 아시아 사람인 작은 사탕 가게에서 한두 번 들치기를 한 적이 있었다. 이상한 초콜릿 바나 껌 한 통 같은 것들이었다. 그렇지만 옷은 한 번도 훔쳐 본 적이 없었다. 상점들 대부분은 모든 물건에 마그네틱 꼬리표를 붙여 놓았고 특별한 기계를 통과하지 않고서는 밖으로 나갈 수 없도록 만들어 놓았다. 그냥 문을 통과해서 나가려고 하면 경보가 울린다. 트림의 말에 의하면, 전자 광선을 피해서 물건을 그 위나 아래로 갖고 나가거나 또는 호일로 싸서 들고 나가야 한다고 했다. 그는 항상 그렇게 한다고 했다. 경보가 울려도 재빨리 거리로 뛰쳐나가 달아나면 경비원이 한 블록만 쫓아오다가 포기해 버린다고도 했다. 하지만 트림이 하는 말은 대부분 사실이 아니었기 때문에 나는 그 애가 정말로 그렇게 했는지는 모르겠다. 트림은 자기가 비행기 안에서 태어났다고 말했지만, 어떻게 그런 일이 일어날 수 있겠는가? 어쨌든 나는 옷을 훔친 적이 없었다.

그 상점의 진열창에는 누군가가 스프레이로 '폐점'이라고 써 놓았다. 나는 출입문을 훑어보았다. 상점 이름은 '스위시'였다. 나는 안으로 들어가 맨 뒤에 있는 선반 쪽으로 갔다. 점원 아가씨가 수화기를 머리에 풀로 붙여 놓은 것처럼 대고 통화를 하고 있었다.

"맞아, 누가 아니래. 난 클럽에 갔는데 걔가 제시간에 나타나지 않았어……. 그래. 거기는 한번 들여보내 주면, 다시 밖으로 나올 수 없어. 클론 존에서는 도장을 찍어 주거나 그러지 않아……. 안 돼. 그렇다니까. 샌, 나는 꼼짝도 안했어……. 뭐라고? ……그래. 우리는 끝났어…….”

나에게 맞는 크기의 원피스를 골랐다. 화려한 옷이었다. 크림색 바탕에 연한 회녹색과 장미색 구름이 서로 겹쳐지면서 이어지는 무늬가 있었고, 민소매에 가는 끈이 달려 있어서 브라를 하면 슈퍼 모델처럼 보이는 옷이었다. 마그네틱 꼬리표는 없었다. 나는 상표를 보았다. 원래 35파운드에서 할인한 가격이 18파운드였다.

옷걸이에서 옷을 내려서 내 도마뱀 가죽 가방에 집어넣었다. 어렵지 않았다.

“……걔가 바로 다름 아닌 쓰레기야. 만약 내가 돌아오길 바란다면, 걔가 그렇게 해야 하겠지……. 그래. 모든 것들……. 내가 무슨 말을 하는지 알아? …….걔랑 완전히 연락을 끊으라고? 너무 끔찍해…….”

나는 밖으로 나와 침팬지처럼 웃으면서 거리를 걸어갔다. 주머니에는 여전히 돈이 있었고, 나는 한 푼도 치르지 않고 새 원피스를 얻었으며, 스위시는 18파운드를 손해 보았다. 모두 그 점원 아가씨의 남자 친구가 클럽에 나타나지 않았기 때문이다.

그다음에 내가 간 곳은 커다란 백화점 앞이었다. 나는 안으로 들어가 에스컬레이터를 타고 올라갔고, 화장실에 들어가서 옷을 갈아입었다. 등에 달린 지퍼를 올리기 위해 몸을 비비 꼬아야 했다. 그곳에서는 좋지 않은 냄새가 났고, 그곳의 조명은 사람 얼굴을 죽기 직전처럼 보이게 했다. 미코가 죄책감은 나쁜 냄새처럼 주위를 따라다닌다고 말하곤 했지만, 그곳에서는 죄책감의 냄새가 아니라 늙은 여자의 향수 냄새가 났다. 게다가 거울을 보니, 매우 보기 좋은 모습이었다. 미안하게도 솔러스는 꽤 멋져 보였다. 옷 색깔이 금발의 가발과 잘 어울렸고, 날씬하고 화끈한 엉덩이가 잘 드러나 보였다. 나는 청바지와 웃옷을 도마뱀 가방 속에 접어 넣었다.

“넌 죽었어, 홀리 호건.”

나는 거울을 보면서 말했다. 사람들은 홀리 호건을 찾아 온 나라를 뒤질 수도 있겠지만, 그들은 그 애를 찾을 수 없을 것이다. 그 애는 이제 존재하지 않으니까.

"이제부터 나를 솔러스라고 불러 줘."

거울에 비친 내 모습을 보며 말했다.

하지만 신고 있는 운동화와 양말이 원피스에 어울리지 않았다. 그래서 나는 다시 1층으로 내려가기 위해 투명한 승강기에 올라탔다. 문이 열리는 곳을 향해 섰다. 승강기가 움직이기 시작하자 스카이 하우스의 승강기를 탔을 때 늘 그랬던 것처럼 배 속의 위는 제자리에 있는데 나만 아래로 내려가는 느낌이 들었고, 숨을 쉴 수 없었다. 나는 어깨 위에 놓인 엄마의 손길을 정말로 느낄 수 있었다.

'이런, 홀.'

스카이 하우스에서 우리는 맨 꼭대기 층인 12층에 살았다. 그곳에는 두 대의 승강기가 있었는데, 하나는 홀수 층, 다른 하나는 짝수 층에 섰다. 그래서 짝수 층으로 올라가는 승강기가 붐빌 때면 우리는 홀수 층으로 가는 승강기를 탔고, 11층에 내려 나머지 한 층을 걸어 올라갔다. 그곳의 승강기는 금속으로 되어 있고 지린내가 나서 엄마가 정말 싫어했다.

"이따위 기계보다는 차라리 내 관이 더 낫겠어, 홀."

엄마는 이렇게 말하곤 했다.

덜커덩거리면서 투명한 승강기가 지상에 닿았을 때, 나는 거의 기절한 상태에 가까웠다. 다시 단단한 땅 위로 돌아와 살 것 같았다. 나는 밖으로 나가 옥스퍼드 거리를 돌아다니다가 자선기금 마련을 위한 중고품 상점을 발견했다. 그레이스는 중고품 상점에서 물건을 사는 사람들은 바보며, 머저리라고 했다. 그런 면에서는 피오나가 최고일 텐데, 왜냐하면 그녀는 중고품 상점을 그냥 지나치는 법이 없었기 때문이다. 그레이스는 새로 나온 상품만 좋아했다. 하지만 나는 아무도 보지 않을 때는 중고품 상점들을 드나들었다. 그리고 2파운드짜리 티셔츠를 살 때도 있었다. 이번에는 훔칠 생각이 아니었다. 자선기금 마련을 위한 상점에서는 그런 짓을 하지 않는다. 위탁 아동이라고 할지라도 기준은 있는 법이다. 하지만 나는 상점 안으로 들어갔고 내 발에 맞는 검은 샌들을 발견했다. 9센티미터쯤 되는 커다란 굽이 달려 있었다. 5파운드였다. 내가 가진 돈에서 1파운드가 모자랐다. 나는 주위를 둘러보았다. 상점을 운영하는 두 명의 늙은 꼰대들이 곧 시작할 테니스 경기에 대해 수다를 떨고 있었다. "웜~벌~도온~론 ~티니스."라고 그들은 말했다. 그래서 나는 손에 샌들을 들고 마치 바깥 날씨를 확인이라도 하듯 느긋하게 문을 향해 걸어갔다. 그리고 책 판매대 옆에 서서 제목을 읽어 보는 척했다. 그리고 샌들을 이쪽 손에서 저쪽 손으로 바꿔 들어 계산대 쪽에서 보이지 않도록 했다. 그러고 나서 문밖으로 나갔다.

"안녕히 가세요."

꼰대 여사들 가운데 하나가 인사를 했다.

나는 샌들을 들고 있지 않은 손을 흔들어 인사를 했고, 샌들을 든 채 가벼운 발걸음으로 거리를 걸었다.

하지만 이번에는 미코가 말했던 나쁜 냄새가 내 주위를 심하게 따라왔다. 자선기금 상점에서 도둑질을 한 탓이었다. 재빨리 길을 건너 노란 건물들 사이를 빠져나오니 교회 옆에 잔디밭이 보였다. 그곳에는 돌로 만든 벤치가 있었다. 나는 벤치에 앉아 신발을 갈아 신었다. 그리고 일어서다가 거의 넘어질 뻔했다. 키가 엄청 커진 상태로 몇 걸음 걸었다. 언젠가 몇 센티미터 더 키가 큰 다음에 굽이 높은 구두를 신으면 미코와 눈을 마주 보게 될 수도 있을 것 같았다. 그 순간 나는 그가 강 건너로 영원히 사라졌다는 사실을 기억해 냈다. 나는 벤치에 다시 앉았다. 여전히 돈이 남아 있었고, 나는 배가 고파 죽을 지경이었다. 얼마 전 영어 수업 시간에 제인 에어가 구걸을 하기에는 너무 자존심이 강해서 돼지의 여물로 남겨 둔 차가운 죽을 먹는 장면을 읽었다. 얼마나 슬픈 일인가. 나는 빅맥 정도는 사 먹을 수 있는 여유가 있었고, 그것을 먹고 난 다음에는 버스를 찾아낼 것이다. 그리고 예쁜 새 옷을 입고 시내를 떠나 서쪽으로 향할 것이다.

나는 햄버거와 감자튀김을 산 다음 다른 벤치에 앉아 먹었다. 중심가에 있는 그 벤치는 반쯤 앉고 반쯤 기댈 수 있는 괴상한 것이었다. 어떤 괴짜가 그저 특이하게 보이기 위해 그런 디자인으로 만든 것 같았다. 틀림없이 마약을 너무 많이 한 탓이다. 등을 아프게 만드는 벤치였다.

하늘이 구름으로 뒤덮였고, 비가 흩뿌리기 시작했다. 마지막 감자튀김을 먹고 나서도 나는 여전히 배가 고팠다. 우산을 든 채 바쁘게 지나가는 사람들 때문에 나는 이리저리 떠밀렸다.

오, 이런. 나는 갈 곳이 없었다. A40번 도로가 어디에 있는지 알 수 없었다. 게다가 이제 나에게는 2파운드와 잔돈만 남아 있을 뿐이었다. 우산을 사기에도 모자라는 돈이었다.

자전거와 박쥐 날개 들로 가득 찬 이 도시때문에 나는 지쳤다.

모든 사람들이 나를 외면하며 서둘러 지나갔다.

다음 순간 나는 입안으로 물방울이 조금씩 흘러 들어오는 것을 느낄 수 있었다. 그것이 비가 아니라는 것을 나는 알고 있었다. 짠맛이 났으니까.

'정신 바짝 차려.'

나는 스스로에게 말했다. 나는 괴짜가 만든 벤치에서 일어나 굽이 높은 신발을 신은 채 비틀거리면서 거리를 걸었다. 아까 그 잔디밭 옆의 교회로 가 볼 생각을 했다. 왜냐하면 적어도 그곳은 안에 들어가 앉아 있어도 돈을 받지는 않을 테니까. 하지만 나는 틀린 방향으로 걸어갔던 것 같다. 아무리 걸어도 그곳이 나오지 않았기 때문이다. 그저 커다란 나무들이 늘어선 긴 도로가 계속될 뿐이었다. 부슬부슬 내리던 빗방울이 점점 굵어졌다. 그때 도로에서 좀 떨어진 잔디밭 저편에 화려하게 장식된 창문들이 달린 커다란 건물이 나타났다. 표지판에는 박물관이라고 씌어 있었고, 입장료는 무료였다.

박물관과 나는 어울리지 않는다. 유리 상자 안에 들어 있는 온갖 쓰레기들은 나를 엄청 골치 아프게 만들었다. 하지만 이제 비가 제대로 퍼붓고 있었으므로, 피할 곳을 찾지 못하면 가발이 망가질 지경이었다. 그래서 나는 휘청거리면서 박물관 안으로 들어갔다.

15. 죽은 것들의 장소

　무거운 나무 문을 열고 들어가니 하얀 조명 아래 공룡들이 있는 넓고 환한 전시실이 나왔다. 머리 위에는 금속과 유리로 만들어진 뾰족한 지붕이 덮여 있었다. 덥고 조용했다. 학생들이 서둘러 복도를 지나갔다.

　나는 신음했다. 어디에나 상자 속에 들어 있는 죽은 것들뿐이었다. 올빼미, 타조, 여우. 누군가 그들을 죽여서 박제로 만들어 놓았다. 비열한 짓이다. 죽은 동물들은 순리대로 땅에 묻어서 썩게 놔두어야 한다. 커다란 검은 눈을 가진 수달이 가짜 덤불과 물을 배경으로 마치 살아 있는 것처럼 터벅터벅 걸어갔다. 나는 수달이 땅을 파서 먹이를 찾아 먹은 다음 잠깐 수영을 하고 있는데, 누군가 다가와서 몽둥이로 머리를 후려치는 상상을 했다. 북극에서 사람들이 바다표범에게 하듯이 말이다. 잔인한 짓이다.

　나는 이미 죽은 지 오래된 공룡 앞에서 걸음을 멈췄다. 그것은 매우 컸고, 적을 공격하기 위한 날카로운 엄지손톱을 갖고 있었다. 만약 사람들이 저렇게 치명적으로 위험한 엄지손톱을 갖고 있다면 세상이 어떻게 될까? 아마도 모든 사람들이 다른 모든 사람들을 죽이게 될 것이고 맨 마지막으로 남은 사람은 후손도 없이 늙어서 죽게 될 것이다. 그러면 수달이나 바다표범은 마음대로 실컷 돌아다닐 수 있을 것이고 몽둥이에 맞을 일도 없을 것이니, 세상은 더 좋은 곳이 될 것이다.

그다음에 나는 커튼이 쳐 있는 문이 달린 부스를 보았다. 안내문에는 형광성 광물이라고 씌어 있었다. 커튼 뒤는 어두웠고, 돌들이 잔뜩 있었다. 버튼을 누르니 불이 들어왔다. 돌들은 박물관에 있는 다른 것들과 마찬가지로 살아 있지는 않았지만, 보석처럼 예뻤다. 나는 보석들을 좋아했다. 우유처럼 하얀색, 연보라색, 은색, 그리고 엄마의 반지와 같은 호박. 나는 땅속에서 보석들을 캐내서 그것으로 수백만 달러짜리 목걸이를 만든 다음 세계를 열광시키면서 돌아다니는 장면을, 특히 아름다운 그레이스가 그런다면 어떨지를 떠올려 보았다. 나는 몇 시간이나 그 돌들을 바라보고 있을 수 있었으나, 내가 안으로 들어온 지 얼마 되지 않아 내 뒤로 아이들이 떼를 지어 몰려왔다. 그들은 돌에는 관심이 전혀 없었음에도, 들락날락하면서 불을 껐다 켰다 수선을 피웠다. 단 하나 둥근 안경을 낀 진지한 표정의 남자애 하나만 예외였다. 그 애는 머리가 내 팔꿈치에 닿을 정도의 키였는데, 유리 상자에 코를 박은 채 안내문을 읽고 있었다. 다른 애들은 곧 흥미를 잃고 사라졌으나, 그 애는 남았다. 우리는 함께 돌들을 들여다보았다.

"저것들 멋있어. 저 돌들 말이야. 그렇게 생각하지 않니?"

내가 물었다.

"우주에서 온 것처럼 보여요."

그 애는 여덟 살쯤 되어 보였는데, 이미 클로이나 자선기금 상점의 꼰대들과 똑같은 말씨를 썼다.

"오, 그래? 여기에는 아이슬란드에서 가져온 거라고 씌어 있는데."

내가 말했다.

"아마도 운석에서 떨어져 나왔을 거예요."

"아니야."

"맞아요."

그 애가 나를 향해 얼굴을 돌렸다. 안경을 통해 보이는 그 애의 눈이 크게 보였다.

"우리는 원래 모두 우주에서 왔어요. 우리 몸에 있는 원자들은 하나도 빠짐없이 그래요. 우리는 빅 뱅으로부터 시작되었어요."

그 애가 말했다.

나는 씩 웃었다.

"당연히 그렇지."

"외계인 같은 건 없어요. 왜냐하면, 알다시피, 우리 모두 외계인이니까요."

그 애는 학생들을 모아 놓고 강의를 하는 것처럼, 우아하고 어른 같은 목소리로 말했다.

"만약 우리 모두가 외계인이라면, 외계인은 있는 거네."

내가 말했다.

그 애는 자신의 생각이 자기 뇌에 비해 너무 크다는 듯이 고개를 젖혔다.

"모두가 외계인이거나 아무도 외계인이 아닌 거죠. 그런데 만약 모두가 외계인이라면, 무엇에 대해 외계인이라고 할 만한 게 없는 거죠."

"우아!"

십 년 안에 그 애는 천재들에게 주는 상을 한 트럭쯤 받고서 박쥐 날개를 입고 옥스퍼드를 누빌 것이다.

"그렇구나, 네 말을 알아들었어. 그것 정말 대박인걸."

대박은 뭔가 최고의 것을 가리킬 때 트림이 쓰는 표현이었다.

그 애는 위를 올려다보더니 나를 향해 환하게 미소를 지었다.

"정말 그렇게 생각해요?"

그 애가 물었다.

그러더니 어린 아인슈타인은 마치 낯선 사람과 이야기를 나눌 생각이 없었음을 기억해 냈다는 듯이 수줍어하면서, 자신의 온 삶이 걸려 있다는 듯이 열심히 유리 상자 속을 들여다보았다. 그래서 나는 그 애 곁을 떠나 그 방을 나왔다. 한편으로는 웃으면서, 다른 한편으로는 귀여운 아이지만 꼰대의 나라에서 구해 내는 게 절박하다는 생각을 하면서.

한낮의 햇빛이 내 눈을 아프게 했다. 나는 코끼리 해골을 지나쳐서 다른 문으로 걸어갔다. 문 뒤는 전혀 다른 구역이었고, 어두웠으며 여러 물건들로 가득 차 있었다. 나는 학교에서처럼 의식이 반쯤 붕 떠 있는 상태로 한 바퀴 돌았다. 그건 보고 있긴 하지만 정말로 보지는 않는 상태다. 생각의 스위치를 끄고, 마치 공기나 거품처럼 멍하니 아무 생각도 하지 않고 보는 것이다. 그것은 곧바로 괴로움의 구렁텅이 코앞까지 가게 만든다. 하지만 아무리 애를 써도, 삐뚤빼뚤한 글씨들이 씌어 있는 이름표에 쓰레기장에나 있을 법한 물건들이 들어 있는 상자 안을 들여다보지 않을 수 없었다. 농담이 아니라, 어떤 보관함 안에는 낡은 밧줄이 들어 있었다. 밧줄을 진열해 놓은 박물관이라니, 슬픈 일이다.

그곳에는 장승이 있었고, 가면과 미라의 관이 있었다. 진열장 아래에 있는 보관함들에는 서랍이 달려 있었고, 열어 볼 수도 있었다. 나는 그 속에서 마술 도구가 들어 있는 상자를 발견했는데, 낡아서 거의 썩어 가는 것처럼 보였다. 어떤 서랍을 열어 보았더니 양쪽 눈에 핀이 꽂힌 갈색 밀랍으로 만든 벌거벗은 남자 인형이 들어 있었다. 어이쿠. 부두 인형(서아프리카에서 유래한 주술적인 종교 의식에 쓰이는 인형)이었다. 얼마나 역겨운 꼴인지. 나는 토할 것 같았다. 가장 악랄한 적에게도 나는 저런 짓은 못할 것 같았다. 엄마의 사진을 찢어 버린 캐버나네 꼬마에게 조차도. 그 누구에게도. 나는 재빨리 서랍을 쾅 닫아 버렸다.

그다음에는 가면을 정면으로 보았다. 가면의 눈은 크고 텅 비어 있었으며, 뺨은 홀쭉했다. 가장자리에는 검은색의 곱슬곱슬한 가짜 머리카락이, 미쳐 날뛰는 인형처럼 들쭉날쭉 붙어 있었다. 그것은 데니를 빼닮았다. 나는 비틀거리면서 온갖 보관함들을 거쳐서 왔던 길로 되돌아갔다. 어지러웠다. 마치 공기가 레모

네이드로 만들어진 것처럼 내 주위에서 공기 방울들이 보그르르 소리를 내고 있었다. 눈꺼풀 위로 하얀 줄무늬가 번쩍였다.

두근두근.

사람들.

울림.

해골들.

나는 여자 화장실을 발견하고 안으로 들어가 문을 걸었다. 그리고 변기에 앉아서 가발을 벗었다. 배가 아파서 허리를 구부렸다. 나는 손가락 관절로 눈을 눌렀지만, 눈에 보이는 것은 미쳐 날뛰는 인형 같은 머리카락이 붙어 있던 가면의 얼굴뿐이었다. 그것은 스카이 하우스를 들락날락하던, 들어가거나 나가거나 둘 다 문제였던 악몽 같은 사람, 데니 아저씨로 되살아났다.

나는 마치 어제 일처럼 그를 기억했다. 그의 머리가 종이로 된 지구본을 들이받아 머리 위에 얹은 전등갓처럼 만들어 버렸던 것. 마치 허리 아래로는 여름이고 위로는 겨울인 것처럼, 끝 부분이 너덜너덜한 데님 반바지 위에 두꺼운 격자무늬 셔츠를 입고 있던 모습. 머리카락은 수천 개의 코르크 병따개처럼 나선형으로 말려 있었고 칠흑처럼 검었다. 그리고 눈은 밝은 파랑색이었다. 그는 앉지도 않고 서서 크리스피와 슈레디가 섞여 있는 시리얼 그릇을 마구 휘저으며, 누가 머리에 총이라도 겨누고 있는 듯, 허겁지겁 퍼먹었다. 그러고 나서 그는 탁자 위에 얇은 흰 종이 두 장을 나란히 펴 놓고, 뱀처럼 길게 담배의 내용물을 그 위에 털어놓았다. 아마도 내가 그를 바라보고 있는 것을 눈치 챘는지 윙크를 하며 말했다.

"홀, 거기 있었구나. 오늘 너는 뭐니? 인형이야, 난쟁이야?"

나는 멍하니 바라보았다. 하지만 엄마가 침실에서 나와 내 뒤로 다가오면서, 웃음 섞인 목소리로 대답하는 것을 들을 수 있었다.

"오늘도 분명히 난쟁이지, 데니. 인형 같은 건 아무 데도 없거든. 빨리 꺼져,

홀. 어서. 아래층에 있는 콜레트의 남편에게 학교에 데려다 달라고 말해. 난 곧 드레만드레가 됐으니까."

누군가 여자 화장실 문을 쾅쾅 두드렸다.

"모두 나가요, 모두 나가세요. 2분 안에 박물관 문을 닫을 거예요."

나는 화장실 문에 걸어 놓은 도마뱀 가죽 가방을 올려다보았다.

"나는 인형이에요, 엄마. 인형이라고요."

나는 속삭였다.

"난쟁이가 아니에요, 정말이에요."

하지만 데니 아저씨의 얼굴과 엄마의 목소리는 내 머릿속에서 점점 희미해졌고, 스카이 하우스는 사라졌다. 나는 현실로 돌아왔다. 여기는 옥스퍼드. 지금은 달아나는 중.

나는 몸을 떨면서 몇 시인지 보기 위해 휴대 전화를 꺼냈다. 5시였다. 믿을 수가 없었다. 오후는 가 버렸고, 나는 A40번 도로에 조금도 가까워지지 못했다니. 피오나는 한 시간 안에 집으로 돌아올 것이고 내가 써 놓은 쪽지를 발견할 것이다. 그녀는 레이철과 사회 복지국, 그리고 경찰에 전화를 할 것이다. 홀리 호건이 또 달아났다고.

나는 무릎 위에 놓인 가발을 쓰다듬었다. 그걸 쓰면 아무도 옛날의 홀리 호건을 찾아낼 수 없을 것이다.

'계속 달아나.'

'너 혼자 힘으로 가는 거야, 기억하지? 아일랜드로.'

나는 차를 잡아탈 것이고, 돈을 훔칠 것이고, 무슨 일이든 할 것이다. 어쨌든 계속 갈 것이다.

그래서 나는 가발을 도로 쓰고, 세면대 위의 거울을 보면서 빗질을 했고, 얼굴에 물을 좀 뿌렸다. 그러고 나서 다시 공룡이 있는 전시실로 걸어 들어갔다. 경비원 말고는 아무도 없었다. 경비원은 중요한 용의자라도 발견한 것처럼 내 얼굴을 뚫어져라 바라보았다. 한순간 그가 나를 붙잡을지도 모른다고 생각했지만, 그는 미소를 지었다.

"서둘러요."

그가 문을 가리키면서 말했다.

경비원 옆을 지나치면서 나는 어렸을 때 캐버나 가족의 집에 살면서 걸 스카우트 활동을 하던 때의 기억이 났다. 그때 우리가 어떻게 과학박물관에서 야영을 할 생각을 했는지 모르겠다. 얼마나 어리석은 일이었나? 나는 가짜 우주 비행사 아래로 잠을 자러 갔다. 어쩌면, 지금 내가 경비원처럼 박물관에 남아 있었어야 했다는 생각이 들었다. 화장실 문을 잠그고 있어야 했는데. 비에 젖지 않은 채 밤을 보낼 수 있는 완벽한 장소였는데. 심지어 현관문 근처에 있는 기부금 상자를 털 수도 있었는데. 그때 나는 눈에 핀이 꽂혀 있던 밀랍으로 만든 갈색 남자와 데니처럼 생긴 가면과 누군가에게 얻어맞은 슬픈 수달을 떠올렸다. 그리고 '안 돼.'라고 생각했다. 차라리 밖으로 나가 거리를 헤매는 게 나았다. 여기만 아니면 어디든 괜찮았다. 게다가 나는 길을 찾고 있었다. 기억하고 있지? 아일랜드로 가는 길을.

그래서 나는 걸음을 빨리해서 기부금 상자 옆을 지나, 무거운 나무 문을 통과해서 서늘한 공기 속으로 돌아왔다. 비가 그쳐 있었다. 잔디밭에서 수증기가 올라왔다. 나무들은 비에 씻겨 초록색의 싱그러운 모습이 되어 있었다. 심호흡을 길게 하고 미소를 지었다. 나는 무사히 폭우를 피했고, 죽은 것들로부터 떠나왔다.

16. 잔액 부족

나는 매력적인 솔러스로 되돌아왔다. 등허리를 쭉 펴고 거리를 경쾌하게 걸었다. 단 한 가지, 다시 배가 고파 오는데 돈이 별로 없다는 게 문제였다. 게다가 A40번 도로는 도대체 어디에 있는 것이며, 어떻게 그 도로로 가야 하나?

나는 상점들이 있는 거리로 돌아갔다. 가게들은 문을 닫았다. 나는 샌드위치 파는 곳을 발견하고 안으로 들어갔다.

"샌드위치 하나 얻을 수 있을까요?"

점원 아가씨에게 물었다.

"그러니까, 공짜 같은 거 없어요?"

유통 기한이 지난 음식을 상점에서 공짜로 얻을 수 있다고 트림이 전에 말했다. 그렇지 않으면 어차피 쓰레기통으로 갈 것들이니까.

점원은 자기 손톱을 들여다보고 있었다.

"왜 여기서 그런 걸 줄 거라고 생각해?"

아가씨가 느릿느릿 말했다.

"유통 기한이 지난 것들이 있지 않나요?"

"여기 있는 샌드위치들은 내일까지 파는 거야."

"설마요."

"그건 내 맘대로 하는 게 아니야. 정해진 규칙이지. 지배인의 허가를 받아야 해."

그녀는 손톱을 좀 더 들여다보았다.

"매니큐어 색깔이 멋지네요."

내가 말했다.

"이건 북극의 초록색이야."

"예뻐요. 페퍼민트처럼 시원해 보여요."

"너 배고프니?"

"당연하죠."

"돈이 하나도 없어?"

"두말하면 잔소리죠."

"그럼 하나 집어. 치킨 마요와 아보카도가 내가 가장 좋아하는 거야."

나는 씩 웃으면서 샌드위치를 집었다.

"고마워요. 그런데 제 이름은 솔러스예요."

"솔러스?"

아가씨는 나에게 냅킨을 건네주었다.

"네."

"그런 이름은 한 번도 들어본 적이 없는걸."

"그럴 거예요. 말 이름을 따서 지었으니까요."

"말?"

"네. 경주마요."

"와우!"

"우리 엄마와 엄마의 남자 친구에게 마구간이 하나 있었거든요. 아일랜드에요.

목초지랑 작은 목장도 있었어요. 엄마는 말을 훈련했고, 엄마의 남자 친구는 기수였어요. 그때 기르던 말 이름이에요."

"솔러스가?"

"시스터 솔러스였지요. 그 말은 모든 경주에서 다 이겼어요. 그래서 우리는 돈을 두둑이 챙겼죠."

"대단하네."

"네. 그리고 데니 아저씨는, 우리 엄마의 남자 친구요. 노름을 해서 돈을 다 날렸어요. 그래서 저는 여기 영국으로 왔어요. 빈틸터리로."

점원 아가씨는 킬킬거렸다.

"안됐구나."

"네. 고마워요. 그런데 당신 이름은 뭐예요?"

"킴."

"그런데, 킴, A40번 도로가 어디에 있는지 알아요?"

"뭐?"

"웨일스 쪽으로 가는 도로인데, 몰라요?"

킴은 마치 내가 별을 향해 가는 길을 물어본 것처럼 나를 멍하니 바라보았다.

"됐어요. 샌드위치 고마웠어요. 안녕."

"얘, 솔러스."

킴이 나를 불렀다.

"네?"

"나는 이따가 일 끝나고 클럽에 갈 거야. 너도 갈래?"

"어딘데요?"

"클론 존 말이야. 새로 생긴 데. 거기 말고 어디겠어?"

"오, 알아요. 들어 봤어요. 하지만 빈틸터리라 아무래도……."

"목요일에 여자들은 무료야. 11시까지."

"진짜요?"

"그래."

"그럼 어쩌면 거기서 보게 되겠네요. 안녕."

나는 상점을 걸어 나와, 앉기에는 정말 불편했던 아까 그 벤치로 갔다. 그리고 허겁지겁 샌드위치를 먹었다. 나는 아보카도가 그렇게 맛있는 것인지 몰랐다. 도시의 종이 울리기 시작했다. 나는 지도를 꺼내서 내가 어디에 있는 것인지 찾아보았다. A40번 도로는 옥스퍼드의 윗부분을 구불거리며 지나가 서쪽을 향해 가다가 옥스퍼드 다음에 처음으로 위트니라는 곳에 이르렀다. 그러니까 만약 내가 위트니로 가는 버스를 탈 수 있다면, 내 갈 길을 찾아가는 것이다. 이제 나는 버스 정거장으로 돌아가서 버스를 제대로 잡아타기만 하면 됐다.

나는 벤치에서 일어나 버스 정거장이 있다고 여겨지는 방향으로 걸었다. 그런데 버스 정거장이 아니라 교회가 있는 공터가 나타났다. 나는 자갈 위를 비틀거리며 걸어서 둥글고 노란 지붕이 있는 건물까지 갔다. 마치 도시 전체가 결혼식이라도 올리는 것처럼 종이 계속 울리는 동안, 나는 건물의 창문 안을 자세히 들여다보았다. 그 안에는 주황색 책상 등들이 켜져 있었고, 사람들이 책을 읽고 있었다. 그들은 차라리 명왕성에서 사는 편이 더 나았을 것처럼, 등을 구부린 채 책에 집중하고 있었다. 그곳은 박쥐 날개들의 천국이었다.

무엇 때문에 그랬는지 모르겠지만, 나는 휴대 전화를 꺼내서 아무 생각 없이 피오나의 번호를 눌렀다. 녹음된 목소리가 흘러나왔다. 그것 역시 우아한 척하는 말투였다.

"잔액이 부족하여 통화가 불가능합니다."

목소리는 말했다.

"자네~기부~족~하~여."

마치 죄라도 저질렀다는 것처럼 들렸다.

종소리 때문에 짜증이 났다.

머릿속에서 못 폭탄이 터지려고 했다.

"자네~기부~족~하~여."

그 여자 목소리는 마치 나의 운명을 예언하는 것 같았다. 나는 휴대 전화의 스위치를 끄고 가방 맨 밑바닥에 깊숙이 넣어 버렸다. 종소리로부터 벗어나려고 나는 밴이 주차되어 있고 낡은 종이 상자들이 여기 저기 흩어져 있는 좁은 길로 접어들었다.

"「빅 이슈」(노숙자들을 지원하기 위해 발행하며 노숙자들이 직접 판매하는 잡지), 「빅 이슈」!"

길 중간쯤에서 한 남자가 소리치고 있었다. 내 생각에 그는, 둥근 지붕 건물 속의 박쥐 날개들과는 달리, 나와 비슷한 사람 쪽에 가까웠다. 그는 귀와 코, 뺨 그리고 입술에 피어싱을 하고 있었고, 틀림없이 혀에도 했을 것 같았다. 그레이스는 이런 부류들을 '자석 인간들'이라고 불렀다. '자석 인간들' 축에 끼면, 꼰대가 될 수는 없다. 그레이스는 혀에 징 같은 것을 박고 싶어서 안달을 했지만, 너무 겁이 많아서 하지 못했다. 나는 그런 걸 보기만 해도 토할 것 같아서 혀에 징을 박은 그레이스와는 함께 어울리지 못했을 것이다. 아무튼 길에 서 있던 그 남자는 타이타닉을 가라앉힐 만큼 많은 쇠붙이를 매달고 있었다.

"이리 와 봐, 이리 오라고."

자석 인간이 소리쳤다.

"「빅 이슈」 살래?"

지저분한 손들을 수백만 번 거친 듯 너덜너덜한 잡지를 내밀면서 그가 말했다.

"아니요."

그는 씩 웃었다. 빠진 앞니 자리로 자동차 한 대는 지나갈 수 있을 것 같았다. 스카이 하우스에 있던 콜레트라는 여자애가 생각났다. 그 애는 두 층 아래에서 살았는데, 우리는 아슬아슬한 계단에서 망가진 인형들을 아래로 던져 깨지게 하는 놀이를 하고 놀았다. 콜레트의 치아는 반 정도 빠져 있었다. 아니면 처음부터 아예 나오지 않았던 것일지도 모른다.

"여, 이리 와. 이거 사라고. 마지막 남은 거야."

자석 인간이 말했다.

"살 수만 있으면 사겠지만, 저는 현금이 없어요."

내가 대답했다.

"현금이 없다?"

"빈털터리예요."

"얘, 아무리 그래도 나보다 더 빈털터리겠니. 그런 옷차림을 하고서 말이야."

그는 한 번 땅에 묻었다가 도로 파낸 것 같이 군데군데 구멍이 난 바지와 티셔츠를 입고 있었다. 나는 웃었다.

"버스들이 다 모이는 광장이 어디에 있는지 알아요?"

"글로스터 그린 말이야?"

"네."

"내가 데려다 주지."

"그럴 필요는 없고요. 그냥 가르쳐만 주세요."

"그게 말로 하기가 좀 애매해."

그가 내 코 밑에서 손가락을 까딱였다.

"좋아요. 앞장서세요. 따라갈게요."

그가 길을 따라 올라갔다. 그는 10미터쯤 가다가는 미친 물고기처럼 싱글싱글 웃으면서 돌아보기를 반복했다.

"옥스퍼드를 어떻게 생각해?"

그가 물었다.

"똥 같은 데라고 생각해요."

"정확한 표현이야. 넌 어디서 왔니?"

"햄스테드 히스(부자가 많이 사는 런던 북부 지역)요."

내가 대답했다.

"설마, 그럴 리가 없어."

"진짜예요. 아저씨는 어디서 왔어요?"

"더들리라는 곳에서 왔지."

그는 마치 그곳이 천국이라도 되는 것처럼 말했다.

"이제 설명이 되네요."

나는 웃음을 터뜨렸다.

"뭐가 설명이 된다는 거야?"

"그 더드(옷이라는 의미의 속어)들이 어디서 왔는지 말이에요."

그는 돌아서서 나를 향해 손가락을 좌우로 흔들며 말했다.

"더드가 아니라 듀드(녀석, 또는 가식적인 사람)야. 우리들 모두 하나도 빠짐없이."

"그래요. 듀드예요. 멋진 듀드."

나는 미소를 지었다.

그도 나를 보고 활짝 웃었다. 그러더니 돌아서서 계속 걸어갔다. 우리는 길을 건너고 모퉁이를 돌아서 극장 앞을 지나갔다. 마침내 광장 모퉁이에 이르렀다. 버스의 굉음에 귀가 들리지 않을 정도였다.

"여기야."

자석 인간이 말했다.

나는 까칠하게 자란 그의 수염을 보았다. 그리고 만약 면도를 하고 머리를 단정히 빗으면 그가 귀엽게 보일 수도 있을 것이라고 생각했다.

"고마워요."

나는 말했다.

"어디로 가려는 거야?"

그가 물었다.

"런던요. 클럽에 가요."

"빈털터리라고 했잖아."

"남자 친구가 내줄 거예요."

"남자 친구가 내줄 거예요."

그가 낭랑한 목소리로 되풀이했다.

"누군가는 사는 게 괜찮은가 봐. 우리들 '모두' 너처럼 차려입을 수는 없으니까."

나는 장미색과 회녹색 구름 무늬를 매만져 보았다.

"이 옷이 맘에 들어요?"

"슈퍼 모델처럼 보여, 아가씨."

전에는 아무도 나에게 그런 말을 한 적이 없었다. 그레이스는 내가 반드시 4~5킬로그램쯤 살을 빼야 하고, 머리카락은 숱이 더 많아져야 하며, 고개를 꼿꼿이 들어야 한다고 했다. 트림은 내가 밝은 빛에서 보면 괜찮아 보인다고 했다. 나는 자석 남자를 향해 활짝 웃었고 그는 웃음을 터뜨렸다. 그래서 나는 가까이 다가가 속삭였다.

"이거 슬쩍한 옷이에요."

"잘했네, 귀염둥이. 죽여주는데."

"그럼 잘 가요."

나는 손을 흔들면서 왕족처럼 인사를 했고, 그는 우리가 왔던 길로 천천히 걸어갔다.

나는 버스표를 파는 사람을 만날 때까지 광장을 한 바퀴 돌았다. 관공서에서 일하는 사람들에게 가까이 가고 싶지 않았지만, 솔러스라면 안전하리라는 것을 나는 알고 있었다. 나는 그에게 위트니로 가는 버스를 어떻게 타야 하느냐고 물었다. 그는 이 광장에는 버스가 없고 내가 들어 본 적이 없는 다른 곳의 이름을 대면서 거기서 타야 한다고 대답했다. 그래서 나는 거기가 어디냐고 물었고, 그가 저 아래로 내려가서 그 근처 어디에서 오른쪽으로 돈 다음 다시 왼쪽으로 가라고 말했다. 나는 지루해서 눈이 저절로 감길 지경이었다. 그러고 나서 내가 버

스 요금이 얼마냐고 묻자 그는 자기 회사 버스는 아니지만, 아마도 4파운드 정도
할 거라고 말했다.

　그 말에 나는 기운이 빠졌다.

　'자네~기부~족~하~여.'

17. 위험을 피해 가기

옥스퍼드가 붙어서 떨어지지 않는 접착제처럼 느껴지기 시작했다. 나는 미코가 길에서 차를 잡아타고 다닐 때 큰 도시에는 내리지 않으려고 애썼다고 말했던 기억이 났다. 한 번 들어가면 나가기가 어렵기 때문이라고 했는데 그 말이 옳았다.

곧 밤이 될 텐데 나는 어디로 가야만 하나?

나는 광장을 떠나 주위를 걷다가 클론 존을 발견했다. 그곳은 거리의 중간쯤에 자리 잡고 있었고, 문은 닫혀 있었다. 문 안쪽을 들여다보았지만 어두웠다. 너무 이른 시각이었다. 안내판에는 8시 반에 문을 연다고 씌어 있었다.

그때 어떤 생각이 떠올랐다.

옥스퍼드에서 돌아다니면서 밤을 보내고 아침에 다시 달아나기로 한다. 지금부터는 아마 영화를 보고, 그리고 오늘 밤에는 여자들이 무료라니까 클럽에 가야겠다. 즐거운 시간을 보내는 거다. 나는 너무 어려 보여서 클럽에 가 본 적이한 번도 없었다. 하지만 솔러스가 되었으니 어디나 들어갈 수 있을 것이다. 누가알아? 어쩌면 나를 스포츠카에 태워 피시가드로 가는 길의 절반쯤까지 데려다 줄 남자를 만나게 될지도 모른다. 또는 킴과 내가 클럽에서 함께 어울리다가 그녀에게 차가 있어서 함께 폭풍처럼 차를 몰고 달려갈지도.

꿈속에서나 일어날 일이지. 하지만 적어도 실내에 있으면 나는 안전하고 비를 맞지도 않을 것이다. 미치광이들과 마약 중독자들과 도끼 살인마가 득실거리는 어두운 거리에 홀로 있지 않아도 된다. 어슬렁거리며 돌아다니다가 누군가를 체포해서 감옥에 처넣을 기회만 기다리는 경찰들을 피할 수 있다는 것은 물론이고. 나는 앞서 지나친 극장을 향해 가서 천천히 안으로 들어갔다.

트림과 그레이스와 내가 공짜로 영화를 보기 위해 쓰던 속임수가 있었다. 우선 영화가 이미 시작된 상영관을 확인한다. 영화가 시작된 뒤에는 표를 확인하지 않으니까, 안으로 들어갈 수 있다. 들어가지 못하게 하는 사람이 있으면, 화장실에 다녀왔는데 표는 일행이 가지고 있다고 말하면 된다. 하지만 그런 일은 거의 없다.

그래서 나는 극장에 숨어들어 커다란 스크린 앞에 앉았다. 좌석은 10분의 1 정도밖에 차지 않았다. 놀랄 일도 아니었다. 영화는 완전히 실패작이었다. 〈타이타닉〉이 더 낫다고 생각할 때도 있다니.

18. 클론 존

극장 안에 불이 켜지자, 나는 하품을 하면서 저녁의 거리로 천천히 걸어 나왔다. 공기 속에서는 인도 음식 냄새가 났고, 사람들은 마치 밤이 결코 오지 않을 것처럼 거리를 어슬렁거리고 있었다. 클론 존으로 말하자면, 상황이 전혀 달랐다. 정장을 입고 선글라스를 걸친 남자들이 마치 자기네 우주선을 방어하는 로봇들처럼 입구를 지키고 서 있었다. 몸집이 작거나 덩치가 큰 남자들과 몸에 딱 달라붙는 옷을 입은 여자들이 잔뜩 모여서 끊임없이 수다를 떨고 있었다. 그곳은 수많은 종류의 향수 냄새로 진동하고 있었다.

나는 만반의 준비를 했다.

나는 이미 클럽 안에 들어가 음악에 흠뻑 젖은 듯 소리를 질러 대는 열 명 남짓한 무리 뒤에 가서 섰다. 그리고 좀 더 무심해 보이기 위해 도마뱀 가방을 팔 위로 반쯤 흘러내리게 멨다. 나는 아무도 말을 걸지 않는 아기 코끼리 덤보처럼 튀었다. 나는 줄에 서서 손톱의 개수를 헤아리고 있었다. 그러다가 휴대 전화를 기억해 냈다. 나는 잔액이 '남아 있는 것처럼' 행동할 수 있었다. 그레이스나 트림과 '통화하는 척'도 할 수 있었다. 그래서 휴대 전화를 꺼내서 스위치를 켜고 부산스럽게 수다를 떨기 시작했다.

"그래, 그레이스."

나는 나지막하게 말했다.

"완전히 멋지지. ……뭐라고? ……그래. 맞는 말이야. ……아일랜드. 응. 거기 가는 길이야. 엄마가 기다리고 있어. 엄마가 춤추는 일을 하게 해 준대. 모두 예정되어 있었지……. 믿는 게 좋을 거야. 왜냐하면……."

갑자기 휴대 전화의 진동이 울리는 바람에 나는 말을 멈추었다. 음성 메시지가 들어온 것이었다. 그래서 나는 버튼을 눌렀고, 피오나의 목소리가 들려왔다.

"홀리. 홀리? 어디에 있니? 난 이제 막 집에 돌아왔어. 네가 쓴 쪽지를 봤어, 홀리. 이게 도대체 무슨 일인지 모르겠구나. 제발 나에게 전화해라. 홀리, 지금부터 10분 뒤에 다시 너에게 전화를 해 보고, 그러고 나서, 레이철과 통화할 거야. 제발 전화 부탁한다. 내가 늦어서 미안해, 난……."

나는 더 이상 듣지 않았다. 휴대 전화가 뜨거운 석탄이라도 되는 것처럼 황급히 다시 가방 속으로 던져 넣었다. 나는 입술 사이로 휘파람 소리를 냈고, 줄이 움직이기 시작했다.

피오나의 생각을 떨쳐 버리려고 고개를 저었지만, 그녀의 흐느끼는 목소리가 스프링이 망가진 소파의 삐걱거리는 소리처럼 내 가슴을 후벼 팠다.

입구에 점점 가까워질수록 초조해졌다. 그레이스, 트림과 함께 클럽에 들어가려다가 달아나야만 했던 기억이 떠올랐다. 그레이스는 키가 175센티미터나 되기 때문에 쉽게 들어갔고, 남자들이 모자라서 트림도 어려움 없이 들어갈 수 있었다. 하지만 나는 보통 키에 여자였기 때문에 입구를 지키던 사람이 나이를 증명할 수 있는 신분증을 보여 달라고 했고, 나는 물러나야 했다. 그레이스는 몹시 화를 냈다. 그 애는 트림이 제정신이 아닌 것처럼 굴기 때문에 트림과 단둘이 들어가는 것을 원치 않았다. 그래서 그레이스는 안으로 들어가는 것을 거부했고, 트림도 그렇게 했다. 그 대신 그날 밤 우리는 길에서 화를 내면서 소란을 피웠고,

결국 아동보호치료시설로 끌려갔다. 그건 모두 클럽 입구를 지키는 사람 탓이었다.

이번에 내가 입구로 다가가자, 로봇들 가운데 하나가 선글라스를 벗고 나를 노려보았다. 시선을 피하면 안 된다는 것을 나는 알고 있었다. 나는 창백한 금발을 매만지며 미소를 지었다. 그는 고개를 끄덕였고, 내 앞에 있던 무리들과 나를 안으로 들여보내 주었다. 내가 그들과 일행이라고 생각하는 것 같았다. 남자들은 표를 사기 위해 매표소 앞에 멈춰 섰으나 여자들은 그렇지 않았다. 마치 자기네들이 그 장소의 주인인 것처럼 경쾌하게 안으로 들어갔고 나도 만들어 낸 웃음을 활짝 지어 보이면서 그 뒤를 따랐다. 또 다른 로봇 하나가 카드 한 장을 내밀었다.

음료수 무료!

화끈하고 날씬한 아가씨가 정말 제 세상을 만난 거였다. 안으로 들어가니, 공장 같은 분위기였다. 음악이 중장비들처럼 쿵쿵거리며 흘러나왔다. 천장은 파이프와 전선 들이 낮게 드리워져 있었고, 두 개의 탐조등이 위에서 공간을 비추고 있었다. 텅 빈 무대 바닥에는 다양한 색깔의 조명이 깜빡였다. 빨강, 검정, 파랑, 노랑의 사각형 모양이었고, 두 개가 한꺼번에 켜지는 경우는 없었다. 마치 머큐셔 로드에 있는 대문들 같았다. 연보라색 등이 켜져 있는 바는 광택이 나는 은색이었고, 병들이 거꾸로 세워져 있었다. 바 뒤편에서 검은색 조끼를 입은 남자들이 힙합 춤을 추면서 줄 서 있는 여자들에게 음료수를 따라 주고 있었다. 근처에 있는 소파는 커버가 얼룩말 무늬였다.

나는 주위를 돌아보면서 바로 천천히 다가갔다.

나는 무엇을 달라고 해야 할지 알고 있었다. 그레이스가 나에게 그 술을 베이비기네스라고 부른다고 가르쳐 주었다. 그것은 기네스 맥주처럼 보이지만, 사실은 커피리큐어(커피 향이 나는 달고 독한 술 종류)와 베일리스(벨기에산 초콜릿과 신선한 아이리시 크림과 위스키를 섞은 크림리큐어)를 섞은 것이다. 그것은 짙은 갈색에 크림이 섞여 있는 것인데 그레이스는 그것이 자기처럼 달콤하고 검은색이라서 좋아한다고 말했다. 내가 그것을 마시려는 것은 내가 아일랜드 사람이고, 기네스는 아일랜드를 대표하는 술이기 때문이었다.

나는 주문을 했고, 바텐더는 즉시 만들기 시작했다.

"빨리요."

나는 소리쳤다.

바텐더가 미소를 지었다.

"'어떻게' 만드는지 알면 간단한 일이지."

그가 큰 소리로 대답했다. 그는 베일리스 병을 '어떻게' 던져서 공중제비를 넘게 했고 그와 동시에 유리잔을 던져 한쪽 손에서 다른 쪽 손으로 날아가게 했다.

"멋져요!"

나는 소리쳤다.

바텐더는 술잔을 한 바퀴 돌리더니 밀어서 건너편에 있는 나에게 보냈다. 그런데 글쎄, 나는 여전히 무료 음료수 카드를 갖고 있었다. 나는 그 자리를 떠났고, R&B 리듬을 타면서 낄낄 웃었다. 그러다가 탐조등이 내 머리 위를 비출 때 나는 거의 술을 엎지를 뻔했다. 나는 마치 탈옥수처럼 몸이 굳었다. 그리고 그게 바로 나였다. 도망 중인 죄수. 나는 탐조등이 비추지 않는 구석의 탁자로 서둘러 몸을 피했다. 샌들 때문에 마치 짐승을 잡기 위해 놓은 덫에 걸린 것처럼 발목이 부러질 것 같았다. 그래서 나는 자리에 앉았다. 그리고 가발의 상표가 빠져나오지 않았는지 확인했다. 나는 술을 한 잔만 마실 생각이었지만, 그 대신 동행이 없는 것처럼 보이지 않으려고 천천히 음미했다. 술이 목으로 넘어갔고, 검고 진하고 시원하고 거품이 이는 액체가 입술에 남았다. 나는 그것을 핥아 먹었다.

'네 이름이 구름으로 씌어 있어, 홀리.'

나는 주위를 둘러보았다. 아무것도 없었다. 그것은 클럽 안이 아니라 내 머릿속에서 울리고 있는 레이의 목소리였다. 나는 그 소리를 떨쳐 버리려고 두 손으로 귀를 막았다.

그 목소리는 다시 들리지 않았지만, 쿵쿵거리는 리듬 사이로 내 휴대 전화 벨소리인 〈아라비안나이트〉의 선율이 가방 깊숙한 곳에서 선명하게 들려왔다. 레이나 피오나일 것이다. 틀림없다.

나는 휴대 전화를 꺼냈다. 예상했던 대로 액정에 피오나의 이름이 떠 있었다. 나는 휴대 전화를 끈 다음, 커버를 열어서 안에 들어 있던 심 카드를 빼냈다. 그러고 나서 그것들을 도마뱀 가방 속에 집어넣고, 마지막 남은 술을 한번에 다 마셔 버렸다.

그리고 나는 나가자마자 휴대 전화를 팔아서 돈을 좀 만들어서 얼른 이곳을 떠나면 어떨까에 대해 생각했다.

나는 자리에서 일어나 다른 바텐더에게 가서 베이비기네스를 주문했다. 나는 속눈썹을 떨면서 온 힘을 다해 애교를 부렸으나, 이번에는 바텐더가 카드를 달라고 했다.

자리에 가서 앉았다. 개미 한 마리도 가까이 다가오지 않았다. 사람들이 조금씩 무리 지어 흩어져 있을 뿐, 사람들이 별로 없었다. 스스로 아이돌이라도 되는 줄로 착각하는, 염소같이 수염을 기른 정신 나간 남자 하나를 제외하고는 춤을 추는 사람도 없었다. 그가 다리를 가위처럼 벌리거나 돌거나 하면 그의 친구들이 야유를 보냈다. 그는 개의치 않았다. 나는 박자에 맞춰 고개를 까딱이면서 계속 술을 마셨다. 윙윙거리는 소리가 머릿속에서 시끄럽게 울려 퍼졌다. 술을 다 마시고 나면, 이곳을 대충 훑어봐야겠다고 마음먹었다. 나는 주황색 난간을 잡고 한 계단 한 계단 내려갔다. 두 개의 문이 나타났다. 여자 화장실과 남자 화장실일 거라고 생각했는데, 표지판은 붙어 있지 않았고, 괴상한 과일 사진이 각각 붙어 있었다. 하나는 바나나, 다른 하나는 사과 반쪽이었다.

사과가 붙어 있는 문이 열리면서 어떤 여자가 나왔고, 그래서 나는 안으로 들어갔다. 안에는 화려한 조명이 달린 긴 거울이 있었다. 엄마가 춤을 추던 클럽의 대기실 안에 있던 것과 비슷한 것이었다. 그 거울을 보고 있으면 마치 내가 영화 배우가 된 것처럼 느껴졌다. 나는 머리카락을 빗어서 윤기가 나게 만들었다.

그때 두 여자가 안으로 갑자기 들어왔다.

"바로 저놈이야. 아무 말도 없이 내 옆을 그냥 지나가 버렸어."

한 여자가 씩씩거리면서 말했다.

"어머. 그랬어?"

다른 여자가 느릿느릿 대꾸했다.

나는 얼어붙었다.

"아주 나쁜 놈이야."

'스위시'에 있던 점원 아가씨였다! 나는 회녹색과 장미색 무늬 원피스를 입고 있었다. 그녀가 옷을 알아보면 내가 도둑질했다는 것을 바로 알게 될 것이다.

그녀는 가방을 내려놓고 화장품들을 꺼냈다.

"저 새끼를 죽여 버릴 거야."

화가 난 목소리였다. 그녀는 립스틱을 바르면서 욕설을 내뱉었다.

나는 아무래도 2층으로 올라가 어둠과 번쩍이는 조명 속에 있는 게 안전할 듯 싶었다. 나는 등을 돌린 채 살금살금 그녀 곁을 지나 재빨리 문을 빠져나왔다.

계단 맨 꼭대기를 딛고 나서야 나는 마음을 놓을 수 있었다. 만약 그 아가씨가 내 옷을 알아본다면, 언제나 내가 그랬듯이 친구가 줬다고 말하면 된다. 하지만 그녀는 나를 보지 못할 것 같았다. 주위는 어두웠고, 점점 사람들이 많아지고 있었다. 사람들 틈에 섞이면 된다.

나는 가는 길에 도마뱀 가방을 보관소에 맡겼다. 보관료가 1파운드나 되었지만, 달리 방법이 없었다. 그냥 메고 춤을 추기에는 가방이 너무 무거웠다. 혼자 무대에서 춤을 추던 염소수염 남자 주위에 열두어 명 정도가 합세해 있었다. 나는 가장자리에 서서 엉덩이를 흔들었다. 지그재그로 비추는 조명들이 깜빡일 때마다 사람들 속에서 하얀색이 두드러져 나타났다. 하얀색 옷, 하얀색 치아, 하얀색 속옷들이. 그러더니 한 무리의 사람들이 밀물처럼 밀려와 나는 그들에 섞여 무대로 올라가게 되었다. 아는 음악이 나와서 나는 흥에 겨워 손을 쫙 펴고 춤을 추었다. 그레이스는 내가 그 춤을 추면 멋있어 보인다고 했고, 트림은 지붕 없는 자동차에 올라 탄 이집트의 미라처럼 보인다고 했다. 중간에 누군가 내 등을 심하게 꼬집는 느낌이 들었다. 나는 뒤를 돌아보았다. 누가 그랬는지 이미 사라지고 없었다.

그다음에는 엄마가 가장 좋아하는 노래였던 〈달콤한 꿈〉이 흘러나왔다. 장내가 온통 들썩거렸다. 하지만 조금 있다가 리듬이 주춤주춤 느려지더니 마림바(실로폰처럼 생긴 악기)와 모히토(럼주와 설탕, 라임, 민트와 소다수를 섞은 칵테일)에 대한 노래로 바뀌었다. 마치 풀잎으로 만든 치마를 입은 느낌으로 엉덩이를 흔들어야 할 것 같았다. 칼립소(카리브해 지역의 음악)의 시간이었다. 염소수염이 난 제정신이 아닌 녀석이 나에게 다가와 춤을 추었다. 그는 칵테일 위에 얹어 주는 작은 우산을 귀 뒤에 꽂고 있었다. 그를 보니 트림이 생각나서 나는 마주 보며 춤을 춰 주었다. 또 다른 음악이 나왔다.

"이건 죽이는데."

그가 소리를 질렀다.

나는 미소를 지으며 그가 버릇이 나쁜 강아지라는 듯이 손가락을 흔들어 보였다. 그러자 그가 폭죽처럼 튀어 올랐다. 다시 아래로 내려왔을 때는 입이 양쪽 귀에 걸린 듯 활짝 웃고 있었다.

"뭐 좀 마실래?"

그가 고함을 질렀다.

"응, 고마워."

나도 소리를 질렀다.

그가 내 팔꿈치를 잡고 춤추는 사람들 사이를 요리조리 끌고 지나갔다. 실내는 사람들로 꽉 차 있었다.

그가 술 한 잔을 건네주었다. HP 소스(영국에서 생산되는 브라운소스) 냄새가 나는 보라색 액체였다.

"이게 뭐야?"

나는 소리쳤다.

"데스위시야."

그가 대답했다.

조금 핥아먹어 보니, 메스꺼웠다. 쌉쌀하면서도 달콤한 감초 맛이 났다.

"나쁘진 않네."

"그건 한번에 다 마셔야 해."

그래서 나는 그렇게 했다. 그러고 나서 그의 귀에 꽂혀 있던 칵테일 우산을 잡아 빼서 빙빙 돌렸다.

"네 이름이 뭐야?"

"라이언."

그가 소리쳤다.

"아일랜드 사람 이름 같네."

"그건 아니야. 우리 엄마는 베이싱스토크에 살고 있어."

"우리 엄마는 아일랜드에 있어."

아마도 그는 내 말을 듣지 못한 것 같았다.

"와글와글하네, 그렇지?"

그가 말했다.

"그래. 완전히 꽉 찼어."

나는 천장에 있는 파이프와 전선들을 바라보며 말했다.

"비어 있는 곳은 저 위뿐이네."

"뭐라고?"

"저 위에만 사람이 없다고."

그는 내가 머리가 이상한 사람이라는 듯이 바라보았다.

"내 이름은 솔러스야."

"앨리스?"

"아니. 솔러스. 편안한 거와 비슷한 말이야."

"편안한 걸로 마시겠다고?"

"그래. 아무거나."

그는 술을 또 가져왔고, 나는 그것을 단숨에 들이켰다.

"너 휴대 전화 살 생각 없어?"

나는 고래고래 소리를 질렀다.

"뭐?"

"휴대 전화 말이야. 필요 없어?"

"너 진짜 이상한 애구나. 휴대 전화는 벌써 갖고 있지. 야, 또 춤출래?"

"좋아."

우리는 무대에 납작하게 엎어져 있는 여자를 피해서 지나가야만 했다. 나는 손바닥을 펴고 여기저기 짧게 찌르는 춤을 추며 라이언과 함께 무대 가운데로 으쓱거리며 걸어 나갔다. 마치 수영장 물속에 있는 것처럼 검은 형체들이 가까이 다가왔다가는 사라져 갔다. 라이언과 나는 날아가는 것처럼 팔을 휘저으며 빙글빙글 돌았다. 종소리가 울려 퍼지는 가운데 색종이들이 뿌려졌고, 달콤한 꿈은 이렇게 만들어졌다. 나는 살아 있었고, 붕붕 떠다니다가 발밑에 있는 광장으로 급강하하기도 했다. 이 밤이 영원히 지속될 것처럼 노래는 끊임없이 이어졌고, 나는 행복했고, 나는 날아다니고 있었으며, 나는 무슨 일이든 할 수 있는 능력을 지닌 솔러스였다.

19. 안대를 한 남자

리듬이 빨라질수록, 점점 더 뜨거워졌다. 팔다리와 머리카락이.

"그래, 바로 그거야."

누군가 가까이 다가와 속삭였다. 숨소리가 섞인 목소리였다. 손 하나가 내 어깨를 감쌌다. 그러더니 내 엉덩이로 내려갔다. 나는 눈을 떴다. 그리고 이제까지 같이 춤을 추고 있던 남자가 라이언이 아니라는 것을 알게 되었다. 여기가 어디지? 나는 끝없이 춤을 추고 있었던 기분이었고, 라이언은 어떻게 되었는지 기억나지 않았다. 지금 눈과 눈을 마주하고 있는 이 남자는, 마치 해적처럼 한쪽 눈을 안대로 가리고 있었다. 그의 콧잔등에서는 땀이 배어 나오고 있었고, 마치 제 것이라도 되는 양 내 엉덩이 위에 자신의 손을 올려놓고 있었다. 나는 펄쩍 뛰어 뒤로 물러났다.

"가야 돼."

나는 뛰어서 무대를 벗어나 여자 화장실로 들어갔다. 주위 공간이 요동을 치면서 빠르게 움직였다. 나는 계단의 난간을 붙잡고 아래로 내려갔다. 사람들이 와글와글했다. 화장실에 도착했을 때 하마터면 바나나 그림이 그려진 문으로 들어갈 뻔했으나 적절한 순간에 정신이 들었다. 화장실 칸 안으로 들어가 문을 잠근 다음, 무릎에 얼굴을 묻고 웅크려 앉았다. 세상이 뒤집히는 것 같았다. 귀에서 부글부글 소리가 나면서 배 속에서 비행기가 급강하하는 것 같았다. 나는 몸을 돌려 변기에 얼굴을 대고 토했다.

몸 상태가 좀 나아졌다.

그레이스는 언제나 먹을 것을 토해 냈고, 그러면 기분이 좋아진다고 말했다. 나는 그 말을 한 번도 믿지 않았으나, 지금은 알 것 같았다. 나는 다시 심호흡을 했다.

밖으로 나가 세면대에서 얼굴을 씻어 냈다. 달아올랐던 뺨이 식었다. 나란히 서 있던 몇몇 여자들이 마스카라를 고치면서 수다를 떨고 있었다. 그래서 그들에게 시간을 물어보았다. 믿을 수 없게도 2시라는 대답이 돌아왔다. 시간이 도대체 어디로 가 버린 거지?

나는 다시 위로 올라갔다. 어떻게 해야 할지 알 수 없었다. 나 혼자서 어두운 밤거리로 나가기는 싫었다.

"너 춤추고 싶어? 아니면 뭘 할까?"

돌아보니 아까 그 애꾸눈의 남자였다. 나는 주위에 라이언이 있는지 둘러보았으나 찾을 수 없었다. 그 다음에는 샌드위치 가게의 킴을 떠올렸지만, 그녀는 밤새 보이지 않았다. 그녀와 내가 차를 몰고 질주하려는 계획은 수포로 돌아갔다. 실내에서 점점 사람들이 빠져나갔다. 남자는 '메이드 인 잉글랜드'라고 씌어 있는 붉은 티셔츠를 입고 있었다. 그는 턱에 수염이 텁수룩했고, 뒤로 빗어 넘긴 검은색 머리카락에서는 광이 났다. 키가 컸고 그레이스가 지저분하다고 말하는 부류였다. 게다가 나는 그가 하고 있는 안대가 정말 거슬렸다.

"우선 뭘 좀 마실래."

"그래. 한 잔 갖다 줄게."

그는 물어보지도 않고 나에게 바카디브리저(바카디 럼과 과일즙 탄산수를 섞은 음료)

를 갖다 주었다. 내가 그것을 꿀꺽꿀꺽 들이켜고 나서 우리는 다시 무대 위를 돌아다녔다. 하지만 이번에는 그가 너무 가까이 다가올 때마다 내가 펄쩍 뛰어 뒷걸음질하는 일의 연속이었다.

"시간이 늦었어."

그가 고함을 쳤다.

"응."

"많이."

"그래."

"내 집으로 가고 싶어, 아니야?"

"뭐?"

그의 입이 거의 내 귀에 닿을 뻔했음에도 나는 못 들은 척했다.

"내 집 말이야. 여기서 멀지 않아."

"어딘데?"

"옥스퍼드의 서쪽에 있는 딘 코트야."

"옥스퍼드 '서쪽'이라고?"

"응."

"A40번 도로와 가까워?"

"그런 셈이지. A40번 도로에서 2~3킬로미터 떨어져 있는 길에 있어. 왜?"

"그냥 궁금해서."

"우리 집에 올 거야, 안 올 거야? 궁금한 게 많은 아가씨?"

"네 차 있어?"

내가 물었다.

"아니. 택시 타면 돼."

글쎄, 어떻게 해야 했을까? 나는 지쳐 있었다. 발이 아파 죽을 지경이었다. 배가 아팠다. 무엇을 선택해야 했을까? 벤치에 앉아 밤을 새다가 경찰에게 잡혀가는 것? 아니면 택시를 타고 서쪽 방향으로 달려가는 것?

"좋아."

나는 대답했다.

그레이스가 머릿속에서 말했다.

'남자들. 이용해 먹고 따돌려 버려.'

"네 이름이 뭐야?"

남자가 물었다.

"솔러스."

"내 이름은 토니야."

"반가워, 토니."

그는 내 팔을 잡고 재빨리 문을 빠져나왔다. 그가 너무 서둘러서 하마터면 내 도마뱀 가방을 잃어버릴 뻔했다. 하지만 나는 제인 에어처럼 멍청하지 않았다. 그 여자는 달아날 때 자기 트렁크를 마차에 놓고 내렸다. 제인 에어헤드(텅 빈 머리)라고 할 수 있겠지. 나로 말하자면, 꼭 알맞게 기억을 해냈다. 보관소 표는 내가 숨겨 둔 곳에 그대로 있었다. 내 브래지어 속에.

20. 토니의 집

바깥은 캄캄하고 후덥지근했으며, 거리는 조용했다. 토니는 내 팔꿈치를 잡아 끌면서 끝이 보이지 않는 길을 따라 걸어갔다. 나는 비틀거리며 걷다가 발이 아파 신음했고, 마침내 택시가 나타나 우리는 차에 올라탔다. 나의 뇌는 스위치가 꺼져 버린 것 같았다. 그와 내가 뒷좌석에 앉아서 무슨 말을 했는지 전혀 기억나지 않았고, 단지 내 발과 머리가 으깨져 있는 것 같았고, 밤이 창밖으로 스쳐 지나갔으며, 우리가 영원히 택시를 타고 있으면 좋겠다고 생각했고, 서쪽으로 달려가, 아침이 다가오는 동안 우리는 옥스퍼드에서 점점 멀어지고 아일랜드로 점점 더 가까이 가게 되기를 바랐다. 나는 휙휙 지나가는 가로등과 택시의 가죽 시트 냄새와 고요함이 좋았다.

하지만 드라이브는 끝났다. 토니가 기사에게 차를 세우라고 한 다음, 택시비를 지불했다. 그리고 현관으로 나를 데리고 들어갔다. 우리는 오래되어 상한 스튜 냄새가 나는 복도를 걸어갔다. 그는 계속 "조용히, 쉿!" 하고 말하면서 나를 2층에 있는 방으로 데려갔다. 그리고 방으로 들어가 살며시 문을 닫은 다음, 불을 켰다.

바닥에는 맥주 깡통들이 굴러다니고 있었고, 울퉁불퉁한 소파와 커다란 TV, 그리고 한쪽 구석에는 침대가 있었다.

나는 소파에 털썩 주저앉았다.

"집처럼 편안하게 있어."

그가 말했다.

나는 기절할 것 같았다.

"뭐 좀 마실래?"

"좋아."

그는 찬장을 뒤졌다.

"이거 하나밖에 안 남았는데."

그가 맥주 깡통 하나를 들어 보였다.

"네가 마셔."

내가 대답했다. 나는 왕족처럼 손을 흔들려고 했지만, 그러다가 괜히 속만 뒤집어져 버렸다. 그가 맥주 깡통을 따면서 털이 부숭부숭한 손등에 거품을 묻혔다.

"너 TV 볼래?"

"TV?"

"아니면 영화를 보던가. 내가 영화 몇 편을 갖고 있어."

나는 그가 포르노 영화를 틀어 주는 상상을 했다.

"〈터미네이터〉 시리즈를 모두 갖고 있거든."

그가 말했다.

"〈터미네이터〉?"

그가 맥주를 삼킬 때마다 목젖이 불거져 나왔다.

"그런 영화는 안 좋아해?"

방 안이 빙빙 돌았다.

"물론 좋아해. 같이 보자."

그가 DVD를 집어넣고 소파로 와서 내 옆에 앉았다. 그리고 리모컨 스위치를 눌렀다. 나는 계속 얕은 잠 속으로 빠져들었고, 매우 자주 철커덕 소리가 날 때마다 깜짝 놀라 깨어났다. 머리가 깨질 것처럼 아팠다.

금속 막대기가 어떤 남자를 꿰뚫고 지나가는 장면이 끝난 다음, 토니는 웃으면서 스위치를 껐다.

"저게 가장 재미있는 장면이야. 나머지는 지루해."

"음. 그렇지."

"그럼 좀 누울래?"

그 순간이 다가왔다.

'이용해 먹고 따돌려 버려.'

머릿속에서 그레이스가 노래하고 있었다.

"누우라고?"

나는 쉰 목소리로 말했다. 사실, 아직까지 나는 섹스를 해 본 적이 한 번도 없었다. 그레이스는 수없이 많이 했고, 트림도 그렇다고 했다. 하지만 나는 경험이 없었다. 그레이스는 섹스가 대단한 게 아니라고 했다. 그냥 눈을 감고 아이스크림 생각만 하고 있으면 된다고 했다. 그리고 운이 좋으면 상대방이 돈 같은 것을 주기도 한다는 것이다. 하지만 토니가 어떨지 나는 알 수 없었다.

토니는 담배에 불을 붙이면서 나에게도 하나를 주었다.

"침대로 가자."

그가 말했다. 그리고 바라보기만 해도 머리가 빙빙 돌아가는 줄무늬 침대 커버를 향해 고개를 끄덕였다.

"네 말은, 그냥 잠만 자라는 거야?"

그는 소파에 널브러져 누워 있는 나를 바라보더니, 담배 연기로 고리를 만들어 내뿜었다.

"잠 같은 소리 하고 있네."

'이런. 어떻게 이 상황을 빠져나가지?'

"네 눈 말이야. 어떻게 된 거야?"

나는 분위기를 바꿔 보려고 노력했다.

그는 손가락으로 안대를 가리키면서 웃었다.

"싸우다가 그랬어."

"누구와?"

"내 여자 친구하고."

"여자 친구라고?"

나는 그녀가 찬장 안에 숨어 있기라도 하는 것처럼 주위를 둘러보았다.

"예전 여자 친구."

그는 마지막 남은 맥주를 모두 마셔 버리고 나에게 몸을 기댔다.

"완전히 끝났어."

나는 긴장했다. 그가 내 무릎을 간질였다.

"끝났지."

그가 중얼거렸다.

가만히 앉아 있지 마. 뭐든지 해.

그는 한쪽 팔을 내 목 뒤로 둘렀다. 다른 손으로는 치마 밑을 더듬었다. 그의 손가락 사이에 있던 담배가 떨어질 것처럼 흔들렸다.

"앗 뜨거! 담배 조심해."

내가 말했다.

"오, 미안."

그가 담배를 바닥에 던진 뒤 뒤꿈치로 비벼 껐다. 그리고 트림을 했다. 그러더니 다시 치마 밑을 더듬기 시작했다.

"지금 막 생각난 건데……."

내가 입을 열었다.

그가 자기 쪽으로 나를 홱 잡아당겼다. 나는 뒤로 몸을 뺐고 그러다가 가발이 벗겨졌다.

가발은 의자의 팔걸이를 거쳐서 바닥 위에 창백하고 흐트러진 모습으로 팽개쳐졌다.

"제기랄."

그가 욕을 하면서 나를 밀쳤다.

"저게 뭐야?"

그의 목소리가 성가대에서 노래 부르는 소년들처럼 높이 올라갔다.

나는 몸을 웅크려 무릎에 얼굴을 묻고 아무 말도 하지 않았다.

그는 가발을 주워 올렸다. 그것을 바라보다가 다시 나를 보았다.

"네 머리카락은 갈색이잖아."

나는 꼼짝도 하지 않았다.

"나는 갈색 머리에게는 흥미가 없어."

나는 입술을 깨물었다.

"금발하고만 한다고."

그는 마치 내가 외계인이라도 되는 양, 눈을 게슴츠레 뜨고 바라보았다.

"너 아직 어린애지, 그렇지?"

나는 몸을 단단히 움츠리고 구석으로 숨었다.

"그런 거 아냐?"

그가 나를 때릴 것처럼 손을 치켜들었다.

"그래, 안 그래?"

나는 얼굴을 양손으로 감싸 쥐었다.

"죄송해요, 죄송해요."

그는 나지막한 소리로 욕을 했다. 그러더니 치켜 올렸던 손을 내렸다. 그는 또 다른 담배에 불을 붙이더니 한 모금을 빨았다.

"젠장. 나는 애들은 좋아하지 않아. 그렇게 변태는 아니라고. 너 몇 살이냐?"

그 순간 갑자기 기억났다. 그날은 내 생일이었고, 새벽 3시였다. 참 대단한 생일 선물이었다. 공포 속에서 눈 한쪽을 가린 남자와 함께 앉아 있다니.

"열다섯요."

내가 대답했다.

그는 다시 욕설을 내뱉었다.

"열다섯 살이라고? 씨발. 나가!"

"나가라고요?"

"그래. 집주인이 너를 보기라도 하면, 나는 끝이야."

나는 의자에서 일어났다.

"얼른 나가. 집에 있는 엄마한테 가라고."

내 입술이 부들부들 떨렸다.

"저는 집이 없어요."

"노숙자 보호소로 가든지. 맘대로 해."

그는 의자에서 나를 끌어냈고, 가발을 집어 올리더니 그 속에 구더기라도 우글거리는 듯한 태도로 나에게 던졌다. 그는 문을 향해 나를 밀었다.

"빨리 꺼져."

"제발, 토니. 밖은 캄캄하잖아요. 여기 있게 해 주세요. 원하시면 옷을 벗을게요. 아니면 제 휴대 전화를 드릴게요. 빌려 드린다고요. 아침이 될 때까지 저소파에 잠깐만 있게 해 주세요. 제발…….."

그는 나를 밖으로 밀어내고 내 도마뱀 가죽 가방을 던졌다.

"가."

그가 속삭였다.

"제발…….."

"조용히 해."

그는 나를 밖에 세워 놓고 문을 닫았다.

열쇠가 달그락거리더니 문이 잠기는 소리가 들렸다.

"토니……."

나는 코와 손바닥을 문에 대고 서 있었으나 문은 열리지 않았다.

바깥에는 나를 통째로 삼켜 버리려는 밤이 기다리고 있었다.

이제 도대체 어떻게 해야만 할까?

21. 계단 위에서 꾼 꿈

나는 여전히 낯설고 어두운 집 안에 서 있었다. 토니의 방문 밖으로 한 줄기 불빛이 새어 나오는 것 외에는 아무것도 보이지 않았다. 타 버린 스튜와 눅눅한 습기와 내 두려움의 냄새가 났다.

나는 가발로 얼굴을 누른 채 서 있었다.

얼마 뒤에 눈이 어둠에 익숙해졌다. 나는 몸을 돌려 계단과 난간, 그리고 아래쪽에 놓인 탁자를 볼 수 있었다. 조심해서 앞으로 나아가 계단 맨 위에 앉았다.

나는 앉은 채로 계단 중간까지 내려간 다음 멈췄다. 귀를 기울여 보았다. 어디선가 시계 소리가 들려오는 것 같기도 했는데, 왜냐하면 내 심장이 두근거리는 소리와 겹쳐서 들렸기 때문이다. 똑딱, 두근. 나는 머큐셔 로드에 있던 시계를 떠올렸으나, 같은 소리는 아니었다. 지금 들려오는 시계 소리는 무겁고 느렸다. 이 집 안에 있는 모든 것들이 침묵하고 있었다.

토니의 방문 밖으로 새어 나오던 한 줄기 빛도 사라졌다. 여자 친구가 그의 눈을 멍들게 한 건 정말 잘한 일이었다. 나머지 눈도 내가 멍들게 만들었다면 좋았을 텐데. 갈색 머리카락인 게 죄야? 나는 내 머리카락을 만져 보았다. 계속 가발

을 쓰고 있었던 터라 머리카락이 거의 하나도 없는 것처럼 느껴졌다. 그레이스
가 언제나 나에게 파마를 하거나 숱이 좀 많아 보이게 뭐든지 하라고 잔소리를
했던 기억이 떠올랐다. 나는 울었다. 눈물이 멈추지 않았다.

토니의 방에서는 아무 소리도 들리지 않았다. 아마도 내가 이 집을 떠났다고
생각하고 잠자리에 들었을 것이다.

내 눈이 다시 어둠에 익숙해졌다. 나는 샌들을 벗고 발을 문질렀다. 그러고 나
서 조용히 운동화로 갈아 신고, 원피스 위에 운동복 윗옷을 입었다. 나는 창백하
게 무릎 위에 축 늘어져 있는 솔러스를 쓰다듬었다. 은빛에 가까운 금빛 머리카
락이 어둠 속에서 빛나고 있었다.

그곳은 지독한 냄새가 났지만 내가 조용히 있기만 하면 한 시간이나 두 시간
정도는 안전할 수 있을 것 같았다.

"솔러스, 시스터 솔러스."

나는 가발이 옛 친구라도 되는 듯이 속삭였다. 똑딱, 두근. 시간이 멈추었다.
나의 뇌도 움직임이 느려졌고, 나는 붕붕 떠다니고 있었다. 나는 눈을 감은 채로
반쯤 깨어 있거나 반쯤 잠이 든 상태였다. 하지만 곧 계단은 사라졌고 나는 스카
이 하우스로 돌아갔다. 마치 꿈의 구름에 올라타 그곳에 간 것처럼……

나는 흔들리는 렌즈를 들여다보면서 물속에서 영화를 찍고 있다.

엄마가 있다. 데니 아저씨도. 그들의 목소리는 메아리처럼 울려 퍼졌고, 그곳
은 봄이다. 밝은 햇살이 발코니로 쏟아지고 있고, 데니 아저씨는 신문을 톡톡 두
드리고 있다. 그는 이제 막 그날의 경마를 하러 나가려고 한다. 엄마가 자기도
말에게 돈을 걸겠다고 그에게 말한다. 이제 기억난다. 그날은 시스터 솔러스가
경주를 하던 날이다.

"말에게 돈을 걸어서 그렇게 큰 재미를 본 적은 없어. 하지만 내 말들에 대해
서는 잘 알아."

데니 아저씨가 말한다. 엄마가 그의 뺨을 꼬집는다. 그리고 5파운드 지폐를 보여 준다.

"내가 당신 대신 골라 볼까, 브리짓?"

그는 돈을 잡아채려 애쓰면서 엄마를 구슬린다.

"건강하고 튼튼한 암말은 어때?"

"내가 골라도 돼요? 내가요?"

내가 말하고 있다. 나는 바로 그 옆에 서서 데니 아저씨의 격자무늬 셔츠의 소매를 잡아당기고 있다. 키가 겨우 그의 팔꿈치까지밖에 닿지 않기 때문이다.

"그래, 난쟁이야. 어느 말로 할래?"

그는 나에게 경주마들의 이름이 실려 있는 면을 보여 준다.

나는 손가락으로 시스터 솔러스라는 이름을 짚는다.

"이거요."

"시스터 솔러스? 그 말은 거의 승산이 없는데."

그는 엄마에게서 5파운드 지폐를 낚아채고, 엄마는 그에게 지폐 한 장을 더 건넨다.

"이거 둘 다 그 말에게 걸어 줘. 난 그 말 이름이 좋아."

"말의 기량을 보고 돈을 걸어야지, 이 어리석은 여자야. 그깟 이름은 아무 소용 없다고."

엄마는 그의 머리카락을 헝클어뜨리면서 웃는다.

"내 말대로 해, 데니. 시스터 솔러스로 하라고."

"좋아, 브리짓. 내가 미리 경고했다는 걸 잊지 말라고."

그는 엄마에게 잘 있으라는 인사로 입을 맞추고 떠난다. 그리고 말들이 경주하는 장면으로 바뀐다.

엄마와 나는 TV로 경주를 지켜보고 있다. 말들이 칸막이를 박차고 나와, 천둥 같은 발굽 소리를 울리며 온 힘을 다해 달려가고 있다. 목들을 한껏 길게 빼고,

등에 있는 갈색 근육들이 잔뜩 불거진 말들 가운데, 오직 하나 창백한 금빛 말인 시스터 솔러스만이 뒤처져 있었다. 엄마는 욕을 하고 있다. 그 순간 시스터 솔러스가 어디선가 나타나 선두로 나선다. 경주를 중계하던 남자 목소리가 한 옥타브쯤 높아진다.

"바깥쪽에 시스터 솔러스입니다. 시스터 솔러스가…….."

엄마는 일어서서, 허공을 향해 주먹질을 하며, 소리친다.

"달려라, 달려!"

그래서 나도 일어나 소리를 지르고, 시스터 솔러스는 나는 듯이 달린다. 핼쑥하고 유연하게, 다른 말들을 제치고, 그리고 거의 결승선이 다가왔을 때 기적처럼 그 말은 넘어질 듯 폭주하더니, 오, 이런, 마침내 시스터 솔러스는 가장 먼저 결승선을 넘어선다. 엄마는 펄쩍 뛰면서 오늘밤 샴페인을 터뜨리자고 말한다. 그리고 내가 엄마에게 최고의 딸이라고 칭찬한다. 엄마는 가장 좋아하는 노래인 〈달콤한 꿈〉을 틀어 놓는다. 그리고 달그락거리는 얼음과 함께 술을 따른다.

"시스터 솔러스를 위하여."

엄마는 흥얼거린다. 엄마는 몸을 흔들면서 스카이 하우스 안을 돌아다니고, 발코니 문을 열어 산들바람이 들어오게 한다.

"온 세상과 일곱 바다를 돌아다니며."

세인트 폴 성당의 하얀 돔 지붕이 선명하게 보이고, 나는 엄마 옆에서 엄마의 손동작을 따라하면서 몸을 흔든다. 엄마가 춤을 추고 한 바퀴 돌고 박수를 칠 때마다 나도 그렇게 한다. 마치 폭죽처럼 느껴지는 내 심장이 언제 수천 개의 금화로 폭발해 버릴지 나는 알 수 없다.

"그 돈이면 아일랜드에 돌아갈 수 있어요? 엄마, 그래요?"

"그럼. 가고도 남지. 다이아몬드를 살 수도 있고, 새 침대를 사도 돼. 뭐든지 살 수 있어. 우린 부자야."

"하지만 아일랜드 먼저 갈 거죠, 엄마? 그렇죠?"

"그래. 물론 그럴 거야, 홀."

그리고 나는 명주실 같은 안개비가 내리는 초록색 들판 위를 달려가는 상상을 한다. 부드럽고 상쾌한 공기를 한껏 들이마시며 검은 강물 속에 막대기를 던져 넣기도 하면서. 우리는 아일랜드로 떠날 것이다, 아일랜드로.

"아저씨가 집으로 돌아오면, 돈 구경 좀 할 수 있겠지?"

엄마는 노래를 흥얼거리면서 술을 한 잔 더 따른다. 스카이 하우스의 승강기가 윙윙 소리를 내면서 점점 위로 올라오고 있다. 엄마가 말한다.

"그 사람이 지금 오고 있는 거지? 맞지?"

'홀, 빨리.'

머리 위에서 널빤지가 삐거덕거렸다. 나는 깜짝 놀라 깨어났다. 스카이 하우스의 소리들은 사라지고 나는 다시 작은 집의 낯선 계단 위로 돌아왔다. 나는 가발로 뺨을 누르면서 정신없이 몸을 웅크렸다. 가느다란 불빛이 앞쪽 문에서 흘러나왔다. 머리 위에서 발자국 소리가 들려왔다. 그 순간 또 다른 소리가 말했다.

'홀, 빨리. 달아나! 여기서 나가야 해.'

문이 열렸다. 남자인지 여자인지 알 수 없었으나 누군가 끙끙거리는 소리를 냈다. 그리고 다음 순간 불이 켜졌고 내 모습이 드러났다.

나는 내 물건들을 움켜쥐고 계단을 달려 내려갔다. 아래층 복도에 있는 탁자에 무릎을 부딪쳤다.

"거기! 너!"

남자 목소리가 들려왔다. 토니가 아니라 그보다 더 나이 든 사람이었다.

나는 현관 앞에서 더듬거리면서 손잡이나 핸들을 찾고 있었다. 불이 들어왔다.

"경찰을 부를 거야!"

나는 문을 열고 밖으로 뛰쳐나갔다. 무릎이 아파서 신음이 절로 나왔다.

"멈춰! 너!"

그는 나를 따라서 달려 나왔다. 나는 무릎이 아픈 것도 잊고 앞이 보이지 않는 길을 따라 달려가 큰 도로로 빠져나왔다. 얼마나 힘껏 달렸는지 무릎 부딪친 데가 아무렇지도 않았다. 나는 숨이 턱에 닿을 때까지 달리고, 그보다 더 달렸다. 마침내 포장된 도로로 접어들면서 걷기 시작했고 그러자 무릎이 다시 아팠다. 뒤를 돌아보니, 따라오는 사람은 없었다. 나는 호흡을 가다듬었다. 거리는 조용했고, 아직 어슴푸레했다. 버스 정거장이 바로 옆에 있어서 나는 의자에 앉았다.

모든 것이 잿빛이었다. 새들도, 자동차들도 없었다.

도로 옆에는 잔디밭이 있었다. 집들은 크기가 컸고, 간격이 더 넓게 떨어져 있었다. 나무들은 움직이지 않았다. 차가운 공기가 코끝을 맴돌았다.

나는 그 집과 그 집의 냄새와 토니의 손장난과 그 계단과 나에게 고함을 지르던 남자와 내 생일이 어떠했는지 아무도 모를 것이라고 생각하면서 울었다. 나는 마치 다시 체포된 것처럼 울었다. 그렇지 않았음에도.

내 머릿속 어딘가에서 엄마가 내 옆에서 울고 있다는 생각이 떠올랐다.

"온 세상과 일곱 바다를 돌아다니며."

엄마는 빈 술잔을 들고 노래했다.

"모든 사람들이 무엇인가를 찾아다니지."

하지만 데니 아저씨는 그날 돌아오지 않았다. 이제야 기억이 났다. 샴페인도, 파티도, 아일랜드로 가는 차표도 없었다. 흔들리는 오래된 영화의 렌즈를 통해 내가 볼 수 있던 장면은 엄마 옆에 빈 술잔이 엎어져 있었고 그 속에서 남은 얼음이 녹고 있던 것뿐이었다. 그리고 나는 로자벨로 얼굴을 가리고 내 침대 이불 속으로 기어 들어가 달콤한 꿈이라는 노래를 계속 흥얼거리고 있었다. 데니의 모습은 어디에도 보이지 않았다.

22. 새벽 거리를 걷다

나는 엉망진창이었다.

새 한 마리가 내 뒤에 있는 덤불에서 노래하기 시작했다. 새는 모든 영국에 울려 퍼지도록 지저귀고 있었다. 나는 소매로 눈물을 닦았다.

'이런 꼴을 하고 아일랜드로 갈 수는 없어.'

나는 스스로에게 말했다.

나는 가발에 빗질을 하고 머리에 썼다. 그러고 나서 연분홍색 립스틱과 작은 거울을 꺼냈다. 머리카락은 마구 뒤엉켜 있었고, 원래 나의 것인 가는 갈색 머리카락이 금발의 가발 밑으로 빠져나와 있는 게 보였다. 눈은 붉게 충혈되어 있었고 작은 코는 반질거렸다. 나는 가발을 곧게 펴서 다시 빗질을 했다. 원피스에 묻은 먼지를 떨어냈다. 립스틱을 바르고 얼굴에 가볍게 분칠을 했다.

그때 내 가방 속에 아이팟이 있다는 사실이 떠올랐다. 나는 이어폰을 귀에 꽂고 정적을 몰아냈다.

나는 버스 정거장에 앉아 좋아하는 노래를 들으면서 고개를 까딱이고 있었다. 웃을 때 입이 귀까지 벌어지던 라이언이 떠올랐는데, 그랬더니 맥주 냄새를 풍

146

기던 토니의 입김까지 기억나 버렸다. 그를 나의 뇌에서 쓰레기 분리수거 통에 버렸음에도 그의 게슴츠레한 눈과 지저분한 얼굴이 자꾸 튀어나왔다. 게다가 그의 얼굴은 박물관에 있던 데니와 닮은 가면처럼 생긴 것 같았다. 그래서 나는 음악을 더 크게 틀었지만, 아무리 소리를 크게 올려도 한쪽 눈에 안대를 한 그 얼굴은 사라지지 않았다.

그가 내 옷을 벗기지 않은 것이 다행스러웠다.

그런 방식으로 내 곁에 가까이 오는 것을 허용할 수 있는 사람은 단 한 사람뿐이고, 그는 가까이 있지 않았다. 그리고 나는 그 사람에 대해 말할 생각이 없다. 나는 일어나서 길을 따라 걸었다. 새벽하늘을 등지고 있었으므로, 나는 서쪽을 향하고 있었고, 아일랜드로 가려면 서쪽으로 가는 게 옳다고 생각되었다. 나는 '폭풍주의보'의 가벼운 리듬에 맞춰 걸었다. 마치 나를 제외한 온 세상 사람들이 죽어 버린 느낌이었다.

그때 음악 소리와 겹쳐서 자동차 한 대가 등 뒤에서 천천히 다가오는 소리를 들었다. 나는 긴장했다. 아마도 운전자는 나를 살펴보고 있을 것이다. 차를 몰고 다니면서 거리를 걷는 여자들을 유혹하는 남자임이 틀림없다. 지금 나는 날씬하고 화끈한 매력을 지닌 여자로 사는 것의 어려움을 알아 가는 중이다. 차는 계속 천천히 따라왔고 나는 걸음을 빨리했다. 내가 체포되어 아동보호치료시설로 끌려갔던 밤이 떠올랐다. 클럽을 지키는 사람에게 퇴짜를 맞은 다음의 일이었다. 트림이 말했다.

'모두들 몸을 팔러 가는 거야.'

우리는 그렇게 돈을 번 다음, 그 돈으로 도박을 하러 가서 백만장자가 되려고 했다. 그레이스는 섹스에 대해 모르는 것이 없었다. 그 애는 의붓아버지가 자기의 첫 번째 남자 친구였고, 그래서 위탁 아동 보육원으로 보내진 것이라고 나에게 말했다. 그래서 트림이 함께 있던 그날 밤, 그레이스는 번쩍이는 정장을 입은 채 차를 타고 밤거리를 돌아다니는 남자를 골랐고, 곧장 빨간 자동차 속으로 들어갔다. 그 애는 5분 뒤에 10파운드짜리 지폐를 들고 밖으로 나왔고, 트림에게 그 돈을 주려고 하지 않았기 때문에 트림이 화가 나서 날뛰다가 다음에는 내가 몸을 팔아야 한다고 시켰다. 나는 그레이스처럼 엉덩이를 쭉 빼고 고개를 갸우뚱한 채 길모퉁이에 서 있었고, 차 한 대가 천천히 다가왔다. 하지만 그것은 섹스에 굶주린 남자가 아니라 경찰이었다. 그들은 차를 세우더니 나를 체포했다. 그들은 내가 누구와 함께 있었는지 물었지만, 나는 트림과 그레이스의 이름을 말하지 않았다. 나 혼자 길에서 일한다고 말했다. 그래서 나는 아동보호치료시설로 보내졌고, 힘든 시간을 겪었다.

지금도 힘들었다. 이 차는 내 옆에서 천천히 움직이면서 떠날 생각을 하지 않았다. 나는 그쪽을 돌아보지 않았다. 나는 음악에 맞춰 고개를 까딱이면서 미친 사람처럼 허공을 향해 주먹질을 했다. 미친 사람과 매춘은 어울리지 않을 것이라고 나는 생각했다. 나는 펄쩍펄쩍 뛰면서 미친 사람처럼 허공을 찔러 댔다. 그리고 어떤 일이 일어났을까? 효과가 있었다. 차가 빠른 속도로 가 버렸고, 나는 안심했다.

만약 차를 타고 돌아다니면서 여자를 유혹하려는 사람을 만나면, 이제 어떻게 해야 할지 알게 되었다.

나는 머리가 음악보다 더 빨리 까딱거릴 정도로 계속 빠르게 걸었다. 집들, 잔디밭, 나무들, 포장도로, 쿵쿵~쿵쿵. 머리가 아팠고, 눈꺼풀은 마치 사포처럼 까끌까끌했다. 나는 이어폰을 빼고 계속 걸었다. 차 두 대가 마치 서로 쫓아가듯 쏜살같이 지나갔다. 나는 머리 위로 도로가 지나가는 지점에 이르렀다. 저 위로 높이 거무죽죽한 다리가 놓여 있었고, 차들이 이따금 빠른 속도로 달려갔다. 그곳으로 올라가는 진입로가 보였다. 나는 그 근처에 잔디가 덮여 있는 비탈에 잠시 앉아 휴식을 취하기로 했다. 아침 이슬 때문에 땅이 젖어 있었지만 나는 개의치 않았다.

그레이스가 나타나 내 옆에 앉았다. 그 애의 얼굴과 속눈썹이 슬퍼 보였다.

'다리가 있네, 홀.'

그래.

'좀 높은데.'

그래. 그래서?

'내가 만약 너라면 어떻게 할지 물어봐 줄래? 나라면 저 위에 올라가서 뛰어내릴 거야.'

그레이스라면 그럴 거야. 언제나 자살하고 싶어 했으니까. 꺼져, 그레이스. 겉만 번드레한 겁쟁이.

그 애의 긴 속눈썹이 사라졌다.

나 홀로 남았다. 나는 진입로로 올라가 다리 위에 서서, 세상에 잘 있으라고 말한 다음 뛰어내리는 것을 상상해 보았다. 어떤 기분일까, 아래로 떨어져 자동차 바퀴와 땅바닥에 엄청난 속도로 부딪혀 내 몸이 온통 으스러지는 것은?

학교에서 불어 선생님이 마음의 상처를 입은 젊은 여자에 대한 이야기를 해 준 적이 있었다. 그녀는 자살을 하기 위해 파리 한가운데 있는 개선문 위로 올라가 뛰어내렸다. 그러나 그녀는 커다란 하얀색 밴 위로 떨어졌고, 단지 두 다리가 부러졌을 뿐이며 밴이 부서진 것에 대해 보험 회사에 손해 배상을 해야 했다. 그녀는 파산했고, 평생 장애인으로 살아야 했고, 죽지도 못했다. 그때 나는 머리를 반이라도 쓸 줄 안다면 약과 술을 진탕 먹는 게 제대로 죽을 수 있는 방법이라고 생각했다. 그레이스는 손톱 가위를 쓰거나 굶는 방법을 시도했지만, 성공하지 못했다. 하지만 그 애는 머리라고는 4분의 1도 쓸 줄 모르니까.

나는 가발을 잘 가다듬었다. 솔러스가 알아서 할 것이다.

'너는 다리에서 뛰어내리지 않아, 홀.'

솔러스가 말했다.

'가발이 벗겨질 테니까, 그렇지 않아? 그러면 나도 죽을 거야.'

나는 미소를 지을 수밖에 없었다.

'그냥 이 길을 따라 계속 가는 거야. 한 발자국 걸을 때마다 아일랜드가 가까워지는 거야.'

그래서 나는 그렇게 했다. 고요한 아침 속으로 그냥 계속 걸어갔다.

23. 전화 부스

집들 사이의 간격이 점점 멀어졌다.

햇빛이 더 강해졌다.

나는 이어폰을 다시 귀에 꽂았다. 새들이 내 머리통이 부서질 것처럼 힘차게 노래하고 있었다. 드류가 노래 가사를 내 귀로 쏟아부었다. 아마도 드류라면, 내가 더 이상 언급하고 싶지 않은 또 다른 남자 외에, 유일하게 내 곁에 가까이 오도록 허용할 수 있는 남자일 테지만, 그는 언제나 먼 곳을 순회공연 중이라 우리는 만날 기회가 없었다. 언젠가 '폭풍주의보'가 내가 사는 곳에서 공연을 하게 되면, 나는 표를 사서 보러 갈 것이다. 그리고 바로 그날 테러리스트들이 공연장을 습격해서 우리 모두를 인질로 잡게 될 것이다. 그리고 나서 협상을 하면서 테러리스트들은 사람들을 한 번에 백 명씩 풀어 줄 것이고, 마지막 열 명을 남겨 둘 것이다. 드류와 나는 그 속에 남게 되고, 그가 나를 눈여겨보고, 함께 폭풍 같은 대화를 나누게 될 것이다. 그리고 테러리스트들 가운데 하나가 어떤 어린 아이를, 그러니까 박물관에서 만난 아인슈타인 같은 애와 좀 비슷한 어린 소년을 총으로 쏴서 죽이려고 할 때, 내가 달려들어 테러리스트가 방아쇠를 당기려 하는 손을 쳐서 그 아이를 구해 낼 것이다. 하지만 테러리스트가 화가 나서 총으로 나를 때려서 쓰러뜨린다. 정신을 차려 보니 드류가 내 머리를 받치고 감싸 안은 채 머리카락을 쓰다듬고 있다…….

나는 상상에 몰두하다가 전화 부스에 부딪칠 뻔했다. 작은 창문이 여러 개 달려 있고 붉은색으로 칠해진 구식 공중전화 부스였다. 나는 그런 게 있다는 사실조차 잊고 있었던 것처럼 멍하니 바라보았다.

다음 순간, 나는 그 속에 들어가 누구에게 전화를 걸 것인지 생각하고 있었다. 문제는 온 세상이 잠들어 있다는 것이었다. 그레이스와 트림 둘 다 자고 있을 것이다. 미코, 런던 북부의 어디에선가 자고 있을 것이며, 게다가 나는 그의 전화번호도 몰랐다. 레이철에게 전화를 건다고 해도, 나는 녹음된 그녀의 목소리만 듣게 될 것이다. 나는 누군가와 이야기를 나누어야만 했다.

피오나와 레이는 안 된다. 절대로.

그때 나는 사람들이 템플턴 하우스의 전화기 옆에 붙여 놓았던 전화번호를 기억해냈다. 아동 상담 전화. 우리 같은 보육원 아이들을 위한 특별한 전화번호였다. 그래서 나는 전화를 걸어 볼 생각을 했다. 아무것도 안 하는 것보다는 나았고, 통화료도 무료였다. 나는 그 숫자들을 마치 사다리를 타고 오르듯이 하나하나 힘들게 기억해 냈다.

하지만 이렇게 이른 시각에 누가 전화를 받기나 할 것인가?

따르릉~따르릉, 전화벨이 울렸다.

나는 기다렸다.

따르릉~따르릉~따르릉. 아무도 받지 않았다.

나는 거의 포기할 뻔했다. 그 순간 딸깍하는 소리와 함께 목소리가 들렸다. 녹음된 소리가 아닌 진짜 목소리였다. 여자였다. 그녀는 사실 공개와 신뢰에 대한 몇몇 문구를 빠른 속도로 말했기 때문에 나는 전화를 끊어 버리려고 했다. 백 퍼센트 꼰대였다.

"아직 전화를 끊지 않았나요?"

여자가 말했다.

"이런 공적인 설명 때문에 당신과 통화를 못하게 되는 건 아니겠지요?"

"잘 모르겠어요."

내가 대답했다.

"아직 안 끊었네요. 다시 인사할게요. 반가워요."

"반가워요."

"나이가 어리지?"

"네, 열네 살이에요. 아니, 열다섯 살."

"이름을 말해 줄 수 있니? 말하기 싫으면 굳이 할 필요는 없고."

"네. 솔러스예요."

"솔러스?"

"그래요. 나는 솔러스예요. 그리고 달아나는 중이에요."

잠시 말이 끊어졌다.

"난 게일이야."

목소리가 말했다.

"반가워, 솔러스. 달아나는 중이라니 안됐구나. 그것에 대해 이야기하고 싶니?"

"어쩌면요. 그래요. 난 보육원에 있었어요……."

나는 말꼬리를 길게 늘였다.

"보육원?"

"네. 내가 먹고 자던 곳이죠."

"그곳에서 살았니, 아니면 위탁 부모가 있었니?"

"거주만 했어요."

"그곳이 마음에 들지 않았어?"

"괜찮았어요. 다른 애들이 너무 심술궂게 굴었던 것만 빼놓고는요."

그레이스와 트림이 갑자기 내가 있는 부스 속으로 밀고 들어왔다. 팔꿈치로 내 옆구리를 찌르면서 웃음을 터뜨리지 못하게 하려고 했다.

"정말 심술궂은 아이들이었어요."

"안됐구나."

"그리고 담당 키 워커가 나를 좋아하지 않았어요. 날 괴롭혔죠."

재킷을 어깨에 걸친 미코가 강 저쪽에서 몸을 반쯤 돌렸다. 그는 눈살을 찌푸렸다.

'홀리.'

그가 고개를 저었다.

"그가 어떻게 괴롭혔어?"

"몰라요. 조금 차별을 했어요."

"그게 싫었니?"

"네."

"그래서 달아나는 거야?"

"넵."

"담당 사회 복지사는 없었니, 솔러스? 네 사정을 이야기할 사람이 아무도 없었어?"

"내가 상담을 요청해도 대답이 없었어요. 그 여자는 너무 바빴죠."

이건 그레이스가 자신의 사회 복지사에 대해 했던 이야기였다. 하지만 레이철은 그렇지 않았다.

"그럼 어디로 달아나는 중이니?"

"네?"

"어디 가야 할 곳이 있는 거야? 아니면 무작정 달아나는 거야?"

나는 안개비가 내리는 푸른 들판에 서 있는 엄마를 떠올렸다.

"네."

"무작정 가고 있다고?"

"아뇨. 난……. 어딘가로 가고 있어요."

"어디로 가는지 말해 줄 수 있니?"

나는 말하지 않을 수 없었다.

"엄마에게로 가요."

"네 엄마?"

"네. 우리 엄마요."

내 목소리가 떨리고 있음을 느낄 수 있었다.

"엄마와 함께 살기 위해 가는 거예요. 엄마에게 돌아가고 싶어요. 낯선 사람들과 함께 사는 데 지쳤어요."

"엄마도 알고 있어, 솔러스? 네가 무엇을 바라는지 엄마도 알고 있니?"

"아뇨."

나는 불쑥 내뱉었다.

"엄마는 아무것도 몰라요. 내가 어디에 있는지도 몰라요. 전혀요. 사람들이 엄마한테 알려 주지 않아요. 엄마는 나를 찾고 있을 거예요. 하지만 나를 찾을 수 없을 거예요."

잠깐 동안 아무 말도 없었다.

"솔러스?"

"네?"

"네가 왜 보육원에 보내졌는지 알고 있니?"

나는 스카이 하우스와 엄마와 데니 아저씨를 떠올렸다.

"오, 물론이죠."

나는 한숨을 쉬었다.

"나는 잘 알아요."

"나한테 그 이야기를 해 줄 수 있어?"

"좀 복잡해요."

"해 보렴."

"그러니까 엄마에게는 남자 친구가 있었어요. 데니라고."

"데니?"

"네. 그 사람이 우리 돈을 몽땅 가져갔어요. 그리고 나쁜 짓을 했죠. 아주 사악하고 나쁜 짓들을요. 그래서 엄마는 빨리 아일랜드로 돌아가야 했어요. 데니 아저씨가 엄마를 찾아낼 수 없도록 말이에요. 그렇지 않으면 엄마는 죽었을 거예요. 그리고 사람들이 저를 발견했죠."

"어떤 '사람들'이지, 솔러스?"

"물론 사회 복지국 사람들이죠. 그들이 엄마가 없어졌다는 걸 알았어요. 내가 학교에 가야 하는데 나타나지 않았기 때문이었어요. 그래서 그들이 우리에 대해 알게 된 거죠. 엄마는 사람을 보내 나를 데려오려고 했지만 그렇게 하기에는 이미 늦었던 거죠. 그들이 나를 데려갔어요. 이제 엄마는 거기에 있고 나는 여기에 있으니 모두 내 잘못이에요."

"왜 그게 네 잘못이라는 거니, 솔러스?"

"네?"

"그때 너는 몇 살이었지?"

"몰라요. 기억이 흐릿해요."

"그러니까 너는 어렸어. 아주 어렸을 거야. 무슨 일이 일어났든 그건 어른들이 한 일이지 네 책임이 아니야. 알겠니?"

알다시피, 사람들은 항상 그렇게 말했다.

"그건 네 탓이 아니야, 홀리. 네가 잘못한 일은 없어."

하지만 예전에 나는 사람들이 그렇게 말할 때 정말로 귀담아들어 본 적이 없었다. 레이철이나 미코의 말에도.

"네 책임이 아니야."

게다가 그들은 나에게 책임감을 덜 가지라고 말하는 대신 늘 좀 더 책임감 있게 행동해야 한다고 말했다.

그런데 지금은 이상하게도 좀 달랐다. 게일이 하는 말이 나에게 와 닿았다.

"그렇지 않니, 솔러스?"

게일의 목소리는 부드럽고 조용했으며, 거의 애원하는 것처럼 들렸다. 그리고 내 이름을 다정하게 불렀다. 나는 전화선 저쪽에 있는 그녀를 상상해 보았다. 그녀는 새하얀 뺨에 부드러운 금발의 긴 곱슬머리일 것 같았다. 그녀는 예쁘고, 양쪽 옆에 줄이 들어가 있는 짙은 남색 운동복 바지를 입고 있으며, 전혀 꼰대가 아닐 것 같았다.

"네."

나는 속삭였다. 나는 손으로 전화기를 쓰다듬어 보았다. 나는 눈을 힘껏 눌렀다. 그러자 흘러내린 양말을 신고 앞머리를 삐뚤빼뚤하게 자른 꼬마 여자애가 보였다. 학교에서 받은 금별들을 많이 가지고 있던 그 애는 바로 나였다. 그 애는 승강기가 꽉 차 있을 때는 홀수 층에서 내려 마지막 한 층은 무서운 계단으로 올라갈 수 있었다. 용감한 아이였으니까.

"동전이 다 떨어져 가요."

그 전화가 무료라는 사실을 잊어버리고 나는 목이 메어 말했다.

"솔러스, 내가 너에게 다시 전화를 걸까?"

"아뇨. 괜찮아요."

"내가 걸 수 있어. 알잖아."

"됐어요."

"솔러스. 이 말은 꼭 해야겠다. 넌 돌아와야 해. 너도 알잖아."

"흠."

"그렇게 할 거지? 돌아와. 그러면 우리 다시 이야기를 할 수 있어. 네가 원할 때면 언제나. 약속할게. 그럴 거지?"

"어쩌면요."

내가 대답했다.

"이렇게 이른 아침에 너 혼자 돌아다니는 게 마음이 놓이질 않아."

"나 혼자 아니에요."

"아니야?"

"남자 친구와 함께 있어요."

"그래. 잘됐구나. 남자 친구 이름이 뭐지?"

"드류."

나는 말했다.

"좋은 애니?"

"착해요. 잘생겼어요. 걔가 나를 지켜 주고 있어요."

"그러길 바란다. 하지만 보육원에 꼭 전화를 해야 해, 솔러스. 아니면 내가 너 대신 전화할게. 네가 원하면 말이야. 보육원 이름을 알려 주면 좋겠다."

"조금 있으면 전화가 끊어질 거예요."

나는 거짓말을 했다.

'하나, 둘, 셋.'

내 머릿속에서 빅 벤이 울렸다.

"솔러스?"

'넷, 다섯.'

"제발, 솔러스."

'여섯, 일곱, 여덟.'

게일이라는 여자의 목소리가 나의 뇌와 폐 안에서 붕붕 떠다녔다. 나의 어떤 부분은 그녀가 사라지는 것을 바라지 않고 있었고, 다른 부분은 어서 빨리 전화를 끊으려고 난리였다.

"템플턴 하우스예요."

나는 소리쳤다.

'아홉, 열.'

나는 그녀의 목소리를 들었다.

"고마워……."

나는 쾅 하고 수화기를 내려놓았다. 여러 생각들이 머릿속에서 충돌하고 있었다.

'이런 젠장. 내가 왜 그 이름을 말한 거지? 저 여자는 템플턴 하우스에 전화를 걸 것이고 그러면 그들은 내가 누구인지 알 텐데. 전화를 추적해서 경찰에게 내 뒤를 쫓도록 할 거야. 멍청한 것. 어서 출발하는 게 좋겠어. 빨리. 서둘러.'

나는 공중전화 부스에서 나와서 머리 위에 있는 도로를 쳐다보았다. 해가 이미 떠올랐고, 도시는 등 뒤에 있었다. 나는 도마뱀 가방을 어깨로 바짝 끌어올려 메고 달렸다. 생각나는 건 오직 어린 홀리뿐이었다. 흘러내리는 양말을 신고, 어둡고 무서운 계단에 앉아 망가진 인형을 갖고 콜레트와 놀던 홀리, 경주마를 고르게 하는 데니에게 애원하던 홀리, 사랑과 돈벌이를 위한 엄마의 머리카락을 빗질하던 홀리.

"너는 어렸어, 홀리."

게일의 목소리가 나에게 계속 말하고 있었다.

"아주, 아주 어렸지."

24. 엔섬 록의 에밀루

영원히 달릴 수는 없기에 곧 나는 걸음을 늦추었다. 아침의 고요는 스프처럼 걸쭉했다. 더 이상 집들이 보이지 않았고, 포장도로가 나타났다. 풀이 나 있는 울퉁불퉁한 갓길이 있을 뿐이었다. 한 걸음씩 내디딜 때마다 발목이 이슬에 젖었다. 정원과 건물 들이 있는 대신 그곳에는 들판과 철탑과 나무가 있었고, 내가 이제까지 본 어느 장소보다 푸르렀다. 노란색과 파란색 꽃들이 피어 있었다. 새들이 지저귀면서 바스락거렸고 나뭇잎 냄새가 났다.

그리고 도로는 계속되었다. 집들이 더 나타났고, 잔디밭이 길게 이어졌고, 양떼가 있는 들판이 펼쳐졌다.

그곳은 넓게 트인 시골이었고, 거의 아일랜드만큼 아름다웠다. 숨통이 트였다. 비록 배가 고파서 창자가 끊어질 것 같고 목이 말라서 견딜 수 없었지만, 그리고 조용히 입을 다물고 있지 않는 새들을 죽여 버리고 싶은 심정이었지만, 나는 다리 위에서 뛰어내리지 않은 게 다행이라고 생각했다. 하지만 아침은 서늘했고, 활기찼으며, 고요했다. 그리고 내 발은 시키지 않았음에도 계속 걸었다. 나는 엄마가 언덕 위에 서서 한 걸음씩 가까워지고 있는 나를 지켜보며 기다리고 있다고 상상했다.

나는 3~4킬로미터마다 한 번씩 몸을 숨기고 주위를 살폈다. 자동차 세 대와 트럭 한 대가 요란한 소리를 내면서 지나갔지만 경찰차는 보이지 않았다. 쓸데없이 두려워하고 있는 것인지도 몰랐다. 나는 내 이름을 말하지는 않았지만 템플턴 하우스라고 말했다. 그들은 확인해 볼 것이고 그러면 곧 이것저것 모아서 추측해 볼 것이고, 결국은…….

눈물이 핑 돌았지만 나는 계속 걸었다.

도로 저 앞에 비어 있는 톨게이트가 보이면서 도로가 작은 다리로 연결되었다. 다리를 반쯤 건너자 한쪽에 청록색으로 반짝이는 좁고 잔잔한 강이 나타났다. 나는 아주 먼 다른 세상에 있을, 템스 강을 건너 북쪽으로 향해 가는 미코를 떠올렸다. 그때 강 언저리를 따라 오솔길이 나 있는 것이 보였고, 길고 좁은 배들이 정박되어 있는 게 눈에 띄었다.

도시의 강물은 더럽지만, 이곳 변두리의 강물은 마셔도 될 것 같다는 생각이 들었다. 나는 다리를 벗어나 계단으로 둑까지 내려가서, 쪼그리고 앉아 강물을 손바닥에 담을 수 있는 장소를 찾기 위해 정박되어 있는 배들 주위를 돌아다녔다.

건물이 하나 보였고, 벽 위로 물이 쏟아져 내리고 있었다. 나는 그곳이 어떤 곳인지 알 수 없었지만, 얼굴에 물을 끼얹을 장소를 찾아냈다. 거무스름하고 아마도 파리알 같은 게 잔뜩 들어 있을 것 같은 물이었지만, 나는 한입 가득 물었다. 이제 막 바닥을 닦아 낸 더러운 물이 가득 들어 있는 양동이에서 떠낸 물 같은 맛이었고, 나는 거의 토할 뻔했다. 그곳에 있는 벤치에 쓰러져 누웠다.

그러다가 나는 괴상하게 생긴 긴 배들 사이에서 한 줄기 연기가 피어오르는 것을 보고 눈살을 찌푸렸다.

도대체 누가 나무로 된 배에서 불을 땐다는 말을 믿겠는가?

그때 나는 트림이 내 머릿속에서 키득거리며 하는 말을 들었다.

'배에서 불을 땔 수도 있지. 타이타닉호의 바닥에 있는 엔진에 불을 때잖아.

안 그래?'

그래, 나는 마음속으로 그에게 대답했다. 그리고 무슨 일이 일어났는지 생각해 보았다. 배가 가라앉았다.

'그렇지, 하지만 불 때문에 가라앉은 건 아니었어. 빙산 때문이었지.'

하지만 이 배들은 작았다. 타이타닉호와 전혀 달랐다. 게다가 나무로 만들어져 있었다. 단 한 번의 불꽃으로도 완전히 끝나 버릴 수 있었다.

나는 벤치에서 기지개를 켜면서 하품을 했다.

'너하고 그레이스는, 문 버팀쇠처럼 미련해. 너희들은 쇠붙이에도 불을 붙일 수 있을 거야, 멍청이들. 두껍고 단단한 것도 태워 버릴 수 있을 거라고.'

그래. 그러니까 배처럼 단단한 것도 가라앉는다는 거야? 나는 트림을 약 올리기 위해 일부러 둔한 척을 했다.

'할 생각만 있으면 배로 자유의 여신상도 옮길 수 있어. 물론 배의 크기에 달려 있지. 배에는……. 저렇게……. 작은 난로가 달려 있어도……. 문제없어…….'

트림의 목소리가 끊어졌다. 내가 깜박 잠이 들었던 것 같다.

나는 벤치에 길게 누운 채로 깨어났다. 햇빛에 눈이 부셨다.

가발은 반쯤 벗겨진 상태였다.

나는 재빨리 일어나 앉았고 그 바람에 가발이 거의 벗겨졌다. 나는 땅에 떨어지기 전에 가발을 움켜쥐고 다시 뒤집어썼다. 내가 전화를 걸었던 기억이 났다. 경찰이 내 뒤를 쫓을 거야. 나는 가방을 뒤져 솔빗을 꺼낸 다음 가발을 가지런히 빗고 숨을 돌렸다. 나는 다시 솔러스가 되었다. 경찰들이 내 옆을 지나간다고 해도 나를 알아보지 못할 것이다.

어디선가 휘파람 소리와 함께 철벅철벅하는 물소리가 들려왔다.

멀리 둑 저쪽에 한 남자가 배 유리창을 닦고 있었다. 그 배는 길고 초록색이었으며, 화분이 놓여 있었고, 지붕에는 자전거가 눕혀져 있었다. 그리고 배의 굴뚝에서는 여전히 연기가 피어오르고 있었다.

그 남자는 긴 회색 머리카락을 말 꼬랑지처럼 묶고 있었고, 갈색 팔뚝은 힘이 세어 보였다. 티셔츠에 청바지를 입고 있었으며, 귀에 꽂은 이어폰에서 나오는 음악을 휘파람으로 따라 부르고 있었다. 그는 내가 '자신이 꼰대임을 부정하는 꼰대'라고 부르는 그런 사람, 즉 나이는 마흔을 넘었으나 열일곱 살처럼 행동하는 사람처럼 보였다. 그들이 엄청 친한 척하면서 행동할 때, 그러니까 스스로를 십대라고 생각하는 것처럼 굴 때 나는 민망해서 숨어 버리고 싶다.

그 사람은 일을 멈추고 비싸 보이는 커다란 물통에 담긴 물을 한 모금 마셨다. 그 물은 내가 조금 전에 마셨던 강물과는 달리 깨끗해 보였다. 나는 목이 탔다.

나는 일어나 몸에 묻은 흙먼지를 털어 내고 천천히 둑 근처에 있는 배로 다가 갔다. 그 배의 옆면에는 페인트로 에밀루라는 이름이 씌어 있었는데, ○ 대신 ♥ 가 그려져 있었다.

"여보세요!"

내가 소리쳤다.

그 남자는 음악 소리 때문에 내 목소리를 듣지 못했으나 누군가 가까이 다가왔 다는 것을 느꼈는지 주위를 둘러보다가 나와 눈이 마주쳤다.

나는 손을 흔들면서 활짝 웃었다.

"안녕하세요."

그는 이어폰을 뺐다.

"안녕. 아까 네가 저쪽에 있는 벤치 위에 쓰러져 자고 있는 걸 봤어. 어젯밤에 파티가 있었나 보네?"

"맞아요. 그랬죠. 엄청난 파티였어요."

"그런데 어떻게 여기까지 오게 됐지?"

"정말 알고 싶으세요?"

"말해 보렴."

"기억이 나지 않아요."

"기억나지 않는다고?"

"네."

"정말 대단한 파티였나 보구나. 얼마나 많이 마셨는데?"

"말하기도 싫어요."

나는 머리를 값비싼 도자기인 양, 손으로 감싸 쥐었다.

"아저씨 물 좀 마셔도 될까요?"

그는 걸레를 내려놓고 나에게 물병을 건네주었다.

"얼마든지."

그래서 나는 물병이 빌 때까지 꿀꺽꿀꺽 물을 마셨다. 그는 마치 서커스라도 구경하듯이 빙그레 웃으면서 나를 지켜보았다. 나는 물병을 돌려주었다.

"고맙습니다."

"맛이 좋니?"

"네. 샴페인처럼."

"너, 길을 잃은 거니?"

그가 물었다.

"아뇨. 음, 어쩌면요. A40번 도로를 찾고 있거든요."

"A40번 도로? 2~3킬로만 더 가면 돼. 가다가 둥근 교차로가 나오면 오른쪽으로 돌면 된다. A40번 도로에 무슨 특별한 볼일이 있냐?"

나는 입술에 손가락을 갖다 댔다.

"아무에게도 말하지 않는다고 약속하시죠?"

"약속하마."

"남자 친구인 드류를 만나기로 했어요. 거기에서 나를 기다릴 거예요. 나를 그의 스포츠카에 태우고 감쪽같이 떠나는 거죠. 우리는 달아날 거예요."

"이제는 사람들이 그런 짓을 하지 않는 줄 알았는데."

"아직 어린데 부모들의 승낙을 받지 못하면 그렇게 해요."

"낭만적으로 들리는구나."

"그렇죠."

나는 이글거리는 눈빛을 만들었다.

"그럼 그레트나 그린으로 가는 거니?"

"네?"

"알잖아. 예전에 사랑의 도피 행각을 했던 사람들이 가는 곳. 마차를 타고 달그락거리면서 가던 데 말이야."

"아, 그렇군요. 아뇨. 우리는 미국에 갈 거예요."

"미국?"

"넵. 비행기를 타고요. 옥스퍼드에서 히스로로 가서, 이륙하는 거죠."

나는 손으로 점보제트기가 하늘로 올라가는 흉내를 냈다.

"뉴욕을 향해."

나는 덧붙였다.

"미국이라. 예전에 내가 거기서 살았지."

그가 말했다.

"설마요. 어디에서요?"

"여기저기. 난 순회공연의 매니저였거든."

"순회공연 매니저요?"

"유명한 밴드들은 모조리 차에 태우고 운전하며 다녔어. 너도 이름을 알 거야…… ."

그러더니 그는 전설적인 록 밴드들의 이름을 대기 시작했다. 안타깝게도 나는 들어 보지도 못한, 거의 선사 시대의 밴드들이었다. 하지만 나는 이따금 경외한다는 듯이 와우 하고 감탄사를 뱉어 냈다.

"그런데 넌 우선 아침 식사를 해야 되지 않겠니? 안에서 차를 끓이고 있는 중이야. 그리고 얇게 저민 베이컨과 빵도 있단다."

그가 말했다.

나는 배가 고파서 등과 배가 붙어 버릴 지경이었으므로, 그 말을 듣자 마치 내가 머큐셔 로드 22번지의 침대에 누워 아래층에서 올라오는 토스트 냄새를 맡고 있는 기분이 되었다. 그의 배는 길고 환하면서 아늑했으며, 그 안에서 살아도 상자 속에 갇혀 있는 기분은 전혀 들지 않을 공간처럼 보였다. 그리고 탁자와 모든 것을 가지런히 정리해 놓을 수 있는 찬장, 언제라도 손에 닿게 숨겨 둔 비스킷과 로자벨 같은 개, 주인을 지켜 줄 수 있는 진짜 개가 있다면 더 좋을 것 같았다.

"왜 이 배를 에밀루라고 불러요?"

나는 생각할 시간을 벌기 위해 물어보았다.

그는 몸을 돌려 붉은 페인트로 써 놓은 배의 이름을 보았다.

"내가 전에 알던 여자의 이름을 따서 붙인 거야."

그가 웃으면서 말했다.

"그 여자를 사랑했죠, 그렇죠?"

"왜 그런 말을 하지?"

"O 대신 ♥를 그려 넣었으니까요."

그는 웃었다.

"이미 결론을 내린 거 같구나. 아마 그럴 거야."

"그 여자랑 달아났었나요?"

"아니. 그녀는 나와 수준이 전혀 달랐어, 나의 에밀루는."

그는 회색 머리를 갸우뚱하면서 문 안쪽을 가리켰다.

"들어와. 이제 토스트를 굽기 시작할 테니."

나는 들어가고픈 유혹을 느끼며 잠시 멈칫했다. 하지만 그의 턱을 뒤덮은 하얀 수염을 보니 토니의 손이 더듬거리던 기억이 머릿속에서 스멀스멀 떠올랐다.

"고맙지만 서둘러 가야 해요. 남자 친구가 헤맬 거예요."

그는 고개를 끄덕였다.

"오, 그래. 남자 친구가 온다고 했지."

"드류는 별난 데가 있어서요. 계속 기다리게 하면 폭발하고 말 거예요. 어쨌든 물은 고맙습니다."

한편으로는 토스트 생각에 울고 싶기도 했지만 나는 작별 인사를 하고 둑 위로 천천히 올라가 다리를 향해 걸었다.

"언제든지 놀러 와, 인형 아가씨."

그가 소리쳤다.

나는 뒤를 돌아보았다.

'난쟁이야, 아니면 인형이야?'

데니의 목소리가 메아리쳤다. 하지만 그 남자는 매우 상냥한 미소를 지으면서 손을 흔들고 있었다. 그래서 나도 잠깐 손을 흔들고 나서 길을 거슬러 올라가 벤치를 지나 계단으로 올라갔다. 언젠가 나도 저 사람 것과 같은 초록색 긴 배를 하나 가져야겠다고 생각했다. 물론 에밀루(에밀루 해리스Emmy-Lou Harris는 컨트리 록 가수 부문에서 여러 차례 그래미상을 수상한 미국 유명 여가수로 방랑자의 심정을 노래한 〈Wayfaring Stranger〉와 사랑과 위로를 노래한 〈If I needed You〉 등이 유명하다.)라고 부르지는 않을 것이다. 솔러스라고 불러야지. 그리고 배 옆면에 이름을 쓸 때, 밝은 노란색 글씨로 쓸 것이다. O 대신 붉은색 ♥를 그려 넣어야지.

S♥lace.

25. A40번 도로

도로로 돌아오자마자, 나는 둥근 교차로의 표지판과 마주쳤다. 오른쪽으로 돌면 A40번 도로라는 표시가 되어 있었다. 나는 이제까지 걷던 중에 가장 긴 거리를 터벅터벅 걸어서, 또 다른 교차로를 지나, 마침내 그 도로를 만났다. 자유를 향해 가는 길.

나는 차들이 속력을 줄이는 곳 근처에 있는 풀이 우거진 갓길에 주저앉아 숨을 돌렸다. 그리고 지도를 꺼냈다. A40번 도로가 한 도시에서 다음 도시로 곡선을 그리면서 이어져 있는 것을 볼 수 있었고, 엔셤이라는 곳 근처에 원이 하나 그려져 있었는데 그 위에 내가 손가락을 올려 놓고 있었다. 지금 내가 서 있는 지점이었다. 바로 그 자리.

"홀리, 길에서 돌아다닐 때, 나는 길이 굽은 곳 근처에 늘 서 있었어. 차들이 속력을 줄이는 곳 말이야."

미코의 목소리였다. 열여덟 살 때 지금의 나처럼 혼자서 무일푼으로, 프랑스 남부에서부터 해협을 건너는 페리를 타는 데까지 차를 얻어 타며 여행했던 이야기를 들려준 그 목소리였다.

"홀리, 길은 말이야."

미코의 눈은 아득히 먼 곳을 바라보고 있었다.

"수수께끼를 푸는 열쇠처럼 앞으로 뻗어 나가는 거야. 너는 거의 다 왔다고 생각하지만 늘 한 걸음 더 가야만 해. 언제나 새로운 모험에 들어서게 만들지. 그리고 대가를 치르는 것 없이, 얼마쯤 빗나가게 만들기도 해."

나는 그 이야기를 떠올리며 미소를 지었다. 그리고 운동화를 벗고 날렵한 샌들로 갈아 신었다. 그렇게 해야 더 빨리 차를 잡아탈 수 있을 것 같았다.

"요즘 세상은 젊은이들에게 힘들어. 차를 잡아타거나 야외에서 지내기가 불가능해. 재미있는 일도 없어. 사람들이 다른 사람들을 모두 도끼 살인마쯤으로 생각하기 때문이야."

그건 미코다운 생각이었고, 미코가 늘 말하던 주제였다. '미코의 복음'이기도 했다. 그는 자기가 젊었을 때는 삶이란 자전거 페달을 밟지 않은 채 내리막길을 내려가는 것 같았다고 말하곤 했다. 사람들은 엄지손가락을 치켜들어서 가고 싶은 데는 어디든지 갔고, 빈집에 숨어들어 살았으며, 실업 수당으로 생활했고, 밤새도록 마이크를 잡고 소리를 질러 댔다. 펑크(1970년대 말에서 1980년대 초에 유행한, 과격하고 정열적인 록 음악)가 유행했기 때문에 그런 것들도 음악이라고 주장할 수 있었던 것이다. 미코는 은으로 된 코브라 귀걸이를 하고, 원래 옷감보다 찢은 데가 더 많은 바지를 입은 채, 초록색으로 머리카락을 물들이고 다녔던 자신의 모습에 대해 이야기하곤 했으며, 그것 때문에 머리카락이 모두 빠졌다고 말했다.

"저를 속이는 거죠, 미코."

언젠가 나는 물어봤다.

"머리를 밀어 버린 거잖아요, 그렇죠?"

어쩌면 나는 미코가 일부러 비단처럼 매끄러운 머리통을 갖게 된 것이기를 간절히 바랐을지도 모른다.

그는 나를 보며 활짝 웃었다.

"물론이야. 홀리. 머리카락을 자라게 놔두었으면, 동화 속에 나오는 라푼젤처럼 되었을 거야."

그리고 그는 여자처럼 속눈썹을 깜빡였고, 나는 그를 주먹으로 세게 때렸다. 그는 웃음을 터뜨리면서 자기 일을 하러 갔다.

대형 트럭이 굉음을 내면서 지나갔다. 나는 머릿속에서 미코를 북북 지워 버렸다. 나는 도마뱀 가방을 꽉 쥐고 길에 선 채, 엄지손가락을 치켜들었다. 이런 짓을 하는 건 롤링스톤스만큼 구식이지만, 달리 어쩌겠는가?

차들과 트럭들이 빠른 속도로 지나갔다. 아무것도 멈추지 않았고, 팔이 아팠다.

누군가 멈춘다면, 그건 연쇄 살인마일까?

그런 생각 뒤 다시 생각했다. 연쇄 살인마가 우유 한 잔처럼 흔한 건 아니라고. 나는 허리를 굽혀 잡초들 사이에서 민들레를 꺾었다. 그리고 그것을 귀 뒤에 꽂았다. 나는 다시 엄지손가락을 치켜들었다.

그런데 놀라운 일이 일어났다. 거의 바로 그 순간 트럭 한 대가 섰다.

트럭은 내가 서 있는 곳에서부터 약 20미터쯤 앞에 있는 넓은 갓길에 끽 소리를 내면서 멈췄다. 저 차가 정말 '나' 때문에 멈춘 걸까? 나는 귓가를 스쳐가는 바람과 어깨에 쏟아지는 햇빛을 느끼면서 기다렸다. 나무 위에서 까마귀들이 지저귀고 있었다. 나는 숨을 멈추었다.

운전기사가 경적을 울렸다. 나는 숨을 내쉬었다.

귀에 꽂혀 있던 꽃을 떼어 내 버리고 가방을 확인했다.

'가자, 홀. 서둘러.'

나는 샌들 굽 때문에 비틀거리지 않으려고 조심하면서 트럭을 향해 걸어갔다. 만약 운전기사가 문신을 한 털북숭이 뚱보라면, 타지 않겠다고 생각했다. 가까이 다가가니, 기사가 손을 뻗어 조수석 문을 밀어서 여는 게 보였다. 나는 수염이 덥수룩하고 험상궂은 얼굴에, 배가 나오고 문신을 잔뜩 한 사람이 있을 것을 기대하면서 위를 올려다보았다. 그런데 숱이 별로 없는 갈색 머리에, 갈색 눈, 그리고 매끈한 아기 뺨 같은 얼굴이 보였다. 발을 보니 발가락 부분이 트인 샌들을 신고 있었으며, 그래서 패션에 대한 감각이 있어 보였다.

"어디로 가는 길이니?"

그가 물었다. 그는 손을 핸들 위에 편안하게 올려놓고 있었다.

"웨일스요."

내가 대답했다.

"운이 좋네. 나는 카마던으로 가는 길인데."

그가 말했다.

"카마던?"

나는 가는 길에 있는 도시 이름을 모두 기억하고 있었는데, 카마던은 멀리 있는 곳이었다.

"괜찮아?"

그가 물었다.

"네. 좋아요. 정말 잘됐어요."

"그럼, 어서 타. 조심해서."

나는 올라탔다. 그는 손을 내밀어 도와주지는 않았는데, 그게 더 좋았다. 나는 혹시 연쇄 살인마 같은 정신병자의 징후가 있는지 살펴보았지만, 전혀 찾을 수 없었다. 총이나 칼도 없었고, 거울에 벌거벗은 여자의 사진이 매달려 있지도 않았다.

"출발할까? 내 이름은 필이야."

그는 한숨 쉬듯 나지막하게 말했다. '토니'와는 달리, 부드러운 이름이었다. 필은 왠지 나를 안심시키는 구석이 있었다. 나는 문을 닫았고, 그는 엔진에 시동을 걸었다.

"안녕하세요, 필."

"네 이름은 뭐니?"

"솔러스요."

내가 대답했다.

그는 오른쪽 옆을 살피더니 트럭을 출발시켰다.

"솔러스?"

"네."

"희망이나 뭐 그런 뜻이던가?"

"맞아요."

"한 번도 들어 본 적이 없는 이름인데. 하지만 우리 모두 위로는 필요하니까."

그는 나를 보며 슬픈 미소를 지었고, 속도를 내기 시작했다. 그리고 턱짓으로 안전띠를 가리켰다.

"그걸 매는 게 좋을걸."

"네, 그럼요."

나는 안전띠를 매고, 의자에 등을 기대었다. 그리고 우리를 향해 다가오는 도로 위의 흰색 중앙 분리대를 바라보았다. 그것들은 도로와 마찬가지로 내 머리를 반으로 나눌 것 같아서, 나는 창밖으로 고개를 돌려 들판을 바라보았다.

나는 마음속으로 입이 찢어져라 웃고 있었다. 필과 같은 사람을 만나다니 행운이었다. 이제 그저 가만히 앉아서 예의 바르게 굴기만 하면 아일랜드로 가는 길의 반까지 갈 수 있었다. 경찰은 이제 나를 잡을 수 없을 것이다. 그들에게는 내가 우주로 날아간 것 같을지도 모른다. 카마던, 내가 가고 있다.

26. 채식주의자 트럭 기사

차가 달릴 때 길에서 들려오는 소음 말고는 필과 특별히 나눈 대화는 없었다. 그는 레이처럼 운전하는 동안 조용히 생각에 잠겨 있는 사람이었다. 라디오도 작은 소리로 틀어 놓아 토막토막 들을 수 있을 뿐이었다. 들리는 소리의 대부분은 엔진이 돌아가는 소리와 트럭의 거대한 타이어가 아스팔트 위를 굴러가는 소리였다. 트럭의 좌석이 얼마나 높은지, 그 속에 있으니 영지를 내려다보고 있는 영주가 된 기분이었다. 들판을 가로지르는 울타리까지 다 보였다. 그것들은 보라색과 노란색, 그리고 하얀색 점들로 보였고, 철탑들이 길게 줄지어 서 있었다. 양 떼와 축사들, 그리고 집들과 길이 구부러진 곳들이 주위를 가리고 있었다.

'이건 정말 식은 죽 먹긴데.'

트럭 안은 따뜻했고, 경유 냄새가 났다. 검은색 좌석은 닳은 것처럼 보였고, 뒤에 있는 옷걸이에는 필의 오래된 초록색 스웨터가 걸려 있었다.

우리는 중앙 분리대가 있는 고속 도로를 쭉 달려왔다. 트럭은 속도를 올렸고, 타이어는 더 높은 소리를 냈다.

"그런데, 솔러스. 젊은 여자가 차를 세우는 건 오랫동안 본 적이 없어."

필이 말했다.

"불법은 아니잖아요, 그렇죠?"

"물론이지, 내가 알기로는. 그냥 흔한 일이 아니라는 거야."

나는 그를 살펴보았지만, 그의 눈은 도로에 고정되어 있었다.

"저도 별로 해 본 적 없어요."

내가 설명했다.

"어젯밤에 클럽에 놀러 갔다가 가방 속에 있는 돈과 휴대 전화를 도둑맞았거든
요."

나는 엄마의 호박 반지를 숨겨 둔 도마뱀 가방의 주머니를 손가락으로 가리켰
다.

"저는 빈털터리예요. 그리고 엄마는 웨일스에 있는데, 지금 아파요. 엄마에게
가 봐야 해요."

"그거 참 큰일이구나. 경찰에 신고를 했어?"

"네?"

"지갑과 휴대 전화를 잃어버린 거 말이야."

"아뇨. 소용없어요. 누가 가져갔든 그 즉시 돈을 꺼내고 지갑은 공원에 버렸
겠죠."

나는 트림이 지하철에서 지갑을 훔쳤을 때를 떠올렸다. 그는 사람들이 득시글
한 지하철에서 바로 코앞에 있는 어떤 아주머니의 장바구니에 손을 넣었다. 그
러고 나서 트림, 그레이스, 나는 다음 정거장에서 후다닥 뛰어내려 리전트 파크
로 달려갔다. 트림은 지갑 속에서 현금 12파운드만 꺼내서, 위험을 무릅쓴 대가
가 겨우 이것뿐이라고 말했다. 그러고 나서 그는 나에게 지갑에 묻은 자신의 지
문을 깨끗이 지우라고 한 다음, 지갑을 덤불 속으로 던져 버렸다.

"공원이라고?"

필이 물었다.

"무슨 공원?"

"아, 오래된 공원요. 아니면 쓰레기통이나. 아무 데나 버렸겠죠."

"네 신용 카드는 어떻게 됐어?"

"그것도 잃어버렸어요."

"잃어버렸다고 신고는 했어? 그러니까 카드 회사에 말이야."

"오, 물론이죠."

나는 한숨을 쉬었다.

"어젯밤에 근무 중인 아메리칸 익스프레스 여직원에게 전화했어요. 이름이 게일이라고 했어요. 괜찮은 사람이더라고요. 그 여자에게 자세한 사정을 모두 말했더니 새 카드를 우편으로 보내 준대요."

"사람하고 직접 통화를 했다니 잘됐네."

"네."

"하지만 네 어머니가 괜찮으셔?"

"우리 엄마요?"

"어디가 안 좋으신 거니?"

"우리 엄마는 웨일스에서 파도타기를 하면서 휴가를 보내고 있었어요."

"파도타기?"

"정말로 스포츠를 즐기는 사람이거든요. 그런데 커다란 파도가 덮쳐서 서핑보드가 뒤집어졌고, 그래서 머리를 다쳤대요. 바위에 부딪친 거죠."

"뇌진탕이신 거야?"

"자기가 어디에 있는지조차 모른대요."

"심각한 거 같구나. 웨일스 어느 곳인데?"

"피시가드요."

내가 대답했다.

"피시가드? 그 주위에 파도타기를 할 수 있는 데가 있는 줄 몰랐어."

"당연히 있어요."

"그래, 내가 거기까지 데려다 주면 좋겠지만, 나는 카마던의 화물 창고로 가야 해. 어쩌면 거기에서 다른 트럭을 태워 줄 수도 있을 거야. 너만 좋다면. 페리 선착장까지 가는 친구들이 있거든."

"페리 선착장요? 아일랜드로 가는?"

"그렇지."

"그거 참 잘됐네요."

운이 좋았다. 피시가드? 페리 선착장? 아일랜드? 나머지 여정이 내 뜻대로 되는 게 믿어지지 않았다.

"고맙습니다."

필은 고개를 끄덕였다. 나는 다시 흰색 중앙 분리대를 바라보며 입이 귀에 걸리도록 웃었다.

"이 트럭에는 뭐가 실려 있어요?"

좀 있다가 내가 물었다. 미코는 트럭 기사들이 사람들을 태우는 것은 도로 위를 혼자 달리는 것이 외로워서이기 때문에 그들을 즐겁게 해 주는 것으로 보답을 해야 한다고 말했다.

필은 사진기 앞에서 포즈를 취하는 사람처럼 미소를 지었다.

"치이즈."

그가 대답했다. 내 배 속에서 꼬르륵 소리가 났다. 나는 치즈를 좋아했다.

"경성 치즈가 6천 킬로그램 실려 있어. 그런데 넌 모르겠지만, 난 치즈를 먹지 못해. 너는 지금 영국 전체에서 오직 하나밖에 없는 채식주의자 트럭 기사와 함께 있는 거야."

그것에 대해서는 별로 할 말이 없었다. 필은 채식주의자라는 게 비극이라도 되는 양 한숨을 쉬었다. 그리고 슬픈 채식주의자의 꿈속에서 길을 잃기라도 한 듯, 길을 뚫어져라 바라보면서, 웅얼거리는 라디오를 들으며, 몇 킬로미터를 조용히 달렸다. 만약 내가 채식주의자였다면, 나도 슬펐을 것이다. 우리는 식당과 긴급 대피 구역과 울타리들을 지나쳤다. 나는 도로 안내 표지판이 보이면 뭐라고 씌어 있는지 읽으려고 노력했다. 대부분 막대 사탕처럼 생긴 표지판에 줄이 세 개 그어져 있거나, 두 개 또는 한 개가 그어져 있는 것들이었다.

우리는 또 다른 고속 도로로 접어들었고 바퀴가 부드럽게 굴러갔다.

라디오에서 어떤 노래가 나오자 필이 소리를 높였다.

"내가 좋아하는 노래야. 제목이 〈잔인한 케이티〉야."

나는 조금은 옛날 풍의 노래일 거라고 기대했으나 그게 아니라 보아뱀에게 목이 졸리는 것 같은 소리를 내는 여자 목소리가 흘러나왔고, 가사는 무슨 뜻인지 이해가 가지 않았다.

내가 있고 싶은 곳에 있게 되면,
거기서 나는 내가 아닐 거야…….

내 머릿속에서 온갖 'ㄴ' 소리가 빙글빙글 돌았다. 길가에 서 있던 나무들이 잎사귀를 흔들어 댔다. 바람이 불자 나무들은 하얀색으로 변했다.

"숲을 지나서 나는 가고 있어…….."

그때 잎이 하나도 달리지 않은 나무 한 그루가 풀밭 한가운데 나타났다.

"진흙탕 늪을 지나서…….."

필이 높고 가는 목소리로 노래를 따라 불렀고, 그 여자의 목을 졸리는 듯한 소리에 재앙에 가까운 필의 목소리가 합해져서, 나는 솜으로 귀를 틀어막고 싶었다.

"이 길을 따라 곧바로 내 마음이 간절히 원하는 고향으로 돌아갈 거야…….."

향수병에 걸린 두 마리 개와 같은 그들의 울부짖음을 들으며 내 얼굴에서는 웃음이 떠나지 않았다.

그 노래가 끝났을 때 바깥 풍경이 바뀌었다. '글로스터셔에 오신 것을 환영합니다.'라고 씌어 있는 표지판이 보였다. 필은 라디오 소리를 줄였다.

"이런 게 바로 진짜 노래라고 하는 거지."

그가 말했다.

"저도 그렇게 생각해요."

나는 거짓말을 했다.

"나는 컨트리(미국 남부 및 서부 지역 전통 음악 스타일의 대중음악) 같은 걸 좋아해. 너는 어떤 음악이 좋니?"

"저는 로커에 가깝죠."

"로커?"

"네. 드럼. 전자 악기. 그런 거요."

멀리 언덕들이 나타났고, 교회의 첨탑이 높이 솟아 있는 것을 볼 수 있었다. 그리고 우리는 '딸기 팝니다.'라고 씌어 있는 표지판을 지났다. 얼마 안 있어 갓길에 밴이 세워져 있는 게 보였다. 그 옆에는 선홍색 과일이 담긴 상자들이 쌓여 있는 탁자가 놓여 있었고, 내 배는 신음을 하기 시작했다. 아차! 오늘이 내 생일이라는 게 다시 기억났다.

6월 11일. 초록색 잎과 가시는 있지만 붉은 열매가 없을 때 태어난 홀리.

딸기를 보면 언제나 내 생일이 떠올랐다. 보육원에 있을 때 우리는 모두 자신의 생일을 벽에 붙은 계획표에 표시해 두었다. 미코도 그렇게 했다. 그래서 아무도 생일을 잊지 않았다. 생일을 맞이한 사람은 디저트를 선택할 수 있었는데, 나는 언제나 딸기와 생크림이었다. 나는 생일을 맞은 사람의 나이대로 케이크에 초를 꽂는 일을 맡아 했는데, 미코는 언제나 자신의 나이를 스물셋으로 했다. 해마다.

나는 필에게 오늘이 내 생일이라고 말할까 생각해 보았지만, 그러면 그가 내 나이를 물어볼 것 같았다.

"잠깐 멈춰서 뭘 좀 먹는 게 좋겠다."

필이 한숨을 쉬었다.

"먹는 게 그다지 내키지 않는 것처럼 말하네요."

내가 말했다.

"밖에 나와 길에서 먹는 건 좀 그래. 내가 먹을 수 있는 건 토스트 위에 콩과 토마토를 올려놓은 것뿐이거든."

"채식주의자라도 튀김 종류는 먹을 수 있지 않나요?"

그는 고개를 저었다.

"열에 아홉은 소시지를 튀긴 기름에 그냥 튀겨 주니까 안 돼."

소시지를 떠올리자 내 배가 꾸르륵 소리를 냈다.

우리는 나무가 터널처럼 우거져 있는 곳을 통과해서 내리막길로 접어들었다. 그러고 나서 휴게소라는 표지판이 있는 곳으로 들어갔다. 식당과 주유소가 있는 곳이었다. 필은 트럭을 세우도록 지정된 곳에 주차했다. 그리고 기어 근처에 있는 작은 보관함을 열었다. 나는 그 속에 동전과 은화, 그리고 부주의하게도 몇 장의 지폐까지 들어 있는 것을 보았다. 필은 지폐 몇 장을 꺼냈다.

"안에 들어갈래, 아니면 여기 있을래?"

그가 물었다.

나는 머리카락을 배배 꼬고 있었다.

"너 배고프니?"

"소시지를 죽여 버릴 수도 있을 정도예요."

내가 수긍했다.

"그럴 수는 없을걸."

필이 얼굴 가득 주름살을 만들면서 환하게 웃었다.

"소시지는 이미 죽은 거잖아, 안 그래?"

나도 마주 보며 웃었다.

"그러네요."

"하지만 먹고 싶으면 내가 사 줄게. 내려."

필이 말했다.

그래서 채식주의자 트럭 기사와 매력적인 여자 솔러스라는 괴상한 동반자는 치즈가 가득 실린 트럭에서 내렸다. 그리고 안으로 들어갔다.

27. 생일 파티

그곳은 배 나오고 문신을 한 덩치 큰 남자들, 그러니까 트럭 운전기사 하면 떠오르는 모습의 사람들로 가득 차 있었다. 그들 사이에 섞여 있으니 필은 마치 한 가닥 풀잎 같았고, 모두들 운동화를 신고 있는데 혼자 샌들을 신은 모습도 유별나 보였다. 사람들은 내가 회녹색과 장미색 원피스 위에 지퍼 달린 운동복을 입고 하이힐을 신은 채 리놀륨 바닥 위를 또각또각 소리를 내면서 지나가는 모습을 유심히 바라보았다.

필이 음식을 주문했다. 그가 나에게 달걀을 먹겠느냐고 물어봤고, 나는 달걀과 내가 얼마나 사이가 좋지 않은지 말해 주었다. 나는 뒤쪽에 있는 탁자로 가서 앉았고, 필이 나에게 소시지 두 개와 토스트 두 쪽이 담긴 접시를 갖다 주었다. 나는 개처럼 허겁지겁 그것들을 먹어치웠으며, 접시에 묻어 있는 짭짤한 국물을 핥아 먹지 못해 안타까웠다. 필은 또 나에게 김이 솔솔 올라오는 뜨거운 밀크티를 갖다 주었다. 나는 그 속에 설탕을 쏟아 부어서 마셨다. 손가락과 뇌가 얼얼해지는 느낌이 들었다. 그건 내가 마신 최초의 밀크티였는데, 맛있었다.

필은 접시 위에 남아 있는 토마토소스에 조린 콩을 이리저리 휘젓고 있었고,

내가 차를 다 마신 뒤에도 여전히 홍차를 홀짝이고 있었다.

"고마워요, 필. 정말 맛있었어요."

필이 차를 후후 불었다.

"소시지를 그렇게 빨리 먹어 치우는 건 처음 봤어."

"그 콩조림 맛은 어때요?"

"어디에나 있는 흔한 콩 맛이야."

"콩만 먹는 게 지겹지 않아요?"

"때때로 그렇지."

"얼마나 오랫동안 채식을 했어요, 필?"

"작년부터."

"무엇 때문에 고기를 안 먹게 된 거예요?"

"작년부터 유제품을 끊은 거야. 고기는 훨씬 전에, 내가 어렸을 때부터 안 먹었어."

"왜요?"

필은 마지막 남은 콩을 내려다보았다.

"어느 휴일에 우리 아버지가 양을 사고파는 시장에 나를 데려갔었지. '워크 세인트 메리'라는 동네였어. 도살하기 위한 가축들이 팔리면 사람들이 그것들을 우리에 몰아넣고 귀에 구멍을 뚫더군. 동전만 한 크기였어."

"말도 안돼요."

"진짜야. 가축들의 귀와 목으로 피가 흘러내렸고, 양들은 마치 고문이라도 당하는 것처럼 울어 댔어."

필이 담배쌈지를 꺼내서 궐련을 말기 시작했다.

"그게 나를 질리게 만들었지."

나는 필을 멍하니 바라보았다. 그는 담배를 피울 사람처럼 보이지 않았다.

"유제품도 먹지 않는 엄격한 채식주의자가 된 것은 건강을 위해서야."

그가 말했다.

그가 만 궐련은 가늘고 흐느적거렸으며 휘어 있었다.

"너도 하나 말아 줄까?"

솔직히 말하면, 별로 피우고 싶지 않았다. 빈털터리가 된 이후로 나는 오랫동안 담배를 피우지 않았다.

'찰칵, 철컥.'

레이가 정원에서 가위질하는 소리가 내 머릿속에서 들려왔다.

"아뇨. 고맙지만 담배를 끊었어요."

내가 말했다.

"그래?"

"네. 필이 치즈를 끊은 것처럼요. 건강을 위해서요."

필은 내가 엄청 재밌는 농담을 했다는 듯이 허벅지를 탁 쳤다. 그리고 다시 한 번 온 얼굴에 주름을 만들면서 웃었고, 갈색 눈동자는 반짝였다.

나는 몸을 앞으로 기울였다.

"그런데 필, 비밀 하나 말해도 돼요?"

"하고 싶으면 해."

"오늘 제 생일이에요."

"뭐라고? 오늘이? 왜 이제야 말하는 거야?"

"엄마가 다치고 도둑까지 맞아서 잊고 있었어요."

"너 몇 살이니?"

"그건 절대 말할 수 없는 비밀이에요."

내 손톱을 보다가 이제까지 내가 그걸 물어뜯고 있었다는 사실을 깨달았다.

"난 보기보다 나이가 많아요."

나는 덧붙였다.

"그럼 생일 축하를 위해 차 한 잔을 더 마시기로 하자. 담배는 좀 있다가 피우지."

필은 카운터로 가더니 차 한 잔과 딸기케이크 한 조각을 들고 돌아왔다.

"오, 필. 이렇게까지 할 필요는 없었어요. 그런데 그건 제가 가장 좋아하는 거예요."

"초가 있는지 물었더니 그건 없대."

"초가 꽂혀 있다고 생각할게요."

내가 대답했다. 나는 눈을 감고 소원을 빌었다. 내가 무엇을 빌었는지는 말할 수 없다. 말하고 나면 이루어지지 않으니까. 그리고 눈을 떠서 촛불을 훅 부는 척을 했다. 필은 마치 내가 촛불을 모두 껐다는 듯이 박수를 쳤고 큰 소리로 〈생일 축하합니다〉 노래를 불렀다. 갑자기 카페 안에 있는 모든 트럭 기사들이 박수를 쳤고, 내 뺨이 화끈거리며 달아올랐다.

"좀 드실래요?"

내가 케이크에 포크를 대면서 물었다.

"안 돼. 나는 엄격한 채식주의잖아, 잊었어?"

"위에 있는 딸기만 먹는 것도 안 돼요?"

"겨우 세 개밖에 없잖아."

그가 미소를 지으며 대답했다.

"그리고 딸기에는 모두 네 이름이 붙어 있네."

나는 우적우적 먹어치웠다. 스펀지케이크에 잼과 딸기, 그리고 크림이 섞인 것이었다. 생일 케이크가 이보다 더 맛있던 적은 없었다.

28. 경치 좋은 길

필이 담배를 다 태우고 나서 우리는 트럭으로 돌아갔다. 나는 우리 옆 트럭의 뚱뚱한 기사가 운전석에 올라타려 애쓰는 것을 보았다.

"필은 다른 트럭 기사들과 달라요."

우리가 출발하고 난 뒤 내가 말했다.

"왜 그런 말을 하지?"

"필을 보면 생각나는 사람이 있어요. 제 친구예요. 그런데 그 사람은 트럭 기사가 아니거든요."

필은 다시 도로 쪽으로 눈을 돌렸다.

"난 잠깐 동안만 이 일을 하고 있는 거야. 직업을 바꿀 생각이거든."

그가 말했다.

"오, 그래요? 무엇으로?"

"모르겠어. 아직은 신기루처럼 그저 지평선 위에서 희미하게 보일 뿐이야."

그는 핸들에서 손을 떼어서 저 멀리 보이는 푸른 언덕들을 가리켰다.

"어렴풋이 보이지. 확실한 건 아니야."

나는 웃었다.

"필은 말하는 것도 미코와 비슷하군요. 미코는 언제나 길이야말로 삶의 수수 께끼를 푸는 열쇠라고 말하곤 했어요."

"미코? 그 사람은 누구냐?"

"예전 남자 친구예요. 고작 사흘 동안이었지만요."

"뭘 좀 아는 친구네."

"어쩌면요."

"무슨 일을 하는 사람인데?"

"미코요? 키 워커였어요."

"키 워커라니? 열쇠 같은 걸 만드는 사람이니?"

"아뇨. 키 워커는 복지 시설에서 일하는 사람이에요."

나는 보육원 같은 곳이라고 말할 뻔 했으나 적절한 순간에 말을 멈췄다.

"복지 시설? 그럼 사회 복지사 같은 거니?"

"네. 그 사람은 예전에는 펑크 로커였대요."

필은 고개를 저었다.

"그런 건 절대로 이해할 수 없어. 난 고지식한 시골 사람이라고."

그건 매우 슬프게 들렸고, 그래서 나는 아무 말도 하지 않았다.

"넌 록을 좋아한다고 했잖아, 그렇지?"

조금 있다가 필이 물었다.

"네. 가장 좋아하는 밴드는 '폭풍주의보'지요. 그리고 'TNT'랑 또 다른 밴드 들도."

"그런 밴드들은 한 번도 들어 본 적이 없어."

그가 조금 시무룩한 표정을 지었다.

그러더니 그는 라디오 소리를 높였다. 편안하게 들을 수 있는 대중가요가 흘 러나오고 있었는데 그런 노래를 들으니 내 배 속에 있는 소시지들이 오그라드는 것 같았다. 우리는 이동식 주택 세 대와 트레일러, 그리고 개가 서 있는 갓길의 긴급 대피 구역을 지나쳤다. 개는 말랐고, 그레이하운드종이었으며, 가스통 주위의 냄새를 맡고 있었다. 소년 하나가 막대기로 쐐기풀을 내리치고 있었다.

"떠돌이들이야."

필이 말했다.

"떠돌이들요?"

"응. 집시들."

나는 다시 한 번 뒤를 돌아보았다. 나는 집시들을 좋아한다. 위탁 아동이나 마찬가지로, 아무도 집시가 되고 싶어 하지 않는다. 나는 이번 여행을 계속할 수 없는 어려운 지경에 이르면 방향을 돌려 집시들에게로 갈 것이고, 그들과 합류할 것이다. 그들은 나에게 잠자리와 행운의 부적을 주겠지. 그리고 여름이 끝나갈 즈음, 나는 그들처럼 먼지투성이에 갈색으로 그을릴 것이다. 나는 투시력을 얻게 된 솔러스가 될 것이고, 사람들은 나에게 점을 보기 위해 줄을 서게 될 것이다.

"오늘은 여기에 있지만, 내일은 떠나가지. 어쩌면 내가 다음에 할 일은 저런 것일지도 몰라. 트레일러를 타고 다니는 것."

"재밌네요. 저도 그런 생각을 하고 있었어요."

"어쩌면 우리 둘 다 방랑자일지도 몰라, 너와 나 말이야."

필이 말했다.

"맞아요. 그리고 미코도요. 그 사람도 방랑자예요."

그때 필이 속도를 줄이면서 교차로로 진입했다. 왼쪽 방향은 '글로스터 A36', 오른쪽 방향은 '첼트넘 A40'이라고 씌어 있었다. 그리고 다음과 같은 일이 벌어졌다. 그가 웨일스로 가는 게 분명한 오른쪽 길이 아니라, 왼쪽 길로 꺾어 들어간 것이다. 어쩌면 그는 연쇄 살인마였고, 결국 나를 자신의 은신처로 끌고 가는 것일지도 모른다. 나는 쓰레기봉투 속에서 토막난 채로 최후를 맞이하게 되는 것인가.

"어디로 가요?"

차가 왼쪽으로 도는 순간 나는 가발을 붙잡으며 소리 질렀다.

"어? 오, 글로스터로 질러갈 거야. 시간이 절약되거든. 지름길이야. 그리고 경치도 더 좋아."

나는 한숨을 내쉬었다.

"후유, 그렇군요."

트럭은 직선으로 달려갔다.

"경치가 좋다고요? 잘됐네요."

그 다음에 우리는 '사냥 국가'라고 씌어 있는 현수막을 지나갔고, 두 번째 현수막에도 '사냥 국가'라고 씌어 있었고, 세 번째 현수막에는 '59%의 사람들이 사냥을 찬성한다.'라고 씌어 있었다.

"필, 저건 무슨 말을 하는 거예요?"

"응?"

"사냥에 대한 현수막들요. 누가 뭘 사냥하는 거죠?"

"오, 저거? 여우 사냥에 관한 거야."

"여우 사냥? 사냥개와 말 들이 몰려나와서 수선을 떠는 거요?"

"그래."

"비열한 짓이에요."

나는 옥스퍼드의 박물관에서 본 박제 수달을 떠올렸다.

"잔인해요."

"그렇지. 나는 여우 편이야."

필이 대답했다.

"나는 당하는 쪽이라는 뜻이야. 여우들은 여전히 죽임을 당하고 있어. 법으로 금지해도 말이야. 그건 그렇고, 경치 좀 봐라."

그가 구름을 뚫고 솟아오른 커다란 산봉우리들을 손가락으로 가리켰다.

"아름답지, 응? 곧 웨일스로 들어설 거야. 노래와 언덕의 땅이지."

웨일스. 노래. 언덕들. 나는 사이드 미러를 보며 깃털 같은 나의 앞머리를 가지런히 매만지면서 미소를 지었다. 그리고 곧이어 나타난 들판 위에 있는 양들을 세어 보았다. 열다섯, 생일을 맞은 어떤 여자애의 나이와 같았다.

그러자 다음 순간 피오나의 얼굴이 머릿속에 스쳐 지나갔다. 그리고 내가 그 집을 떠나기 전에 그녀가 나에게 했던 말, 그러니까 누군가를 위해 어떤 일을 해야 하기 때문에 특별히 할 일이 생겨서 집에 늦게 올 거라는 말이 생각났다. 그때는 그 말을 흘려들었으나, 지금 나는 깨달았다. 그녀가 말했던 누군가는 나를 가리키는 말일지도 모르고, 해야 할 어떤 일은 내 생일과 관련된 것일지도 모른다는 사실을.

하지만 피오나라면 아마도 고작 당근케이크를 사다 주는 정도였을 것이다.

나는 입술을 깨물면서 창밖을 멍하니 바라보았다.

창고들이 희뿌옇게 휙휙 지나갔다. 건너편 초록색 들판에 오래된 커다란 건물이 보였다. 꼭대기에는 네 개의 빛나는 뾰족한 첨탑이 있었다. 마치 생일 케이크 위에 촛불 네 개가 꽂혀 있는 것처럼 보였다.

"글로스터 대성당이야."

필이 말했다. 그는 휘파람을 불었다.

"여기를 꽤 여러 번 지나쳤지만 가까이서 본 적은 없어."

"여기서 보니까 훌륭하죠."

내가 말했다.

"가까이서 보면 실망할지도 몰라요. 모르는 게 더 좋은 사람들이 있는 것처럼."

"어떤 사람이 너를 실망시켰다는 말처럼 들리는구나."

"네, 맞아요."

"남자 친구?"

"제가 아니라, 엄마의 남자 친구요."

"엄마의 남자 친구가 문제를 일으켰어?"

"엄청난 문제였죠."

잠시 침묵이 이어졌다.

"있잖아요, 필. 아까 그건 내가 지어낸 이야기예요. 엄마가 파도타기를 하다가 바위에 머리를 부딪쳐서 어쩌고저쩌고 그런 거 모두. 사실이 아니에요."

"아니라고?"

"뇌진탕인 건 사실이에요. 약간요. 엄마의 남자 친구가 엄마 얼굴을 주먹으로 때려서, 지금 눈이 골프공처럼 튀어나와 있대요."

"슬픈 일이구나."

"그래요. 엄마는 데니와 어울리느니 차라리 가스 오븐 속에 머리를 집어넣는 편이 나았다고요. 그 남자는 악몽이었어요."

내 눈에는 눈물이 고였고, 필은 나에게 휴지를 건네주었다. 단 한 가지 문제는 그 일이 벌써 몇 년 전의 일이라 울기에는 너무 늦었다는 것이다.

"네가 그곳까지 갈 수 있게 도와줄게."

필이 말했다.

"엄마에게 전화하고 싶니?"

그는 주머니에서 자기 휴대 전화를 꺼내어 나에게 건네주었다.

"진작 빌려 줬어야 하는 건데 말이다."

머릿속이 얼어붙었다. 나에게도 휴대 전화가 있으니 괜찮다는 말이 거의 입 밖으로 나올 뻔했으나, 휴대 전화를 도둑맞았다고 말했던 게 기억났다. 그래서 나는 고맙다는 인사를 중얼거리면서 필의 휴대 전화를 받았다. 나는 피오나의 번호인 숫자들을 누르다가 마지막 숫자만 #으로 바꿨다.

"엄마?"

나는 말했다.

"엄마예요?"

내 귀에 들리는 것은 저쪽 끝 우주 공간에서 위성 안테나가 돌아가는 소리뿐이었다. 필이 나지막하게 헛기침을 하면서 방해할 생각이 없음을 보여 주었지만, 바로 옆에 앉아 있는 내가 하는 모든 말을 어떻게 듣지 않을 수 있었을까?

"엄마, 지금 가는 중이에요. 친구가 차에 태워 주었어요……. 네? ……저녁때쯤 도착할 거예요, 엄마. 걱정하지 마세요. 머리는 어때요? ……그런데 데니 아저씨는 어디에 있어요? ……뭐라고요? 그 아저씨를 '차 버렸다고요?' 그러니까, '완전히' 끝난 거죠? ……잘됐어요, 엄마. '정말 잘됐어요.' 축하 파티를 해야겠네요, 엄마가 다 낫거든……네. 엄마와 저, 둘이서요. 샴페인을 터뜨려요. 여자들끼리의 밤을……뭐라고요? ……그렇고 말고요……. 안녕, 엄마."

나는 전화를 끝낸 시늉을 하면서 그에게 휴대 전화를 돌려주었다.

"나아지셨대?"

필이 물었다.

"엄마가 그 남자와 헤어졌대요, 결국."

"좋은 소식이네, 그렇지?"

"그럼요."

우리는 말없이 달렸고, 필은 라디오 소리를 높였다. 그 끔찍한 컨트리 음악을 방송하는 시간이었지만 나는 더 이상 개의치 않았다. 우리는 A40번 도로로 돌아왔고, 필은 경치가 좋은 또 다른 길인 포리스트 오브 딘(영국 글로스터셔 주에 있는 왕실 소유의 숲)을 통과해서 가겠느냐고 물었다. 나는 좋다고 대답했다. 왜냐하면 이름만으로도 경치가 좋을 것 같았기 때문이다. 우리는 곧 구불구불한 길로 접어들었고, 표지판에는 다음과 같이 씌어 있었다.

리틀 런던
오랜 희망의 교구

그건 정말 나를 뒤집어지게 만들었다. 그곳은 전혀 런던처럼 보이지 않았고, 심지어는 작은 런던 같지도 않았다. 그리고 만약 오랫동안 이곳에서 희망이 자라났다면, 그건 정말로 런던이 아니었다. 그곳은 높은 건물들로 꽉 막혀 있는 대신, 크림색 농가들과 둥근 언덕들, 푸른 하늘에 몽글몽글 떠 있는 구름과 나무 덤불들이 흩어져 있는 동네였다. 도로에는 사슴이 나타난다는 표지판이 있었다. 지금 당장이라도 마법의 흰색 수사슴이 길을 가로막고 나타나 소원을 들어줄 것만 같았다. '달콤한 꿈은 이것으로 만들어지지.' 미소가 절로 나왔다. 우리는 가파른 언덕을 올라갔고, 그러자 아주 낮은 담장 너머로 죽을 때까지 잊히지 않을 풍경이 나타났다. 나무우듬지와 집 들이 점으로 보이고, 그 아래로 큰 강이 길을 잃은 듯 구불구불 흐르고 있었다.

"저것 봐, 세번 강이야."

필이 말했다.

심장이 튀어나올 것 같았다. 나는 그토록 아름다운 풍경은 한 번도 본 적이 없었다.

만약 내가 이곳에 산다면, 동화 속에 나오는 창문이 달린 저런 집 가운데 하나에서 살고 있다면, 내 삶도 동화 같을까? 그럴까?

29. 데번의 바닷가에서

아름다움이 나를 피곤하게 만들었는지도 모른다. 행진하고 있는 병사들처럼 하품이 연달아 나왔고 곧 내 머리는 덜컹거리는 차와 함께 끄덕이기 시작했다. 그리고 나는 꿈속으로 빠져들었다.

미코가 배낭을 메고 걸어서 언덕을 넘어가면서 엄지손가락을 치켜들고 있었다. 길을 배경으로 선 채 그가 나를 보았을 때, 그는 고개를 돌려 소리쳤다. 처음에는 무슨 말을 하는지 들리지 않았지만, 미친 듯이 소리치는 그의 노래를 바람이 전해 주었다.

"서둘러, 서둘러, 홀리 호건."

그가 노래하고 있었다.

"길이 사라지기 전에……."

나는 그를 잡으러 달려가다가 넘어졌다. 그리고 나는 운석처럼 빙글빙글 돌면서 지구로 떨어졌으며, 지난여름 미코가 우리를 데리고 야영을 갔던 데번의 해변에 착륙했다.

그레이스는 모래 위에 연두색 수건을 깔고 황금색 비키니를 입은 채 매끄러운 캐러멜 같은 피부를 뽐내며 누워 있었다. 그 애의 배꼽은 좀 높이 붙어 있었다. 그 애가 나를 불러서 함께 누워 있자고 했다. 나는 그 애의 머리카락을 땋아 주었다. 우리는 하늘에 떠 있는 구름이 거인의 입김처럼 천천히 흘러가는 것을 보았다. 그레이스는 말했다.

"네가 아주 오랫동안 구름을 바라보고 있으면, 너는 구름과 함께 떠올라 천사들을 만날 수 있을 거야. 홀리, 그건 마치 죽지 않아도 천국에 갈 수 있게 되는 것과 같아."

그리고 미코가 기타를 꺼내 튕기면서 조율을 했다. 그리고 트림은 커다란 파도에 떠밀리며 수선을 피웠다.

"하나, 둘, 셋, 넷."

미코가 소리를 질렀다. 그는 반은 노래하고, 반은 고함을 지르면서, 가사를 지어서 흥얼거리고 있었다.

"너는 저 길을 따라 계속 앞으로 갈 수 있어, 홀리 호건."

음정이 맞지 않는 노래였다.

"저 거칠고 오래된 길이 네 심장을 삼켜 버릴 거야. 서둘러, 서둘러, 홀리 호건. 길이 사라지기 전에. 네가 추락하지 않도록, 추락하지 않도록……."

"싫어요, 미코. 그런 노래를 부르지 말아요."

나는 애원했다.

"좋아, 그러면 위로 올라가는 길로 하자, 좋지? 그 평탄한 오래된 길은 에스컬레이터처럼 천국으로 올라가는 계단이야……."

그레이스와 트림이 귀를 막고 신음했고, 미코의 노래는 필이 좋아하는 컨트리 음악과 뒤섞였다. 하지만 나는 리듬에 몸을 맡기고 날아올랐다.

"내가 있고 싶은 곳에 있게 되면, 거기서 나는 내가 아닐 거야……."

미코가 언덕 위에서 나에게 손을 흔들면서, 가고, 또 가고, 사라지고, 내 삶에서 지워졌다. 그런데 나는 필과 함께 트럭에 타고 있으면서 데번의 해변에 있는 꿈을 꾼 것인가, 아니면 데번의 해변에서 필과 함께 트럭에 타고 있는 꿈을 꾼 것인가? 노래의 음이 전투기처럼 위로 높이 치솟아 올랐다……

30. 라디오 뉴스

하늘을 가르며 전투기가 머리 위를 지나가고 있었다.

나는 흠칫 놀라며 잠에서 깨어나 "꺅." 하고 비명을 질렀다.

"그냥 제트기가 지나간 거야. 안심해."

필이 말했다.

"깜짝이야. 이 세상이 끝나는 것 같은 소리네요."

"이라크에서 돌아온 애들이야."

"왜 저렇게 낮게 날지요?"

"내 생각에는 그냥 재미로 그러는 것 같아. 잠들었던 거니?"

나는 기지개를 켰다.

"아뇨. 잠깐 꿈을 꿨어요. 아까 말한 친구가 나왔어요. 미코가."

"사회 복지사?"

"네. 그 사람이요."

"아직도 그 친구를 잊지 못하고 있는 것 같구나."

"네?"

"옛날 남자 친구라고 하지 않았나?"

"네. 하지만 직장 때문에 멀리 이사를 가야 했어요. 그래서 우리 사이는 흐지부지되고 말았죠."

필은 한숨을 쉬었다.

"어디서 많이 들어 본 이야기구나."

"그렇죠. 필은 여자 친구 없어요?"

"나?"

"네. 아저씨 말이에요."

"오랫동안 없었어. 직업이 이런 거니까. 한군데 오래 있을 수가 없거든."

핸들을 잡고 있던 그의 손이 위로 올라갔다가 다시 핸들 위로 힘없이 내려왔다.

"어쩌면 난 혼자인 게 더 좋은지도 몰라."

"어떤 기분인지 알 것 같아요."

우리는 누군가가 생나무 울타리를 깎아서 거대한 고슴도치를 만들어 놓은 곳을 지나쳤다. 그러고 나서 물 위로 가지를 늘어뜨린 나무들이 백합이 피어 있는 연못 주위를 둘러싸고 있는 곳이 나왔다.

"저 나무들 보이죠?"

내가 필에게 물었다.

"버드나무들?"

"네. 우스갯소리 하나가 떠올랐어요."

필은 씩 웃었다.

"한번 말해 봐, 생일 맞은 아가씨."

"버드나무가 왜 우는지 알아요?"

그는 뺨을 홀쭉하게 만들었다가 다시 불룩하게 부풀렸다.

"모르겠는데. 왜지?"

"물에 비친 자기 그림자를 차마 볼 수 없어서래요. 그게 이유죠."

필이 콧방귀를 뀌었다.

"아침이 지나면 밤이 다가온다는 얘기처럼 들리네."

갑자기 그가 말했다.

"저기, 표지판 좀 봐."

나는 주의 깊게 살펴보았다. 그러나 글자들이 말이 되지 않았다.

시어퓌노이(SIR FYNWY)

"서 퍼니Sir Funny가 누구예요?"

내가 물었다.

필이 깔깔대며 웃었다.

"그거 웨일스 말로, 몬머스셔Monmouthshire(영국 웨일스 동부의 잉글랜드와 접하는 주)라는 뜻이야. 우리가 웨일스에 와 있잖아."

웨일스. 믿지 못하겠지만, 그곳은 전혀 달랐다. 우리는 갈색 산을 눈앞에 보면서 달려가고 있었다. 들판에는 검은색과 흰색의 얼룩소들이 한쪽 구석에 무리지어 있었다. 그리고 우리는 아직 무너지지 않은 높은 탑이 있는 크고 황폐한 성을 지나쳤다. 나는 그 탑 속에는 부풀어 오른 소매가 달린 긴 드레스를 입고 고깔처럼 뾰족한 모자를 쓴, 우리 엄마 같은 여인이 있다고 상상했다. 아마도 그 여인은 이상형의 남자가 그녀를 구해 주러 오기를, 또는 내가 산길을 올라가 그녀를 만나러 오기를 기다리고 있을 것이다. 그때 한줄기 산등성이들이 모두 나타났다. 라디오가 삐삐거리며 잡음을 내기 시작했고, 필이 소리를 높였다.

"뉴스가 나와."

그가 말했다.

나는 뉴스에는 귀를 기울이지 않은 채, 나의 연분홍색 립스틱을 찾아 가방 속을 뒤졌다. 입술을 다시 고쳐 발라야 했다. 내가 립스틱을 덧바르는 동안 꼰대들의 고상한 목소리가 들리다 말다 하면서 생각을 방해했다.

"경찰은 리즈에서 일어난 화재로 인한 아기의 죽음을 조사 중입니다. ……캔터베리 대주교는 심각한 우려를 표현하는 성명을 발표했습니다. ……파키스탄에서는, 수도에서 폭탄이 터져서 열네 명이 사망했습니다……."

우리는 한쪽 벽은 은색 조명이, 맞은편 벽은 금색 조명이 켜져 있는 터널 안으로 들어갔다. 라디오 소리는 끊겼다 이어졌다 했고, 나는 사이드 미러를 볼 수 없었기 때문에 립스틱 덧바르는 것을 잠시 중지해야 했다. 터널을 빠져나왔다.

"……수상은 보고서의 내용을 전혀 알지 못했다고 부인했습니다……. 경찰은 어제 런던 남부의 위탁 가정에서 실종된 열네 살 소녀를 찾고 있습니다……."

나는 심장이 멈추는 것 같았다.

"……소녀는 옥스퍼드 근처에서 마지막으로 전화 통화를 한 것으로 확인되었습니다……."

'멍청한 것.'

나는 후회했다. 게일이라는 여자에게 전화를 걸다니. 그걸 밝혀낸 게 틀림없었다.

"……범죄에 연루된 것으로 의심되지는 않으나 소녀의 위탁 부모들이 간절하게 연락을 기다리고 있습니다……."

길이 덜컹거렸고 나는 립스틱을 멍하니 바라보고 있었다. 하지만 사실은 그런 건 안중에도 없었고 놀란 마음에 심장이 터져 버릴 것 같았다.

필은 아무 말도 하지 않았다. 나는 곁눈으로 그를 훔쳐보았다. 그의 손은 아까와 마찬가지로 핸들을 잡고 있었고, 눈은 앞을 보고 있었다.

정말로 천천히, 나는 립스틱을 다시 내 입술로 가져갔다. 입술을 덧바르고, 앞머리에서 먼지를 털어 냈다.

"아름다운 곳이에요."

나는 꼰대 같은 목소리를 꾸며 냈다.

"성이나 다른 것들도 모두."

"뭐?"

"웨일스 말이에요. 아름다운 곳이라고요."

"미안. 정신이 나가 있었어. 긴 거리를 운전을 하다 보면 이런 문제가 생기더라고. 지난 한 시간 동안 어디를 지나왔는지 전혀 모르는 때가 있어."

"그런 기분 알아요. 학교에 있을 때 그렇거든요."

그 순간 내가 학교는 이미 졸업한 나이인 솔러스라는 사실이 떠올랐다.

"제 말은, 학교에 다닐 때 그랬다고요."

나는 얼버무렸다.

"과학 시간과 기술 시간에는 아무 생각 없이 멍하니 있곤 했어요. GCSE(영국의 중등 교육 자격 검정 시험)는 두 과목밖에 통과 못했어요."

"난 딱 한 과목 통과했어."

필은 긴 한숨을 내쉬었다.

"종교 교과였지. 언젠가 다시 시험을 볼지도 몰라."

나는 온통 물어뜯어 버린 내 손톱을 내려다보았다.

"필, 그러면 운전하면서 잠이 들 수도 있을 텐데, 사고가 나지 않도록 어떻게 해요?"

라디오에서는 이제 날씨 예보를 하면서 천둥과 소나기에 대한 이야기가 나오고 있었다.

"이야기가 너무 앞서 나가는데."

"그래요. 하지만 어떻게 해요?"

나는 어떻게 해서든 그가 뉴스에 주의를 돌리지 않도록 애를 써야만 했다.

"나는 거의 자동으로 운전을 하는 것 같아. 너는 차를 몰 줄 아니?"

그는 나를 흘끔 쳐다보았다.

"아뇨. 사람들을 미치게 몰아갈 수는 있어요."

필은 낄낄거렸다.

"배우고 싶어?"

"네. 임시 면허증은 있어요."

"그래?"

"네."

"나는 운전하는 게 좋아."

필이 말했다. 그는 기어를 바꾸고 속도를 올렸다.

"하지만 몇 시간 동안 운전을 하고 나면 하얀 선이 나를 몽롱하게 만들지. 그러면 나는 라디오를 켜서 내 머리에게 할 일을 줘."

그는 잠깐 동안 핸들에서 손을 뗐다.

"라디오에서는 온갖 이상한 이야기들이 나온단다."

필은 나를 의심하는 것일까, 아닐까?

우리는 픽업트럭 뒤에 붙어서 애버게이브니라는 도시로 천천히 들어섰다. 나는 '볼티 블리스'라는 포장 전문 음식점과 세탁기와 양동이, 가죽 의자 같은 괴상한 물건들을 거리에 늘어놓고 파는 가게를 눈여겨보았다. 그리고 만약 신호등에서 차가 멈췄을 때 얼른 뛰어내려서 달아날 수 있을지 생각해 보았다. 하지만 뛰어내릴 기회도 없이 우리는 시내를 빠져나왔다.

'만약 필이 실종된 그 소녀가 나라고 믿는다면, 곧장 경찰서로 차를 몰고 갔을 거야.'

하지만 그렇다고 하더라도, 필은 무엇인가를 찾는 것처럼 계속 나를 흘끔흘끔 건너다보았다. 그가 그럴 때마다 내 뺨으로 뜨겁고 따가운 느낌이 스멀스멀 올라왔다.

경사면을 따라 집들이 간신히 매달리듯 늘어서 있었다. 나는 털이 길고 북슬북슬한 커다란 짐승이 죽은 채 길에 납작하게 널브러져 있는 것을 보았다.

"헉!"

"저건 밍크야."

필이 말했다.

"밍크요? 밍크코트의 밍크?"

"응. 확실히 저것들이 점점 눈에 잘 띄고 있어."

'나는 이제 어떻게 해야만 할까?'

"모피 산업이란 정말 웃음거리야."

필이 말했다.

공기가 덥고 끈끈해졌다.

우리는 좁고 복잡한 또 다른 장소를 지나갔다. 온통 분홍색과 연보라색 꽃이 핀 화분을 창틀에 내놓은 집들이 한 줄로 늘어서 있었다. 나는 노인들이 손가락으로 화분을 세심하게 매만지는 것을 상상해 보았다. 화분 때문에 나는 꼰대들에 대한 괴로움을 느낄 수 있었다. 배가 뒤틀렸다.

하늘은 지저분한 갈색으로 변했다. 산들은 어두운색으로 변했고 좀 더 가까워졌다.

"솔러스,"

필이 불렀다.

"네?"

"괜찮으면, 다음 주유소에서 잠깐 쉬었다 가려고."

'차를 멈추고 경찰에게 전화를 걸어서 나를 넘겨 버리려는 속셈이군.'

"좋아요."

조금 뒤에 그는 차를 세우고 운전석에서 내려서 차에 기름을 넣었다. 차 안에 앉아 있는 내 머릿속에는 온갖 생각들이 한꺼번에 떠올랐다. 머리가 아팠다. 나는 그가 휴대 전화를 꺼내서 가져가는 것을 보았다.

나는 조수석 문을 열었다.

"화장실 좀 갔다 올게요."

나는 후다닥 몸을 움직였다.

"금세 올게요."

"기다릴게. 내려올 때 조심해라."

그가 말했다.

"그럴게요."

나는 도마뱀 가방을 챙겨서 차에서 내렸다.

"솔러스?"

필이 불렀다.

"네?"

"너 혹시……?"

그는 말하려고 하는 것을 잊어버린 사람처럼 눈살을 찌푸렸다.

"아니야. 아무것도 아니다."

나는 화장실 안으로 들어가서 얼굴에 물을 끼얹었다. 그곳에는 거울이 없었다. 그리고 나서 문틈으로 밖을 내다보았는데, 내가 추측한 그대로의 광경이 보였다. 필이 전화를 하고 있었다.

경찰에 전화를 걸고 있는 거야. 여기서 달아나야 해.

나는 얼어붙었다. 자갈 위를 저벅저벅 걸어오는 소리가 들렸다. 그가 나를 뒤따라왔나?

아니었다. 그는 옆에 있는 남자 화장실로 들어갔다.

황급히 불을 켜고, 나는 하이힐을 벗고 운동화로 갈아 신었다.

옆 화장실에서 물을 내리는 소리가 들렸다.

'지금이야, 뛰어.'

나는 고양이처럼 살그머니 화장실 뒤로 돌아가 길을 따라 달렸다. 문이 나타나서 그것을 타 넘고 밭으로 들어가 덤불 뒤에 숨었다. 내 시야에 여전히 주유소와 트럭이 보였다. 아마도 50미터쯤 떨어져 있는 것 같았다.

필이 화장실에서 나오더니, 주머니에 손을 넣은 채 주위를 둘러보았다.

지구가 자전을 멈춘 것 같았다.

그는 바퀴에 기대서서 기다렸다.

그리고 내 이름을 부르는 것 같았다.

그는 화장실 주위를 돌아보다가 여자 화장실 문을 두드렸다.

그러더니 매점으로 들어갔다.

그리고 다시 나와 조금 더 기다렸다.

그는 다시 트럭으로 걸어갔다.

그가 휴대 전화를 꺼내더니 그것을 들여다보고는 다시 주위를 둘러보았다. 순간 그가 바로 나를 바라보는 것 같았으나, 곧 눈길을 돌렸고, 어깨가 축 늘어졌다.

그는 트럭에 올라탔다. 하지만 시동을 걸지는 않았다.

몇 분 정도 흘렀다. 멀리서 우르릉하고 울리는 소리가 들렸다. 천둥소리였다.

그때 엔진의 시동이 걸렸다. 트럭은 멀리 사라졌다. 필도 함께 사라졌다.

지구가 다시 돌기 시작했다.

나는 푸른 들판에 주저앉았다. 나와 솔러스 그리고 도마뱀 가죽 가방이 함께였다.

도마뱀 가방은 두드려 맞은 것처럼 축 늘어졌다.

내 안에 있는 솔러스라는 여자가 민들레꽃 위로 숨을 내뱉었다.

'위기일발이었어.'

그녀가 속삭였다. 그녀는 손바닥을 펴 보였고, 거기에는 필의 보관함에서 훔친 동전 몇 개가 놓여 있었다. 솔러스, 그녀는 나쁜 여자였다.

하지만 진짜 나는 움직이지 않았다. 홀리라는 애는 뻗어 버렸다, 도로 위에 죽어 있던 밍크처럼 납작하게.

다시 천둥이 울렸다.

미코와 필, 같지만 다른 사람들. 가고, 또 가고, 사라졌다, 내 삶의 이야기 속에서.

피시가드는 중국만큼이나 멀리 있었다.

나는 웨일스의 들판 한가운데에서 폭풍이 몰려오는 것을 보면서 경찰에 쫓기고 있었다. 그리고 내가 도와주어야만 하는 사람은 오직, 나의 제정신이 아닌 머릿속에만 존재하는, 매력적이며 손버릇이 나쁜 여자였다.

31. 검은 산 속에서

미코는 늘 길 위에서 신을 만날 수 있다고 말하곤 했다. 아마도 그가 옳았던 것 같다. 나는 양쪽 끝이 처진 입술에 고통스러워 보이는 눈, 슬픈 음악, 그리고 자신은 채식주의자이면서 나에게 소시지까지 사 주었던 필을 떠올렸다. 심지어 생일 케이크까지. 게다가 그는 우리 엄마가 얻어맞고 웨일스에 있다는 이야기를 듣고 마음 아파하면서 휴대 전화를 빌려 주었다. 나는 신이니 뭐니 하는 이야기에 정말로 관심을 가져 본 적은 없었다. 천국으로 떠오르는 영혼들이나 죽었다고 생각되는 사람들이 무덤에서 걸어 나오는 것 같은 것들은 내 관심 밖이었다. 엄마는 아일랜드 사람으로 태어났기 때문에 가톨릭 신자로 키워졌다. 그러나 엄마는 교회나 성당은 공간을 낭비하는 곳이기 때문에 가능한 한 빨리 그것들을 넓고 훌륭한 아파트로 만들어 버리는 게 더 좋을 것이라고 말했다. 하지만 내가 열다섯 살이 된 생일인 6월 11일에, 나는 푸른 들판에 앉아서 어쩌면 신이 존재할 가능성이 아주 조금은 있다는 생각을 했다. 아마도 신은 사람들의 마음속에 앉아서 그들의 눈을 통해 밖을 보고 있을지도 모른다. 어쩌면 신은 사람들의 마음속에 있으면서 좋은 일을 하도록 시키지만, 사람들은 신이 그곳에 있다는 것조차 모르고 있을지도 모른다. 신은 결코 나 같은 부류의 사람들 가까이에는 오지 않을 것이다. 하지만 경치 좋은 길로 다니고 채식주의를 꿈꾸는 필 같은 사람들을 신은 사랑한다.

나는 솔러스가 필에게서 훔친 돈을 바라보았고, 그러자 그것을 멀리 던져 버리고 싶었다. 그때 마음을 바꿔서 그것을 가지고 있다가 처음으로 만나는 노숙자에게 주자고 생각했다. 또는 교회의 모금함에 넣든가. 지금은 그 돈을 도마뱀 가방 속, 엄마의 반지와 나의 심 카드를 숨겨 둔 비밀 주머니에 넣었다.

하늘에는 오직 가느다란 푸른 틈새만 남았고 그것도 점점 줄어들고 있었다. 나는 일어나서 주유소로 돌아갔다. 그리고 곧장 화장실로 들어가 나의 진짜 머리카락을 빗었다. 그 위에 가발을 쓴 다음 다시 가발의 머리카락을 빗었다. 그리고 밖으로 나와 보기 흉한 먹구름이 어두운 산 위에 몰려 있는 것을 보았다. 공기는 무거워졌고 누런색으로 변했다.

"……소녀의 위탁 부모들이 간절하게 연락을 기다리고 있습니다……."

피오나와 레이였다. 나는 그들을 내 머릿속 뒤쪽 구석에 넣어 두었으나 이제 두 배가 되어 돌아왔다. 나는 템플턴 하우스의 내 방에서 처음 만났을 때 피오나가 나를 마치 마지막 고래라도 되는 듯이 바라보던 것을 기억할 수 있었다. 그리고 레이가 뒷마당에서 미소를 지으며 나를 올려다보던 것도. '찰칵, 철컥' 전지 가위 소리가 들렸고, 구름으로 쓴 내 이름이 하늘을 날아다녔다.

피오나와 레이는 내가 테네리페 섬으로 갈 거라는 이야기를 믿지 않았다. 생각해 보면, 나는 여권을 발급받지도 않았다.

단 한 번의 통화로 모든 게 끝났다고, 나는 생각했다. 내가 살아 있다는 것을 알게 되었을 테니 안심했겠지만, 그들은 내가 돌아가는 것을 결코 바라지 않을 것이다. 누가 그들을 비난할 수 있겠는가? 내가 피오나와 레이라도, 내가 돌아오는 것을 원하지 않을 것이다.

나는 피오나와 레이가 다른 메시지를 더 남겼는지 알아보기 위해, 분리해 놓았던 심 카드와 휴대 전화를 가방에서 꺼내서 다시 그것들을 합체했다. 휴대 전화를 켜 보려고 애썼지만, 전원이 들어오지 않았다. 배터리가 없었다. 하지만 그들이 나에게 도대체 왜 메시지를 보내겠는가? 아마도 그들은 나에게서 손을 떼고 싶을 것이다.

산은 점점 어두워져 갔고, 주위에 아무도 보이지 않았다. 나는 주유소에 들러 카운터 뒤의 꼰대 아주머니에게 마지막 남은 내 소유의 잔돈을 내고 레드불 하나를 샀다. 트림은 레드불 세 캔을 연달아 마시곤 했는데 그러고 나면 아무도 그를 막지 못했다. 미코도, 그 누구도. 그는 고함을 지르면서 불같이 화를 냈고, 장담하건데 그럴 때 그를 진정시킬 수 있는 것은 오직 전기 충격기뿐이었다. 그런데 나는 빨리 그런 상태가 될 필요가 있었다.

나는 담장 위에 올라 앉아 레드불을 벌컥벌컥 마셨다.

'빨리 움직여야 해.'

'필이 경찰에 전화를 걸어서 그들이 여우를 뒤쫓듯 이곳으로 나를 사냥하러 오기 전에 어서 갈 길을 가야 해.'

하늘이 깜빡거리기 시작했다. 나는 길 위를 터벅터벅 걸으면서, 계속 엄지손가락을 치켜들었으나, 지나가는 차들도 별로 없었고, 아무도 멈추지 않았다.

비가 시작되었다. 나는 경찰들의 눈에 잘 띄지 않기 위해서, 그리고 큰 나무의 가지들이 비를 가려 줄 것 같아서 길옆으로 내려갔다. 나는 가발을 벗어서 잘 접은 다음, 젖지 않도록 도마뱀 가죽 가방 깊숙이 안전하게 집어넣었다. 조금 뒤에 번개가 번쩍였고, 천둥이 울렸다. 나는 『제인 에어』에 나오는 나무를 떠올렸다. 그 나무는 번개를 맞아 둘로 갈라졌고, 앳킨스 선생님이 그것은 로체스터 씨가 제인 에어에게 해서는 안 되는 청혼을 했기 때문이라고, 왜냐하면 그에게는 다락에 숨겨 둔 부인이 있기 때문에 운명이 화가 난 거라고 말했다. 나도 운명이 나에게 화가 났을 거라고 생각했다. 필에게서 돈을 훔쳤으니까. 나는 비를 피할 수 있는 더 좋은 곳을 찾기 위해 길을 따라 걸어 내려갔다.

비둘기가 겁에 질려 울어 대며 울타리 위에서 날개를 퍼덕이는 바람에 나는 거의 심장이 멎을 뻔했다. 그러더니 바로 건너편 들판에서 귀가 찢어질 듯 요란한 천둥소리가 들려왔다. 혼이 쏙 빠지는 것 같았다. 나의 삶은 나쁜 짓으로 가득 찬 긴 목록이었다. 아마도 신은 천둥 번개로 나를 죽일 작정을 한 것 같았다. 나는 신발 속에서 젤리처럼 녹은 채, 연기 나는 숯덩이가 되어 삶을 끝마칠 것이다. 그게 나에게 딱 어울리는 것이겠지.

나는 좁은 오솔길을 달렸다. 굵은 빗방울이 떨어지더니, 마침내 살갗에 닿는 게 아플 정도로 비가 퍼부었다.

나는 석벽으로 된 난간 위에 탑들이 세워져 있는 이상하게 생긴 다리에 이르렀다. 그 밑으로는 작은 강이 흐르고 있었다.

번개가 번쩍이고 난 직후에 전투기 소리보다 더 끔찍한, 하늘을 둘로 가르는 듯한 천둥소리가 들렸다. 나는 비명을 지르면서 다리의 석벽에 매달렸다.

"살려 주세요, 예수님!"

나는 소리쳤다.

도마뱀 가방이 흠뻑 젖어 버려서, 곧 가발을 포함해서 그 안에 들어 있는 것들도 온통 젖어 버릴 것 같았다.

나는 석벽을 뛰어넘어 둑 아래로 내려가 다리 밑으로 몸을 숨겼다. 강물이 내 운동화 위로 올라왔지만 나는 개의치 않았다.

그때 내 머리에 떠오르는 사람이 있었다. 엄마. 엄마도 폭풍을 두려워했다. 엄마는 거울에 담요를 뒤집어 씌워 놓곤 했는데 거울에 반사되는 번개 때문에 죽지 않기 위해서였다. 엄마는 커튼을 쳤고, 전화 수화기를 내려놓았다. 그리고 소켓에 꽂혀 있는 모든 플러그들을 뽑아 버렸다. 그러고 나서 호랑이 가죽 소파에 누워 투덜거렸다.

"우리가 왜 이 거지 같은 빌딩의 맨 꼭대기에 살아야만 하는 거지, 홀리? 왜?"

강물은 흰 물살을 일으키면서 소용돌이치고 있었다. 나는 쪼그리고 앉아 다리의 돌기둥에 찰싹 달라붙었다. 폭풍은 으르렁대고 꽝꽝거렸으며, 가까워졌다가 멀어졌다가 했다. 나는 도마뱀 가방의 지퍼 달린 비밀 주머니에서 엄마의 호박 반지를 꺼냈다. 주위에는 내 손가락을 자를 강도들이 없었으므로, 반지를 껴도 아무 문제가 없었다.

'이 반지가 나를 안전하게 지켜 줄 거야. 반드시 그럴 거야.'

나는 반지를 가운뎃손가락에 끼고 눈을 감았다.

눈을 감아도 눈꺼풀 너머로 여전히 번개가 번쩍이는 게 보였으므로, 나는 다시 눈을 뜨고 호박 반지 한가운데 박혀 있는 작은 벌레를 노려보았다. 벌레는 그 속에 갇혀 수천만 년을 지내왔다고, 내가 반지를 보여 주었을 때 미코가 설명해 주었다. 그는 송진이라고 하는 끈적끈적한 소나무의 수액으로 호박이 만들어지는 과정에 대해서 가르쳐 주었으며, 그것이 아주 오래전, 인류가 존재하기도 전에 굳어져서 화석이 된 거라고 알려 주었다. 작고 검은 얼룩은 아마도 고대의 모기일 거라고 미코는 말했다. 아니면 파리이거나.

나는 그것을 노려보았다. 갇혀 있는 것. 영원히.

'엄마. 어디에 있어요?'

천둥이 울리고 그 다음에 번개가 치는 짧은 순간, 내 마음은 하얗게 텅 빈 채 정지되었다.

그리고 그 고요 속에서, 엄마가 나에게 왔다.

"홀!"

엄마의 목소리가 높고 강하게 울려 퍼졌다.

다시 스카이 하우스의 유리창 달린 발코니였고, 불이 켜져 있었다. 나는 복도로 갔고, 엄마는 부엌에서 차를 만들고 있었다. 엄마의 얼굴은 속이 들여다보이는 스카프로 덮여 있었다. 마치 동양의 신부처럼, 얇은 옷감 너머로 엄마의 눈이 반짝이고 있었다. 엄마는 웃고 있나? 보이지 않았다. 아니야, 엄마는 화가 났어.

엄마는 부엌 서랍을 쾅 닫고, 콩 통조림 뚜껑을 따고 있어.

"홀, 저 아래 구멍가게에 가서 생선튀김을 좀 사와. 나는 나갈 수 없어. 이 꼴을 남들에게 보일 수는 없으니까."

내 머릿속에 떠오른 장면들은 다시 번개가 치면서 불타 버렸다. 엄마는 사라졌다. 그 대신 누군가가 문을 두드리고 있었고, 그게 누구인지 알 수 없었지만 도통 문 앞에서 떠나려 하질 않았다. 그래서 내가 문을 열자, 시 의회에서 나온 여자가 서류 가방을 들고 문 앞에 서 있었다. 그녀는 미소를 지으면서 나를 내려다보았다. 나는 가지각색 원반들이 서로 부딪혀 달그락거리고 있는 그녀의 팔찌를 쳐다보았다.

"홀리. 엄마 안에 계시니?"

"아니요, 선생님."

"엄마의 남자 친구는 있니?"

"아니요, 선생님."

"너 혼자 있어?"

"네, 선생님."

"엄마가 가게에 가셨니?"

"선생님 팔을 자세히 봐도 돼요?"

나는 팔찌를 향해 손을 뻗었다.

"홀리, 이게 마음에 드니?"

"네. 예뻐요."

그녀는 팔찌를 풀어서 나에게 건네주었다. 나는 그것을 흔들어서 달그락 소리가 나게 했고, 알록달록한 색깔을 보면서 미소를 지었다.

"그거 생각나요."

나는 말했다.

"뭐가 생각나니, 홀리?"

"엄마가 마시던 술이요."

"엄마가 마시던 술이라니?"

"색깔 말고요. 소리가요. 얼음이 부딪치는 소리 같아요."

그때 번개가 다시 번쩍했고, 엄마가 호박 반지를 빼던 장면이 떠올랐다. 엄마는 손가락에서 조금씩 힘들게 반지를 빼서 나에게 건네주었다. 엄마의 얼굴은 하얗게 질려 있었고, 손은 부들부들 떨고 있었다.

"반지를 잘 간직해, 홀. 안전하게 말이야. 반지를 빼앗으려고 네 손가락을 자를 수도 있어."

'잘 간직해……. 잘 간직해…….'

마지막으로 우르릉거리던 천둥소리가 언덕 너머로 사라졌다. 강물은 더욱 요란하게 소용돌이쳤고, 목소리들은 사라졌다. 비는 여전히 내리고 있었지만 폭풍은 몰려왔을 때처럼 빠르게 사라졌다. 나는 비틀거리면서 다리 아래에서 나와 허리를 폈다. 나는 손에서 반짝이고 있는 반지를 바라보았다. 그리고 그 속에 갇혀 있는 작은 벌레에게 생명을 불어넣어 주는 것처럼 쓰다듬어 보았다.

'오, 엄마. 가지 말아요.'

나는 강과 둑, 다리와 바람에 흔들리는 나무들과 산들을 둘러보았다. 주위의 모든 것들이 폭풍이 몰고 온 구름 때문에 온통 회색으로 변해 있었다. 그러더니 구름이 걷히면서 햇빛이 비스듬히 비치자, 초록색과 갈색으로 다시 돌아왔고 새들이 다시 지저귀기 시작했다. 나는 가방에서 가발을 꺼내 잘 빗은 다음 다시 머리에 썼다.

나는 심호흡을 했다.

'거봐. 이제 됐어.'

나는 눈물을 닦았고, 옷을 잘 매만졌다. 몸이 떨렸다. 젖은 채로 서 있으니 추웠다. 나는 바지를 꺼내 원피스 밑에 입었다. 바지 위에 원피스를 입는 건 유행이 지났지만, 여기 웨일스 구석에서는 여전히 멋있어 보일지도 모르는 일이었다. 누가 알겠는가.

솔러스가 나에게 응원의 말을 해 주었다.

'홀. 네가 이 폭풍 속에서 살아남는다면, 넌 어떤 일이 닥쳐도 살아남을 거야. 아무것도 네 앞을 가로막을 수는 없어. 정말이야.'

젖어서 철벅거리는 운동화를 신은 채 나는 기어서 다시 길 위로 올라갔다. 나는 운동화를 벗어서 끈으로 양쪽을 묶은 다음 가방 끈에 매달았다. 그리고 샌들을 꺼내 신었다. 그것들은 발을 아프게 했지만 젖지는 않았다.

나는 A40번 도로 옆 샛길을 따라 천천히 걸었다. 폭풍우는 나를 단념시키지 못할 것이다. 경찰들도 나를 알아보지 못할 것이다. 나는 금발의 여자 어른이지, 갈색 머리의 열다섯 살짜리가 아니니까. 나는 엄지손가락을 들어서 다음 차에 올라탈 것이고, 쏜살같이 달려서 아일랜드로 가는 페리를 탈 것이며, 그러면 나는 자유롭게 될 것이다. 나는 다짐했다.

'엄마, 거기 그냥 있어요. 내가 한 발자국씩 가까이 다가가고 있어요.'

32. 돼지 트럭

도로는 빛나고 있었고 폭풍이 지난 뒤의 햇빛은 따뜻하고 강렬했다. 나는 곧고 시원하게 뻗은 도로의 맨 꼭대기에 서 있었다. 엄청난 숫자의 양 떼가 풀을 뜯고 있는 들판으로 통하는 문이 바로 옆에 있었다. 만약 누군가 양의 숫자를 세어 보려 한다면, 잠들어 버리지는 않을 것이고, 그냥 늙어 죽을 것이다. 나는 다시 엄지손가락을 치켜들었고, 내 손에서 호박이 반짝거렸다.

아무것도 멈추지 않았다. 자동차와 트럭 들은 요란한 소리를 내면서 지나갈 뿐이었다. 그러고 난 다음에는 양들의 울음소리와 바람이 나뭇가지를 흔드는 소리만 들렸다.

나는 민들레꽃을 귀 뒤에 꽂는 방법을 다시 써 보기로 했다. 여전히 아무것도 멈추지 않았다. 아마도 영국 전체에서 차를 얻어 타려 하는 사람은 나 하나밖에 없고, 차를 세워 줄 만큼 제정신이 아닌 사람도 필 하나밖에 없었던 것 같다.

한참 동안 지나가는 차가 한 대도 없다가, 어떤 차가 속력을 줄이면서 다가오는 것이 언뜻 보여서 나는 다시 엄지손가락을 치켜들었다. 흰색과 파란색이 칠해진 차였다. 나는 하품을 했다. 그 차는 모퉁이를 돌더니 다시 나타나 점점 가까이 다가왔다.

그때 나는 알아차렸다. 경찰차였다.

'멍청이!'

나는 손을 내리고 몸을 돌렸다. 고개를 숙이고 문을 향해 걸어가 양 떼를 노려보았다. 나는 양들을 세고 있는 것처럼 손가락을 움직였다.

'그들이 나를 보았을까? 나를 찾고 있는 것일까?'

'내가 달아나고 난 다음에 필이 경찰에 전화를 했을까?'

나는 차가 속력을 줄이면서 멈추려고 하는 게 확실하다고 생각했다.

나는 목숨이라도 걸고 하는 것처럼 계속 열심히 양들을 헤아렸다. 머릿속에서는 경찰이 나를 차에 태워 감옥으로 끌고 가는 상상을 했다. 그러면 모두들 나를 보러 오겠지. 레이첼, 경찰, 피오나와 레이, 그리고 심리 상담가들이. 그리고 그들은 내가 없는 자리에서 나에 대해 토론할 것이다.

"홀리는 특별 지원이 필요한 혼란스러운 아이예요."

예전에 사회 복지사가 말하는 것을 엿들었을 때처럼, 그들이 고개를 저으면서 말하는 게 내 귀에 들렸다.

혼란. 특별 지원. 그게 나였으니까 괜찮다.

하지만 경찰차는 모퉁이를 꺾고 나서 속도를 냈다. 그리고 나를 남겨 두고 사라졌다. 나는 안도의 숨을 내쉬었다. 바람이 가발의 머리카락을 흩날렸다. 양들이 '매애' 하고 울었고, 나도 '매애' 하고 답해 주었다. 양들 가운데 한 마리가 나를 노려보다가, 정말로 맹세컨대, 트림처럼 침을 뱉었다. 가느다란 눈과 긴 코를 가진 그 양은 마치 온 세상을 씹고 있는 것처럼 우물거리고 있다가 그것을 곧바로 뱉어 냈다. 나는 그 문 옆에서 폭소를 터뜨렸고, 그러다가 갑자기 옆구리가 결려서 손으로 문질러야 했다. 그레이스가 그 자리에 있었다면, 그 애도 대책 없이 웃었을 것이다.

나는 길이 구부러진 아까 그 자리로 돌아갔다.

가축을 싣고 다니는 구식 트럭이 다가왔다. 앞에는 사람이 타는 객차가 있고, 뒤에는 지붕이 없는 우리가 달려 있어서 가축을 잔뜩 태울 수 있게 만든 트럭이었다. 하지만 빈 공간보다 나무판자들이 더 촘촘히 달려 있어서 나는 뒤에 어떤 가축을 싣고 있는지 볼 수 없었다. 나는 그 속에 잘게 조각날 운명인 동물들이 잔뜩 들어 있다고 상상했다. 그것들은 곧 정육점의 갈고리에 매달리게 될 것이다. 나는 엄지손가락을 반쯤 들었다가, 필이 채식주의자였던 것을 생각하고는, 팔을 내려 버렸다. 하지만 트럭은 이미 서 버렸다.

나는 움직이지 않았다. 한 남자가 문을 열고 몸을 내밀었다. 퉁퉁하고 둥근 얼굴에 짙은 곱슬머리가 머리의 뒤쪽 반만 덮여 있었다. 그는 〈아담스패밀리〉(미국의 공포 코미디 영화)와 '잭 더 리퍼'(토막 살인자 잭. 1888년 런던에서 최소한 5명의 여자를 죽인 연쇄 살인범)를 합쳐 놓은 것 같은 모습으로 입이 양쪽 귀에 걸린 것처럼 활짝 웃고 있었다.

"태워 줄까, 아가씨?"

그가 물었다.

"음."

나는 우물거렸다.

"어디로 가?"

"어디로 가세요?"

"람피터."

"안 되겠어요."

나는 한 나라의 여왕처럼 손을 저으면서 말했다.

"난 피시가드로 가거든요."

"클란도베리를 지나는 데까지 태워다 줄 수 있겠네."

그가 말했다. 나는 지도에서 란도베리라는 지명을 보았음을 떠올렸다. 물론 그는 클란도베리라고 전혀 다르게 발음했지만.

"란도베리를 말하는 거예요?"

그는 자기 허벅지를 쳤다.

"그것 참 재밌네. 네 귀 뒤에 꽂혀 있는 민들레를 '그만~둘~레'라고 부르는 거 같잖아."

그는 끽끽 소리를 내면서 웃었다. 나도 미소를 지을 수밖에 없었다. 나는 민들레를 빼서 멀리 던져 버렸다.

"탈래, 안 탈래?"

그 남자가 물었다.

"뒤에는 뭘 실었어요?"

나는 무엇인가가 움직이면서 숨을 쉬는 소리를 들을 수 있었고, 나무판자들 틈새로 검은 그림자 같은 형체를 볼 수 있었다.

"돼지들이야."

"돼지요?"

나는 코를 찡그렸다. 나는 필이 양들을 도살하기 전에 귀에 구멍을 뚫는다는 이야기를 했던 게 떠올랐다. 나는 앞으로 걸어가서 판자들 틈새로 들여다보았다. 빳빳하고 하얀 짧은 털과 짙은 얼룩들을 알아볼 수 있었다. 쿵쿵거리면서 앞발로 긁는 소리가 들렸다.

"돼지를 싫어하나?"

그가 물었다.

"돼지 괜찮아요, 좋아해요."

내가 대답했다.

"그럼 뭘 망설여? 돼지들은 물지 않아. 어서 타."

머릿속이 오락가락했다. 경찰차를 생각하면 빨리 이곳을 벗어나야만 했다. 한편으로 이 남자는 필처럼 안전하리라는 확신을 주지 못했다. 나는 그의 눈을 세심하게 관찰했고, 눈 주위에 잡혀 있는 주름을 보면서 생각했다. 이 사람은 그냥 평범한 트럭 운전기사야, 홀. 도끼 살인마는 아니야.

"좋아요."

나는 대답하고 조수석으로 올라가서 안전띠를 맸다. 필의 트럭처럼 좌석이 높지는 않았으며, 더 낡았고 땀 냄새와 묵은 담배 냄새가 났다. 하지만 도로를 달리기 시작하자, 하얀 중앙 분리대가 옛 친구처럼 또다시 나타났다. 트럭은 돼지들이 하나도 남김없이 탭 댄스를 추는 것처럼 덜컹거렸다.

"이름이 뭐니? 내 이름은 커크야."

남자가 말했다.

그때 막 플라스틱으로 된 마름모꼴 액자가 백미러에 매달려 있는 것을 발견했다. 그 안에는 여자 상반신 사진이 들어 있었다. 금발에 푸른 눈이었으며, 발가벗고 있었다. 내 심장이 쿵쿵 뛰기 시작했다.

"이름이 없어?"

"네?"

"이름 말이야."

"아, 네. 솔러스예요."

내가 대답했다.

커크는 뭐가 뭔지 알 수 없어 하는 개처럼 고개를 갸웃했다.

"솔러스라고?"

"네."

그는 킬킬거렸다.

"특이한 이름이네. 이국적이야."

해코지를 할 사람은 아닌 것 같다고, 나는 속으로 생각했다. 대부분의 남자들이 저런 사진들을 좋아한다.

'트림이 갖고 있던 잡지들이 기억 안 나? 그것들은 더 낮 뜨거워져. 그렇지만 트림은 정상이었어, 그렇지 않아?'

그 순간 나는 트림을 정상이라고 하는 것은 히틀러를 성인聖人이라고 하는 것과 같다는 생각이 들었다.

'좋아, 트림 골칫덩이는 분명 정상은 아니었어. 하지만 나는 그 애를 다룰 수 있었어, 그렇지?'

"넌 굉장히 심각하구나. 국세청 직원한테 쫓기는 사람처럼 보이네."

커크가 말했다.

"네?"

"세금 받으러 다니는 사람들 말이야."

"아, 하하! 그렇지는 않아요."

"난 쫓기고 있지."

커크가 말했다.

"5년 동안 세금을 안 냈거든. 라디오 듣고 싶니?"

"아뇨."

나는 대답했다. 라디오 뉴스를 또 듣고 싶지는 않았다.

"그런데, 커크?"

"응?"

"저 돼지들로 뭐할 거예요?"

"뭐하다니?"

"그러니까, 저 돼지들이 커크의 것인가요?"

"아니. 난 그냥 실어다 주는 거야."

"그럼 어디로 싣고 가는 거예요?"

"아까 말했잖아. 람피터."

"그렇죠. 그런데 거기 도착하면 그다음에 어디로 가죠?"

"무슨 말인지 알겠다."

커크가 핸들을 내리치면서 웃었다.

"너도 동물의 권리 어쩌고저쩌고하는 사람들이구나."

"그냥 궁금해서 묻는 거예요. 제 말은, 돼지들을 죽여서 토막을 내거나 그럴 건가요?"

"저놈들은 돼지 농장으로 가는 중이야. 그러니까 내가 알기로는, 사육이 목적일 거야."

"사육이요?"

"응, 그러니까 걱정하지 마, 아가씨. 저놈들은 오늘 밤에 호사를 누릴 거라고. 진흙탕에서 뒹굴면서, 도토리를 우적우적 씹게 될 거야."

"아, 커크. 다행이에요."

나는 그가 보기보다 괜찮은 사람일지도 모른다고 생각했다. 백미러에 매달려 있는 벌거벗은 여자는 더 이상 신경 쓰지 않기로 했다. 나는 그냥 저 돼지들과, 저 돼지들이 안전하다는 것과, 비록 이 트럭이 가축을 싣는 트럭이라고 해도 그 때문에 아무도, 그 누구도 내가 어디에 있는지 알 수 없어서 내가 안전하다는 사실을 생각했다. 우리는 침묵 속에서, 폭풍이 도로 위에 만들어 놓은 웅덩이들을 가르며 달렸다. 산들은 점점 크고 높아졌고 안개도 짙어졌다. 마치 푸른 유령들이 너울거리는 것 같았다.

지금은 6월이었고 아직 훤한 대낮이었음에도 낡은 석조 건물에 온통 크리스마스 장식용 전구들을 켜 놓은 식당을 지나쳤다. 나는 미코가 가난한 사람들이 크리스마스 불빛을 일찍 밝히는 것은 희망에 대한 갈구가 절박하기 때문이고, 부유한 사람들이 불을 늦게 켜는 것은 이미 희망이 풍족하기 때문이라고 말했던 것을 기억해 냈다. 나는 6월에 크리스마스 전구를 켜 놓은 것은 처음 보았다. 선술집 안에 있는 사람들은 아마도 엄청나게 절박한 게 틀림없다는 생각이 들었다. 우리는 브레콘을 우회해서 지나쳤고, 나는 도마뱀 가방 위에 손을 얹어 놓고 엄마의 호박 반지를 쓰다듬고 있었다.

"반지가 참 예쁘네."

커크가 흘낏 보면서 말했다.

'반지를 빼앗으려고 네 손가락을 자를 수도 있어.'

"하찮은 거예요."

나는 가볍게 말했다.

"크리스마스 과자 상자 속에서 꺼낸 거죠."

"그것 참 행운의 과자네. 내가 과자 상자 속에서 꺼낸 건 죄다 개도 웃을 한심한 것들뿐이었는데."

"알 만해요."

"진짜 최고로 지독한 농담 들어 볼래?"

"해 봐요."

내가 대답했다.

"바닷속에 살면서 인어들을 죽이는 게 뭘까?"

"몰라요."

"생각해 봐. 알아맞혀 보라고."

"상어?"

"아니."

"고래?"

"잭 더 키퍼kipper(청어)."

그는 최고의 농담이라도 한 듯 비명을 지르면서 웃었다. 아마도 잭 더 리퍼와 비슷하게 들리는 이름이라는 걸로 착안한 농담인 듯했다.

"지독하네요."

나는 웃었다. 어떤 농담들은 그렇다. 내가 필에게 해 준 버드나무 이야기와 비슷하다. 매우 형편없지만 재밌다. 그런 이야기들은 내가 다니던 학교 우리 반에 있던 맥스라는 이상한 남자애를 떠올리게 만들었다. 그 애는 정말 지루했지만, 우스웠다. 그 애는 외톨이였다. 우리는 그 애를 괴짜 맥스 녀석이라고 불렀다. BBC 아나운서 같은 그 애의 말투 때문이었다. 그 애는 수학을 가장 잘하면서 50년대 꼰대들 같은 옷을 입고 다닌다는 점에서 엄청난 별종이었다. 그런데 그 애의 취미가 무엇인지 아는가? 초인종 누르기. 다시 한 번 말해 보라고? 초인종 누르기라니까. 정말 시시하지만, 멋있다. 나는 카루나에게 고리타분한 맥스와 함께 돌아다니며 초인종을 몇 번 눌러 보자고 말했다. 카루나는 내가 농담을 한다고 생각하고 웃음을 터뜨렸지만, 나는 맥스와 카루나와 내가 런던 남부 전체를 돌면서 대규모로 초인종 누르기를 하면 멋질 것이라고 생각했다.

산들이 점점 작아졌다. 길이 구불구불해졌고, 트럭도 이리저리 흔들렸다.

"돼지들이 날아갈 것 같아요."

우리가 심하게 구부러진 커브를 돌 때 내가 말했다. 흰색 중앙 분리대는 계속 이어졌고, 도로 바닥에는 군데군데 이렇게 씌어 있었다.

천천히
아라프(ARAF)

나는 아라프가 무엇인지 곰곰이 생각해 보았다. 어떤 말을 줄여서 써 놓은 것일 수도 있었다. 아마도 '모든 도로가 위험함'일지도. 펑크 노래를 부르는 가장 끔찍한 목소리로 미코가 "추락하고⋯⋯추락하고⋯⋯."라고 울부짖는 소리가 귀에 들리는 것 같았다. 그때 갑자기 나는 깨달았다. 우리는 웨일스에 있잖아, 그렇지? 그러니까 아라프는 웨일스 말로 '천천히'라는 뜻이었다.

'란도베리 1마일'이라고 씌어 있는 표지판이 나타났다.

한 굽이를 돌 때마다 피시가드가 점점 가까워지고 있었다.

우리는 곧장 시내 중심가를 지났고, 기차와 마주쳐 엇갈렸다. 그리고 시내를 빠져나와 여러 식물들이 자라고 있는 회색 바위들이 양쪽에 서 있는 깊은 골짜기로 내려갔다.

갓길에 긴급 대피 구역이 나타났고, 커크가 차를 세웠다. 이제 막 차에 올라탄 것 같았는데 벌써 내려야 할 때가 되었다.

"조금만 더 가면 람피터로 꺾이는 갈림길이 나와."

커크가 말했다.

"여기서 내리는 게 좋을 거야. 만약에 그렇지 않으면……."

그가 씩 웃으면서 어깨를 으쓱해 보였다.

"만약에 뭐요?"

"만약에 나와 함께 차를 타고 가다가 저녁을 함께 먹고 싶지 않을까 해서."

머리가 반쯤 벗겨지고 괴상한 유머 감각을 가진 남자와 데이트를 한다? 금발 여자의 사진이 백미러에 매달린 채 흔들렸고, 나는 도마뱀 가방을 꽉 움켜쥐었다.

"어쨌든 고마워요, 커크."

뒤에 실려 있는 돼지들이 밖으로 나가고 싶은 듯 소란스럽게 굴었다.

"정말 멋진 제안이긴 한데, 안타깝게도, 남자 친구를 만나야만 해서요."

"남자 친구라고?"

"네. 우리는 아일랜드로 가는 밤배를 타기로 약속했어요. 거기서 다시 시작하는 거죠. 완전히 새로운 인생을. 그 사람은 기수 훈련을 받을 거고, 저는 무용수가 되는 훈련을 받을 거예요."

"무용수?"

"네. 매우 우아한 춤이죠. 발레 같은."

"아."

그는 실망한 것처럼 보였다.

"그럼 아일랜드로 영원히 옮겨 가려는 거야?"

"그렇죠. 저와 드류가요. 우리는 아일랜드 사람으로 태어났거든요."

"설마."

"맞아요."

"머리카락이 금발이잖아. 난 네가 스웨덴 사람인 줄 알았어."

"하하. 암튼 태워 줘서 고마워요."

나는 문을 열었다.

"헤이, 솔러스. 가기 전에 말이야. 한번 안 해 줄래?"

"뭘요?"

"가벼운 뽀뽀라도 한번?"

그는 백만 번에 한 번 올까 말까 한 기회라도 잡은 듯이 입술을 내밀었다.

"오늘은 안 돼요. 남자 친구가 질투 때문에 미쳐 버릴걸요."

나는 땅바닥으로 뛰어내린 다음 문을 쾅 닫고 커크를 향해 손을 흔들었다. 트럭의 시동이 걸렸고 커크가 작별 인사로 어깨를 으쓱했다. 그는 실연당한 사람처럼 시무룩한 표정이었지만, 나는 알고 있었다. 그는 그저 재밌는 일이 있었다고 생각하리라는 것을. 그는 브레이크를 풀고 윙크를 했다. 그러고 나서 미쳐 버릴 지경이 된 돼지들을 뒤에 실은 트럭은 덜컹거리면서 도로로 진입했다.

"뽀뽀는 돼지들하고나 하라고요, 커크."

나는 소리쳤다.

33. 154대의 차들이 지나간 뒤

해가 산 너머로 지고 있었다. 시간이 이렇게 늦었는지도 모르고 있었다. 나는 오가는 차들의 숫자를 세어 보기로 했다.

열 대의 승용차가 지나갔다. 트럭 한 대. 그리고 승용차 열다섯 대가 더 지나 갔다. 스물여섯 대. 나는 제인 에어가 습지대의 풀숲에서 밤을 보내야 했던 것을 생각했다. 그녀는 정말 특별하게 머리가 텅 빈 에어헤드다. 마차에 여행 가방을 놓고 내리질 않나, 자기의 온갖 귀중품들을 그냥 두고 오질 않나, 그래서 결국 빈털터리가 되었다. 얼마나 어리석은가. 만약 로체스터 씨가 하자는 대로 함께 달아났다면, 그녀는 따뜻한 휴양지 리비에라에서 보석을 주렁주렁 걸치고, 팔꿈 치까지 올라오는 흰 장갑을 낀 채 평생 살 수 있었을 텐데. 하지만 그때 그 이야 기 전체가 생각나서 나는 웃음을 터뜨렸다. 나라면 처음에 다락에서 소리가 났 을 때 부인이 있음을 알아차렸을 것이다. 내 생각에 그 책을 쓴 여자 작가는 자기 집의 맨 꼭대기 층에 뭔가 이상한 것을 놔두었을 것 같다. 하얀 밴이 지나갔다. 마흔여섯 번째. 나는 여기 웨일스 한가운데에 서 있었다. 나는 푸른 나뭇가지가 터널처럼 우거진 길을 걷고 있었으며, 공기는 서늘했다. 이 들판에서 오늘 밤을

보낼 수는 없다. 나는 호박 반지를 어루만졌다. 게다가 내 보물을 잃어버릴 수도 없다,

차 한 대가 추격전을 벌이듯이 달려왔다가 쏜살같이 지나갔다. 예순세 번째. 엔진 소리가 그렇게 요란한 차는 처음이었다. 나는 엄지를 치켜들었지만, 차를 세우기는커녕, 운전자가 나를 보지도 못할 정도의 속도였다. 그 차는 앞차를 앞지르면서 가까스로 모퉁이를 돌았다. 날카로운 끼익 소리가 들려왔다.

나는 손으로 귀를 막았다. 영화에서처럼 차가 뒤집혀 빙글빙글 돌고, 기름이 도로로 솟구치면서 차 안에 있던 사람들이 뒤엉키고 차 전체가 불길에 휩싸이는 것을 상상했다. 하지만 나는 단지 바퀴가 미끄러지는 소리만 들었을 뿐이지 충돌하는 소리는 듣지 못했다.

반대 방향에서 차 한 대가 다가오다가 불빛을 번쩍이면서 경적을 울려 댔다. 하마터면 나를 못 보고 지나갈 뻔했던 것 같다.

나는 씩 웃었다. 트림은 언젠가 저렇게 달리다가 차 안에서 죽게 될지도 모른다. 나는 트림이 고속 도로 위를 날아가듯 달리고 있고, 그레이스가 그 옆에 앉아 흰색 중앙 분리대에 매끄럽고 힘차게 바짝 붙어 가라고 말하는 장면을 상상했다.

하지만 그 쥐새끼 같은 캐버나 꼬마가 장난감 자동차를 갖고 놀던 게 떠올랐을 때 내 얼굴에서 웃음은 사라졌다. 캐버나 가족들은 언제나 자기네들의 긍지이자 기쁨인 그 녀석 편을 들었기 때문에 나는 그들을 좋아하지 않았다. 제인 에어에게 끔찍한 사촌들이 그랬듯이, 나는 그들이 동정을 베풀어야 할 대상이었다. 어쨌든 그 녀석은 온갖 종류의 자동차들을 죄다 갖고 있었고, 그것들을 가지고 부엌 식탁 위에서 경주를 벌이곤 했다. 언젠가 그 녀석이 초록색 차를 빨리 달리게 하다가 식탁 가장자리에서 바닥으로 떨어뜨렸던 적이 있었다. 그 녀석은 그 차를 발로 밟으면서 말했다.

"너는 이 속에 들어 있어, 홀리 호건. 이제 너는 죽었어."

무엇이든 자기 마음대로 되지 않을 때 그 녀석은 듣는 사람의 뇌를 관통할 것 같은 비명을 지르곤 했다. 내가 만약 그렇게 소리를 질렀으면, 엉덩이를 두들겨 맞았을 것이다. 하지만 녀석에게 그런 일은 결코 일어나지 않았다.

캐버나 가족과 함께 지낸 시간이 얼마나 길었는지 나는 모르겠다. 어느 날 아침에 일어났더니, 침대 옆 탁자 위에 세워 놓았던 엄마의 사진이 갈기갈기 찢어져 침대보 위에 흩어져 있었다. 나는 비명을 질렀다. 엄청난 소리였다. 그 쥐새끼 녀석이 지르는 소리보다 훨씬 더 컸다. 엄마의 맨발이 발목까지 모래로 덮여 있는 사진 조각이 눈에 띄었다. 그리고 바람에 펄럭이는 모자를 잡고 있는 엄마의 팔 반쪽도 보였다. 허리 부분은 길게 찢어져서 비키니의 반밖에 보이지 않았다. 얼굴은 너무 잘게 찢어져서 아무것도 알아볼 수 없었다. 입술도, 눈도, 아무것도. 나는 천장이 주저앉을 정도로 울부짖었다. 캐버나 부인이 방 안으로 들어와 나에게 고함을 쳤다. 나는 찢어진 사진을 손가락으로 가리키면서 그 꼬마 녀석이 나를 미워하기 때문에 그런 짓을 한 거라고 말했다. 그녀는 코웃음을 치면서, 자기 아들은 결코 그런 짓을 할 아이가 아니기 때문에 내가 사진을 찢은 것이 틀림없다고 말했다. 그 애가 그럴 리가 있겠느냐는 것이었다. 나는 침대 위에서 발을 굴렀다. 그러고 나서 침대 옆 탁자 위에 놓여 있던 전기스탠드를 창밖으로 던졌다. 그것으로 위탁은 끝났다.

정확하게 백 대의 승용차와 트럭이 지나갔으나, 아무도 태워 주지 않았다.

그레이스는 열 군데의 위탁 가정을 경험했고, 그래서 템플턴 하우스에서 그 애는 위탁 가정의 여왕이었다. 하지만 한 군데도 제대로 된 곳이 없었다. 트림은 한 번도 위탁이 된 적이 없었다. 제정신이 아닌 다음에야 그 애를 데려갈 리가 없었다. 나의 경우는, 피오나와 레이와 함께 살았던 것이 분명히 마지막이다.

'네 이름이 구름으로 씌어 있어, 홀리.'

나는 손끝으로 눈을 꾹 눌렀지만, 레이의 목소리는 사라지지 않았다.

나는 계속 엄지를 치켜들었다. 백 대 다음에 서른 대를 세었다. 사람을 무는 쇠파리들이 내 머리 주위를 날아다녔다. 손사래를 치면서 걸음을 빨리했지만, 쇠파리들은 계속 따라왔다. 사람을 돌게 만드는 것들이었다. 내가 펄쩍펄쩍 뛰면서 긁는 것을 누가 보았다면, 내가 완전히 미쳤다고 생각했을 것이다.

이러고 있으면 아무도 나를 태워 주지 않을 텐데.

버스 한 대가 지나가서 황급히 손을 내밀어 보았지만, 멈추지 않았다.

나는 153대의 승용차와 트럭을 세었고, 버스 한 대가 추가되었다. 그러니까 154대의 차들이 지나갔지만, 아무도 태워 주지 않았다.

'서둘러, 서둘러, 홀리 호건.'

그 노래가 머릿속을 스쳐 지나갔다.

'길이 네 발아래에서 사라지기 전에.'

이러다가는 결국 풀숲에서 자게 될지도 몰랐다.

34. 오토바이를 탄 소년

155번째 차는 전혀 달랐다. 바퀴가 네 개가 아니라 두 개뿐이었다. 오토바이였다. 그 오토바이는 매우 빠른 속도로 모퉁이를 돌면서 나타났으므로 나는 겨우 늦지 않게 엄지손가락을 치켜들 수 있었다. 기적이었다. 오토바이가 바로 내 앞에 섰다.

나는 하이힐을 신은 채 갈 수 있는 최대한 빠른 걸음으로 달려갔다. 마치 외계인 침입자에게 다가가는 기분이었다. 검은 스페이스 헬멧을 쓰고 검은 가죽 재킷을 입고 있어서 얼굴이 보이지 않았기 때문이다.

"안녕."

내가 소리쳤다.

대답이 없었다.

어쩌면 영어를 못하는 외계인일지도 몰랐다.

내가 점점 가까이 다가가자, 외계인이 '자기 머리를 떼어 냈다.'는 농담이고, 헬멧을 벗었다. 나는 그 속에 머리가 없기를 반쯤 기대했지만, 그냥 뺨이 울긋불긋한 소년의 얼굴이 나타났다. 여드름이 그렇게 심하게 났다면, 나도 헬멧을 쓰고 다닐 것이다, 영원히.

"태워 달라는 거야?"

그가 단조로운 말투로 물었다.

"응, 고마워."

"난 혼자서만 타는데."

그가 말했다.

"상관없어."

"어디로 가는데?"

"피시가드."

"피시가드라고? 꽤 먼데."

"배를 타야 해."

"거기까지 태워 줄 수는 없어."

"상관없어."

"나와 안두릴은 여기서 그냥 돌아다니고 있는 중인데."

그는 자기 오토바이를 경주마라도 되는 듯이 쓰다듬었다.

"안두릴?"

"내 오토바이의 이름이야. 안두릴이라는 이름을 들어 본 적 없어?"

"들어 본 적 없어."

그는 가만히 있었다. 나는 그가 그게 뭔지 물어보기를 바란다는 사실을 눈치
챘다.

"안두릴이 누구야?"

"안두릴이 뭐냐고 물어봐야 해."

"그렇군. 안두릴이 뭐야?"

"아라곤의 칼, 알아?"

나는 눈만 껌뻑거렸다.

"반지의 제왕에 나오는 아라곤, 알아?"

"오, 맞아. 오크니 요정이니 하는 것들."

"한번 부러졌던 검이 다시 살아났도다."

그가 읊어 댔다. 그리고 오토바이를 툭툭 두드리더니 다시 시동을 걸었다.
나는 미소를 지어야 했다.

"그래. 다시 살아났네."

"타고 갈래? 내가 란데일로까지 데려다 줄게."

그가 말했다.

"거기서 버스를 타면 될 거야."

"좋았어."

그는 보관함을 열더니 또 다른 헬멧을 꺼냈다.

"이걸 쓰는 게 좋을 거야. 법으로 정해져 있으니까."

그가 말했다.

"당연하지."

나는 가발 위에 헬멧을 썼다. 그리고 내 도마뱀 가방을 등에 바짝 끌어당겨 멘
다음, 다리를 양쪽으로 벌리고 오토바이 뒤에 올라탔다. 심장이 두근거렸다.

"내 허리를 잡는 게 편하면 그렇게 해도 돼."

그가 말했다.

어떤 타입인지 알 것 같았다. 그레이스가 '꽃미남도, 득점왕도 결코 될 수 없
는 애들'이라고 부르는 부류였다. 나는 팔을 그대로 늘어뜨리고 있었지만, 오토
바이가 출발하자 곧 비명을 지르면서 그의 재킷을 움켜잡았다.

출발하고 나서 처음에는 눈을 꼭 감고 있었기 때문에 뭐가 뭔지 알 수 없었다.
나는 그저 가죽 냄새를 맡으면서 차가운 바람을 느끼고 있었다.

그 오토바이를 타면서 나는 열 번쯤 죽을 뻔했다. 커브를 돌 때마다 바닥에 긁
히지 않기 위해 무릎을 들어야만 했다. 그는 내가 매달리는 게 좋았음이 틀림없

었다. 하지만 나는 매달리지 않았으면 죽었을 것이다. 어느 순간 나는 눈을 떴다. 나는 뺨을 그의 등에 밀착하고 울타리들이 순식간에 지나가는 것을 바라보았다. 나무들의 몸통에 흰색과 보라색 주름이 잡히고, 아스팔트는 은색 조각들로 흩어지며 빠르게 휙휙 지나갔다.

나는 등을 펴고 몸을 똑바로 세웠다.

'정신 차려, 얘. 이거 끝내주는데.'

초록색 잎사귀들이 머리 위에서 희미한 빛을 띠고 일렁였다. 시속 2백 킬로미터쯤으로 달리는 기분이었다.

"더 빨리 달려."

나는 소리쳤다.

그가 내 말을 들었는지 아닌지 알 수 없었으나, 우리는 언덕 위에 바람이 너무 많이 들어간 풍선처럼 떠 있는 선홍색 태양을 향해 총알처럼 돌진했다. 오토바이가 딸꾹질을 하듯이 튕겨 올랐다. 그때 막 트럭 하나가 날카로운 소리를 내면서 커브를 돌았고, 나는 우리가 죽었다고 생각했다. 내가 눈을 꼭 감고 등에 매달리자, 그가 웃음을 터뜨리는 게 느껴졌다.

마침내 우리는 시내로 들어섰다. 주택들, 보도, 표지판들이 나타났다. 오토바이가 속도를 줄였다. 신호등 앞에서 그가 갑자기 브레이크를 잡는 바람에 오토바이가 마치 발로 걷어차인 것처럼 덜컥거렸다. 신호등이 바뀌었다. 그러자 이번에는 무슨 임무라도 맡은 듯이 속도를 내면서 출발하는 바람에 나는 거의 뒤로 나자빠질 뻔했다.

그는 묘지 옆에서 갑자기 오토바이를 멈추었다. 내 생각에 그는 곧 그곳으로 다시 오게 될 것 같았다. 땅 위가 아니라 땅속으로.

나는 내렸다. 다리가 스파게티처럼 후들거렸다.

"이제 다 왔어. 란데일로야."

그가 말했다.

"그래. 고마워."

"즐거웠어?"

그가 물었다.

"오, 물론. 좋았어."

"우리가 너를 너무 지루하게 한 건 아니지?"

그가 안두릴을 쓰다듬으면서 말했다.

"아니야."

나는 헬멧의 가리개를 위로 올리고, 내 귀를 빼내려고 애썼다. 가발이 헬멧과 함께 벗겨질 것 같았다.

"도와줄까?"

그가 물었다.

"아냐, 나 혼자 할 수 있어. 고마워. 그런데 저 무덤 위에 있는 이상한 새가 뭘 하고 있는 거야?"

그가 주위를 둘러보는 동안 나는 재빨리 헬멧을 벗었다. 가발도 벗겨졌다. 그 래서 나는 얼른 가발을 다시 쓰고 매만졌다.

"무슨 새?"

그가 어리둥절해서 물었다.

"검은색이었는데. 독수리 같았어."

"독수리는 검은색이 아니야."

"그럼 까마귀일 거야."

"안 보이는데."

"날아가 버렸어."

나는 가발의 앞머리를 가다듬으며 말했다.

"신경 쓰지 마."

그가 나를 향해 돌아서서 가리개를 위로 올리고 빤히 바라보았다.

"머리가 막 헝클어졌어."

그가 말했다.

"나중에 빗을게."

"나는 그게 더 좋은데."

그가 말했다.

그는 가기 싫은 게 분명했다. 나는 그를 향해 내가 할 수 있는 한 가장 예쁘게 웃어 주었다.

"태워 줘서 고마워."

그는 헛기침을 했다.

"이름이 뭐야?"

"솔러스. 나는 이 세상에 단 하나밖에 없는 솔러스야."

내가 대답했다.

"멋진 이름이야."

그가 내 눈을 들여다보았다. 나는 어깨를 으쓱해 보였다. 그의 얼굴이 빨개졌다.

"그럼, 솔러스, 배를 꼭 타도록 행운을 빌게."

"오, 그래. 배를 타야지. 고마워."

"그대 잘 가시오, 솔러스."

그는 마치 내가 요정의 여왕이라도 되는 듯이 허리를 굽혀 정식으로 인사를 했다. 그러더니 헬멧 가리개를 내리고, 우주선용 장갑을 허공을 향해 들어 올렸다.

나는 노을 속에서 거울과 핸들이 선홍빛으로 빛나는 것을 지켜보았다. 다시 살아났으나 한순간에 또 부러질지도 모를 검과 함께 그는 쏜살같이 사라졌다. 나는 혀를 차면서 고개를 저었다.

"완전히 미쳤어."

나는 중얼거렸다. 그때 나는 그의 이름이 아니라 오토바이의 이름만 알고 있다는 사실을 깨달았다. 부끄러웠다. 여드름만 빼면, 그는 괜찮은 사람이었다. 그레이스라면 그의 피부 상태를 보고 얼굴을 찡그리겠지만, 그는 멋진 검은 눈을 가졌고, 가죽에서 나는 냄새도 좋았다. 만약 그가 키스해 달라고 했다면, 나는 못 이기는 척했을 것이다. 누가 알겠는가. 그는 내 머리카락이 마음에 들었을 것이고, 그래서 "그대 잘 가시오." 같은 말을 했을 거라는 생각에 웃음이 나왔다. 고속 도로에서 스크램블드에그처럼 으깨질 뻔했던 것도 포함해서.

35. 유령의 도시

그가 나를 남겨 두고 떠난 묘지를 둘러보았다. 키 큰 나무들이 서 있었고, 구름 사이로 뭔가 불길한 느낌의 빛이 비치고 있었다. 마치 폭풍이 오기 직전의 하늘빛 같았다. 바람이 거셌다.

'천둥이 또 치면 안 돼. 제발.'

6월이라 그런지 해가 지고 난 다음에도 낮이 오래 지속되었다. 하지만 검은 돔과 십자가 들이 늘어선 무덤에서는 까마귀가 죽은 사람들 위에서 까악까악 울어 대는 소리가 들려왔다. 나는 벤치에 가서 앉았다.

그때 내가 필에게서 훔쳐서 도마뱀 가방 속에 숨겨 둔 돈이 생각났다. 나는 필의 내면에 있는 신을 위해 그 돈을 교회에 기부하겠다고 맹세했었다. 나는 교회 건물 주위를 돌아다니면서 입구를 찾았고, 다가가서 손잡이를 돌려 보았지만 잠겨 있었다.

문을 앞뒤로 밀고 당겨 보았지만 움직이지 않았다.

문이 닫혀 있다는 걸 알게 되자 왠지 눈물이 고였다.

나는 벤치와 오래된 돌의 냄새와 정적이 떠올랐다. 만약 폭풍이 다시 온다면 실내로 들어가야 안전할 텐데, 어떻게 해야 할지 알 수 없었다.

비가 다시 흩뿌리기 시작했다.

나는 언제나 비를 좋아했지만, 지금은 달랐다. 솔러스는 햇빛처럼 화창한 여자였기에, 비에 젖을 수는 없었다.

나는 묘지 밖으로 나가 중심가를 따라 내려갔다. 멋진 식당들과 호텔들이 길게 늘어서 있었다. 어슬렁거리며 돌아다녔지만, 거리는 텅 비어 있었다. 그때 검정색과 흰색 얼룩무늬의 말쑥한 개가 나를 보고 앞발을 까딱거렸다. 개의 눈빛은 외로워 보였고, 털에는 빗방울이 매달려 있었다. 나는 손을 내밀었다. 개는 킁킁 냄새를 맡더니 내 손바닥을 핥았다. 그리고 나에게 매달리려고 했다. 털이 복슬복슬하고 모닥불 냄새가 나는 개였다. 나는 엄마가 아일랜드의 개들은 런던의 개와 어떻게 다른지 말해 주던 게 생각났다. 런던 개들은 목줄을 매고 고개를 든 채 매우 우아하게 빠른 걸음으로 걷는다. 반면에 아일랜드의 개들은 문간에서 낮잠을 자며, 목줄 매는 것을 죽어도 싫어하지만, 누군가 차를 타고 가면 빙글빙글 돌아가는 게 타이어가 아니라 네 마리 토끼라도 되는 양 짖어 대면서 쫓아간다.

"애, 개야."

나는 불렀다.

"가만 있어. 가만히 있으라고."

나는 개의 머리를 쓰다듬어 주고 턱을 긁어 주었다. 그러자 개는 발랑 누워서 자기 배를 보여 주었다. 그건 개가 상대방을 믿는다는 의미였다. 개에게 젖꼭지가 달려 있는 것을 보아 암놈인 것 같았다. 나는 개의 배를 문질러 주었다. 빗줄기가 더 굵어졌다.

"네 이름이 뭐니, 애야?"

나는 개에게 물었다.

"혹시 로자벨 아니야?"

개가 갑자기 들리지 않는 휘파람 소리라도 들은 것처럼 벌떡 일어났다. 그리고 고개를 곤추세우더니 달아나 버렸다. 나는 개의 뒷모습을 지켜보다가 한숨을 내쉬었다.

내 삶이라는 게 다 그렇지, 뭐.

가발이 점점 젖어 어쩔 수 없이 벗어야 했다. 주위에 아무도 없었으므로, 나는 가발을 가방 속에 잘 집어넣었다. 그리고 하이힐을 신은 채로 거리를 절뚝거리면서 걸었다.

가다 보니 문을 활짝 열어 놓은 식당 앞을 지나가게 되었다. 손님은 거의 없었고, 피곤해 보이는 노인 하나가 앉아 있었다. 그는 바에 구부정하게 앉은 채, 아무 말도 없이, 자신의 술잔을 멍하니 들여다보고 있었다. 그의 얼굴은 구겨진 종이처럼 주름살이 가득했다. 바텐더의 모습은 보이지 않았다. 나는 거의 안으로 들어갈 뻔했으나, 가발을 쓰지 않으면 내가 미성년자로 보인다는 게 생각났다. 아마도 결국에는 무덤 위에서 잠을 자게 될 것 같다고 나는 생각했다. 발이 아팠다. 비를 피할 수 있는 버스 정거장이 보여, 나는 안으로 들어가 운동화로 갈아 신었다. 운동화는 여전히 젖어 있었지만, 하이힐보다는 훨씬 편했다. 나는 주위를 둘러보았다. 그곳은 버스 운행 시간표라든가 벤치라든가 그런 게 갖춰져 있는 정거장이 아니었다. 유리창에 씹다 만 껌들이 다닥다닥 붙어 있는 그런 곳이었다.

어쩌면 버스라고는 전혀 서지 않는 그런 곳일지도 몰랐다.

어쩌면 비는 결코 멈추지 않을지도 몰랐다.

어쩌면 나는 막다른 길에 이르렀을지도 몰랐다.

어쩌면 나는 세상의 끝에 이르렀을지도 몰랐다.

나는 유리창에 몸을 기대고 서서 맞은편으로 들이치는 비를 멍하니 바라보고 있었다.

버스도, 차도, 사람도 보이지 않았다. 그저 까마귀들이 울고 있었고, 비가 부슬부슬 내렸고, 나무들 사이로 유령의 휘파람 같은 바람이 불고 있었다.

36. 도주 차량

    나는 버스 정거장의 한쪽 벽을 발로 찼다. 길 저쪽에서 커튼이 슬쩍 움직였다. 나는 그 창문을 향해 벽돌을 던지고 싶었다. 커튼 사이로 훔쳐보는 사람들은 가장 가학적인 꼰대들이기 때문이다. 나는 어른이 되어도 결코 커튼 사이로 훔쳐보는 사람은 되지 않을 것이라고 생각했다. 그렇게 되기 전에 자살해 버려야지.

    하지만 커튼이 움직였다는 것은 적어도 이곳 어딘가에 생명체가 있다는 것을 의미했다. 유령의 도시라는 마법이 풀렸다. 그때 상당히 젊지만, 반쯤은 꼰대처럼 보이는 여자가 비를 피해서 나를 향해 다가왔다. 그녀를 보니 반가웠다. 분명히 살아 있는 사람이었다. 보기 흉한 파란 원피스 위에 카디건을 걸친 모습은 좀 꼰대 같았으나, 마치 차가 절대로 다니지 않을 것이라는 듯, 도로 한가운데를 높은 구두를 신은 채 빨리 걸어오는 모습은 꼰대처럼 보이지 않았다. 손가락으로는 열쇠 뭉치를 흔들고 있었고, 가방은 어깨에 걸쳐 메고 있었다.

    "저기요."

    내가 소리쳤다.

    "이쪽으로 지나가는 버스가 있나요?"

나는 그녀가 나를 무시할 것이라고 예상했지만, 그녀는 걸음을 멈추고 내가 서 있는 곳을 건너다보았다.

"한 시간 전에 마지막 버스가 떠났어."

그녀는 아까 그 소년처럼 단조로운 목소리로 다급하게 말했다. 웨일스 사투리인 것 같았다. 아일랜드 말 같지는 않았지만, 조금 비슷했다.

"운이 없네."

그녀가 덧붙였다.

"오, 그렇군요."

"어디로 가니? 시간이 늦었는데."

그녀가 물었다.

"버스가 이렇게 빨리 끊길 줄은 몰랐어요. 엄마가 화를 낼 거예요."

내가 대답했다.

"어디로 가는데?"

나는 손가락으로 그녀가 달려온 방향을 가리켰다. 그리고 울고 싶은데 어떻게 해야 할지 모르는 아기처럼 얼굴을 찡그렸다. 알다시피, 내가 '정말' 울었던 건 아니었다. 나는 단지 차를 얻어 탈 수 있을지 알아보려 했다.

"나는 카마던까지 갈 건데, 도움이 될지 모르겠구나."

그녀가 말했다.

"카마던요?"

필과 함께 있었다면 몇 시간 전에 내가 도착했을 곳이었다.

"직장이 거기 있거든. 너에게 도움이 될까?"

"물론이죠. 우리도 거기 살아요. 엄마하고 저하고. 카마던에."

"어느 동네에?"

나는 눈을 깜박여 악어의 눈물을 없애 버렸다.

"중심가 근처인데요?"

나는 간신히 말했다.

"나는 병원에서 일해."

그녀가 자기 원피스를 가볍게 두드렸고, 나는 그녀가 간호사일 거라고 생각했다.

"버스 정거장에 내려 주마. 그렇지 않으면 집에 못 갈 것처럼 보이는구나. 하지만 서둘러. 내가 늦었거든."

"네, 고맙습니다."

나는 그녀의 뒤를 따라 종종걸음으로 차가 주차되어 있는 곳까지 갔다. 두 사람이 타면 부서질 것처럼 보이는 작은 차였다. 그녀가 조수석을 치우기 위해 놓여 있던 서류들과 스웨터를 뒤로 던진 다음 우리는 차에 올라탔다. 트럭과 비교하니 땅에 붙은 듯 낮게 느껴졌고, 오토바이와 비교하니 상자 안에 갇힌 것 같았다. 하지만 차 안에서는 신선한 꽃향기가 났다. 그녀의 향수 냄새였다. 엄마의 향수와 같은 것이었다. 마치 엄마와 차 안에 있는 것 같았다. 눈에 보이지 않을 뿐이지.

여자 간호사는 시동을 걸고 차를 출발시키면서 동시에 안전띠를 맸다.

"그런데 너는 란데일로에서 뭘 하고 있었던 거야?"

그녀가 물었다.

"놀러 왔었죠."

나는 대답했다. 그리고 덧붙였다.

"내 친구 홀리네 집에요. 오늘 생일이었어요."

"걔네 부모님이 너를 데려다 주실 수 있잖아? 이렇게 늦은 저녁 시간인데?"

"차가 고장 났거든요. 아니면 데려다 주셨겠죠."

"그러면 그 집에서 하루 머무르지 그랬어. 밤샘하면서 노는 거? 요즘 애들은 그렇게 하지 않나?"

"가끔 그러죠. 하지만 주말이 아니면 안 되죠."

나는 익숙한 것처럼 말했지만, 이제까지 나에게 집에 와서 자고 가라고 초대한 친구는 아무도 없었다. 나 또한 누구에게도 템플턴 하우스에 놀러 오라고 부를 수 없었던 것처럼. 어쩌면 카루나를 앨드리지 부부의 집에 오라고 초대할 수는 있었겠지만, 카루나는 첫째, 무례한 아이이고, 둘째, 제정신이 아니고, 셋째, 피오나가 그 애의 선홍색 손톱을 보고 기절할지도 몰랐다.

"그런데 너는 학교를 좋아하니?"

"괜찮아요."

"너는 웨일스 사람이 아니구나, 그렇지?"

"네. 우리 엄마는 아일랜드 사람이에요. 하지만 우리는 런던에 살았었죠."

"런던? 어느 동네? 난 런던에서 공부했어."

"해러즈 백화점 근처에서 살았어요. 아파트에서요. 엄마가 이따금 저를 데리고 백화점 구경을 가곤 했어요."

"좋았겠네. 간호사 월급으로는 구경할 여유도 안 되는데."

"물건값을 많이 깎아 주기도 해요. 세일 기간에는."

나는 도마뱀 가방을 툭툭 쳤다.

"거기에서 엄마가 이걸 사 줬어요. 다섯 장밖에 안 해요."

"다섯 장?"

"5파운드 말이에요. 아시겠지만, 런던 토박이들만 쓰는 말이죠."

그녀는 웃으면서 내 가방을 흘낏 보았다.

"멋진 가방인데. 잘 샀네. 그런데 내 이름은 시안이야. 시~안."

"시안요?"

그게 꼭 스코틀랜드 말로 동물의 배설물을 뜻하는 '션'처럼 들려서, 웃지 않기 위해 푸르고 완만한 언덕을 떠올렸다.

"예쁜 이름이네요."

"사람들이 모두 아일랜드 이름인 줄 알아. 하지만 웨일스 이름이지. 네 이름은 뭐니?"

"솔러스요."

"솔러스? 정말로 예쁜 이름이구나. 어디에서 따온 거니?"

시안이 물었다.

"엄마가 지어 준 이름이에요. 사실은 엄마에게 데니라는 어린 아들이 있었어요. 하지만 사고로 세상을 떠났죠. 다섯 살 때 트럭에 치었어요. 그러고 나서 곧 제가 태어났고, 엄마는 모든 것들이 무너졌을 때 저만 남았다고 말했지요."

시안은 한숨을 쉬었다.

"슬픈 이야기구나. 정말."

우리는 질퍽질퍽한 푸른 들판을 지나갔다. 먹구름은 한쪽 구석으로 몰려 있었고, 다른 한쪽으로는 짙은 파랑색의 벨벳 같은 하늘이 드러나 있었다. 시안이 가속 페달을 밟자, 차가 꼭 출발선을 뛰쳐나가는 경주마처럼 갑자기 튀어 나갔다. 그때 우리는 구식 카메라를 그려 놓은 표지판 하나를 지나쳤고, 시안이 갑자기 브레이크를 밟는 바람에 차가 덜컥거리면서 속도를 줄였다.

"우아!"

그녀가 소리쳤다.

"언제나 저기에 과속 단속 카메라가 있다는 걸 잊어버린단 말이야. 난 세상에서 가장 참을성 없는 간호사일 거야. 내가 약을 실은 카트를 밀면서 뛰다가 미끄러지는 걸 보고도 환자들이 심장 마비로 죽지 않는 게 다행이야."

나는 병원의 매끄럽고 하얀 바닥 위를 시안이 쌩하고 지나가다 사람들의 실내화를 밟고 미끄러지는 장면을 생각하면서 웃었다.

그다음에 우리는 또 다른 표지판을 지나쳤다.

카마던

웨일스에서 가장 오래된 도시

"비가 가장 심하게 쏟아진 때는 피한 것 같구나."

시안이 말했다.

그 도시는 하얀 집과 회색 지붕 들이 언덕을 뒤덮고 있었다. 한가운데에는 엄숙해 보이는 탑이 있었는데 그것은 스카이 하우스에서 보이던 탑을 생각나게 만들었다. 단지 창문이 은색이 아니라 우중충하고 어둡다는 것만 달랐다.

"여기에서 얼마나 살았니?"

그녀가 물었다.

"거의 일 년쯤 됐어요."

"너는 카마던이 좋아?"

그녀가 다시 물었다.

어슴푸레한 어둠 속에서나 그곳이 좋다는 어리석은 대답을 할 수 있을지 몰랐다. 주차장과 주택 단지 들, 그리고 마치 오크나 요정 들이 사는 판타지 세계에서 온 듯한 어두운 탑이 아래를 굽어보고 있는 것을 볼 수 있을 뿐이었다. 하지만 누군가 차를 태워 주면, 예의 바르게 굴어야 한다.

"환한 빛에서 보면 괜찮아요."

내가 말했다.

시안이 웃었다.

"나는 카마던을 그렇게 표현하는 건 처음 들었어. 네가 나에게 묻는다면, 카마던은 쓰레기 구덩이라고 대답할 거야. 빛이 어떻든 상관없이."

"우리 엄마도 그렇게 말해요. 의무적 축일보다도 더 나쁘다고."

"의무적 축일이 뭔데?"

"가톨릭에서 지키는 날이에요. 아일랜드식이죠. 그날 성당에 가지 않으면, 지옥에 가게 돼요."

"그건 좋지 않은데."

"그러게요. 엄마가 좋아하지 않는 모든 것에 대해 그렇게 말하죠. 승강기, 천
둥과 번개, 런던, 그리고 엄마의 옛날 남자 친구들."

"내 남자 친구가 다음번에 말썽을 부리면 나도 그렇게 말할 거야."

시안이 킬킬거렸고 나도 함께 웃었다. 그리고 우리는 갑자기 웃음을 그쳤다.
마치 꽃향기가 나는 향수를 뿌린 엄마가 뒷좌석에 앉아 있는 것 같았고, 솔러스,
시안, 그리고 브리짓 호건 여사 모두 하나의 도주 차량 안에 있는 것 같았다.

나는 시안과 함께 이 차를 타고 밤새도록 하루 종일 달려갈 수 있을 것 같았지만,
곧 우리는 버스 정거장에 도착했다.

"집에 가는 길 알지?"

내가 차에서 내리자 그녀가 큰 소리로 물었다.

"네, 시안. 고마워요."

시안은 미소를 짓더니 하품을 했다.

"일을 시작도 하기 전인데 피곤하네. 큰일 났어."

"밤에 내내 일해요?"

"응. 야간 근무의 급여가 낫거든."

"엄마도 그렇게 말했어요."

"오?"

"엄마도 밤에 일했거든요."

"간호사였어?"

"아뇨. 춤을 췄어요."

시안이 감탄하는 눈빛으로 바라보았다.

"정말?"

"지금은 은퇴했어요. 무대에서는요."

나는 도마뱀 가방 끈을 비틀었다.

"요즘은 정원에서 춤을 춰요. 잔디밭을 돌면서요. 빨랫줄 아래에서. 아무도

보지 않을 때만."

"발레, 아니면 현대 무용?"

"대부분은 현대 무용이죠. 이국적인."

"이국적인? 나이트클럽 같은 데서 추는?"

"맞아요. 하지만 고상한 나이트클럽에서만 일했어요. 대부분은 나이츠브리지에서요. 그래서 우리가 해러즈 백화점 근처에서 살았던 거고요. 퇴폐적인 게 아니었어요."

"멋있는데. 너도 춤을 추니?"

"아뇨."

"안타깝구나. 너는 무용하기에 적합한 체형인데."

"정말 그렇게 생각하세요?"

"응. 전형적인 무용수 같아. 하지만 지금은 집에 가는 게 가장 좋겠다, 솔러스. 너무 늦었어."

나는 작별 인사를 하고, 문을 닫고, 미소를 지었다.

'너는 무용하기에 적합한 체형이야.'

나는 날씬하고 매력적인 내 엉덩이를 의식했다. 그리고 그레이스가 나에게 몸무게를 4~5킬로그램 정도 빼라고 했던 것과, 자기와 달리 내 목이 너무 굵어서 누군가 잡아 늘여야 할 것 같다고 말했던 것을 떠올렸다. 물론 내 머리카락이 구제 불능이라고 한 것도.

시안은 손을 흔들며 떠났다. 그녀의 작은 차가 도로 위에서 덜컥거렸다. 나도 손을 흔들었다.

'잘 가요, 시안.'

그 말을 들은 것처럼, 그녀는 응답하듯 경적을 울렸다.

여기까지 오는 동안 가장 편하게 차를 타고 온 경우였다. 나는 차를 태워 달라고 부탁조차 하지 않았다. 간호사와 함께 차를 타고 오다니, 그보다 더 안전할

수 있었을까? 비록 약을 싣고 다니는 카트를 밀고 다니다가 환자에게 부딪치는
간호사라고 해도.

37. 카마던

시안의 차가 사라졌다. 나는 목과 다리가 긴 엄마가 초록색 정원에서, 빨랫줄에서 펄럭이는 셔츠를 파트너 삼아 춤을 추는 모습을 그려 보았다.

"길 좀 비켜요."

서둘러 지나가다가 나와 부딪친 어떤 사람이 말했다. 나는 내가 서 있는 곳을 둘러보았다. 쓰레기 구덩이라는 말이 옳았다. 나는 버스 정거장과 깨진 유리창들과 반쯤 죽은 사람처럼 보이는 사람들이 뒤섞여 있는 음울한 광장에 서 있었다. 나는 걷기 시작했으나, 머릿속에서는 엄마가 떠나려 하지 않았다. 엄마의 눈은 슬퍼 보였고, 엄마는 옷이 아니라, 호박 반지를 벗으려 하는 중이었다. 엄마는 손가락에 있는 반지를 계속 위로 올렸다가 아래로 내렸다 하다가, 결국 나에게 건네주었다.

나는 튀김에 카레를 얹어서 파는 곳을 발견했고, 그것을 사서 허겁지겁 먹어 치웠다. 내가 쓴 돈은 필의 돈이었다. 전부는 아니고 대부분. 나는 잔돈을 내가 입고 있는 운동복 웃옷 주머니에 넣었다. 기분이 나빴다. 필은 우리가 알고 있는 평범한 트럭 운전기사가 아니었다. 그는 채식주의자이자, 내면에 신이 살고 있는 사람이었다. 하지만 나는 배가 고파서 죽을 지경이었기에 달리 방법이 없었다.

나는 공중화장실의 더러운 수도꼭지에서 나오는 물을 마셨다. 그리고 하이힐로 갈아 신었다. 움직이기가 힘들었다. 나는 울퉁불퉁한 포석이 깔린 언덕을 비틀거리며 내려가다가 거의 나자빠질 뻔했다. 그래서 나는 주차장 근처 담벼락에 앉아서 다시 운동화로 바꿔 신었다. 그 하이힐은 진절머리가 났다. 어쩌면 내가 그것을 자선기금 상점에서 훔쳤기 때문에 나를 공격하는 것인지도 몰랐다. 나는 하이힐을 길옆 배수로에 던져 버렸다.

첫 번째 가로등에 불이 켜져서 나는 위를 올려다보았다. 그때 바로 맞은편에 경찰서가 있는 것을 발견했다.

'이제는 내 모습을 자세하게 설명한 경찰의 보고서가 도착해 있을 게 틀림없어.'

나는 반쯤 죽은 것 같은 사람들이 주위를 배회하고 있는 카마던의 어둠 속에서, 바람을 맞으며 담벼락에 앉아 있는 것보다 경찰서 안으로 들어가는 게 더 나을지도 모르겠다는 생각을 했다.

그러다가 유치장에 들어가기를 바라는 건 턱이 부서지기를 바라는 것과 같다는 것을 깨달았다.

아무도 보이지 않았다. 나는 다시 용감해지기 위해, 아무도 막을 수 없는 솔러스가 되기 위해 가발을 꺼내 썼다. 그리고 빗질을 잘하고 앞머리를 매만진 다음 내가 왔던 길을 걸어서 되돌아갔다.

공중전화 부스가 다시 눈에 띄었다. 나는 안으로 들어가 가방을 선반 위에 올려놓고 수화기를 들어서 귀에 갖다 대었다. 사람들이 지나가는 동안, 나는 친한 친구와 엄청나게 즐거운 통화를 하고 있는 척하면서 입을 열었다 닫았다 했다. 폭풍처럼 말을 하고 웃어 댔지만, 수화기 저쪽에는 아무도 없었다.

처음에 나는 미코와 그레이스에게 수다를 떨었고, 그다음에는 트림이었다. 그리고 카루나. 심지어는 초인종을 누르는 미친 맥스에게도 안부를 전했다. 그러고 나서 나는 피오나에게 짧게 인사를 할 생각을 했다.

"여보세요, 피."

'홀리? 너니? [깜짝 놀란 피오나.]'

"네. 잘 지냈어요? 오랫동안 못 봤죠."

'홀리! 너 어디에 있니? 우리는 지금 제정신이 아니란다.'

"몰라요. 그냥 여기저기 돌아다니고 있어요, 신나게 즐기면서 말이에요. 어떤 건지 아실 거예요."

'홀리, 집으로 돌아와라. 제발, 홀리. 우리는 너를 그리워하고 있어. 레이와 나 말이야. 보고 싶다, 보고 싶어…….'

그래, 내 꿈속에서나 그렇지. 나는 수화기를 노려보았다. 이미 피오나와 레이는 나를 포기했을 것이다. 레이는 북부 지역으로 직장을 옮겼을 것이고 이미 이삿짐을 쌌겠지. 나는 몸을 떨었다. 나는 전화 부스의 선반 위에 올려놓은 가방의 부드러운 모조 도마뱀 가죽을 만져 보았다. 그리고 투팅 브로드웨이에 있는 시장에서 피오나가 그 가방을 사 주던 때를 떠올렸다. 그건 내가 시안에게 말했던 것처럼 해러즈에서 산 것도 아니었고, 엄마가 사 준 것도 아니었다. 그건 피오나의 선물이었다. 그녀가 투팅 브로드웨이의 군중 속을 헤치고 다니면서 시장을 볼 때 나는 그 뒤를 따라가고 있었는데, 내가 가장 좋아하는 핸드백 코너 앞에서 걸음을 멈추었다. 나는 캥거루, 고양이, 심지어는 잔인한 뱀에 이르기까지 동물 형태의 가방은 무조건 좋아했고, 밝은색 꽃무늬와 밝은 연두색 가방을 보면 손이 근질근질했다. 피오나가 몸을 돌려 가방을 구경하는 나를 보았다. 그녀는 미소를 지었다. 그리고 나를 향해 걸어왔다. 그녀의 얼굴에 햇빛이 비쳤다. 그녀가 선글라스를 이마 위로 밀어 올렸다.

"홀리, 넌 언제나 여기서 걸음을 멈추더라. 한 번도 빼놓지 않고."

"네."

"저게 마음에 드니?"

"네."

연두색 가방에서 코코넛 껍질처럼 털이 부숭부숭한 가방으로 내 손이 움직여 갔다.

"엄마는 여자가 잘 차려입었는지 아닌지는 팔에 든 가방으로 알 수 있다고 말하곤 했어요."

내가 대답했다.

"정말?"

피오나는 자기 어깨에 멘, 그녀가 시장 볼 때마다 사용하는 낡은 검은색 배낭을 넘겨다보았다.

"그럼 난 아니구나."

그다음에 나는 가짜 호랑이 가죽으로 만든 가방을 만져 보았다.

"그게 더 좋니?"

피오나가 말했다.

그건 스카이 하우스에 있던 우리 소파처럼 보였고, 나는 거의 그렇다고 대답할 뻔했다. 그때 나는 데니가 항상 그 소파에 기대어 앉아 입으로 푸푸 소리를 내면서 자던 기억이 났다.

"아뇨. 난 저게 가장 맘에 들어요."

나는 위에 걸려 있는 도마뱀 무늬 가방을 가리켰다. 그것은 대롱대롱 매달린 채 빛을 받아 반짝이고 있었다. 아주 멋있었다. 은빛이 도는 초록색이었고, 뒤에는 끈과 세 개의 지퍼, 그리고 갈라진 혓바닥 같은 가죽 손잡이가 달려 있었다. 가죽은 진짜 도마뱀처럼 잔주름과 갈라진 금이 있었다.

피오나가 활짝 웃었다.

"강렬하네. 독특해."

그녀가 말했다.

그녀는 다가가서, 걸려 있던 가방을 내렸다. 가게의 여자 점원이 9파운드라고 말했지만, 우리는 8파운드까지 낼 수 있다고 했다.

그레이스가 보면 사족을 못 쓰리라는 것을 나는 알았다. 그 애는 모든 종류의 파충류를 좋아했고, 언젠가는 애완용 뱀을 키워서 자기 목에 감고 다니고 싶다는 꿈이 있었다. 나는 지갑을 열어서 나에게 돈이 얼마나 있는지 보려고 했으나, 피오나가 손을 들어 나를 말렸다.

"홀리."

그녀가 말했다.

"내가 사 줄게."

"하지만 내 생일은 아직 멀었어요."

"그럼 생일이 아닌 날의 선물이라고 하지, 뭐."

그녀는 돈을 건네주었고, 여점원은 나에게 가방을 주었다. 나는 가방을 받아서 어깨에 걸쳤으며, 내 지갑을 안전하게 가방 속에 넣었다. 그 가방은 마치 원래 있던 자리로 온 것처럼 잘 어울렸다.

"예쁘다. 눈에 확 띄네."

피오나가 말했다.

사람들로 꽉 찬 인도와 복잡한 거리가 마치 크리스마스처럼 느껴졌다. 나는 끈을 꽉 잡고 지퍼를 올렸다.

"고마워요, 피. 정말 고마워요."

피는 레이가 피오나를 부르는 애칭이었다. 나는 전에는 한번도 그렇게 불러 본 적이 없었지만, 그때는 저절로 그 이름이 나왔다.

피오나가 입술을 깨물면서 고개를 돌렸다. 그녀의 손이 내 팔 근처까지 왔다가 제자리로 돌아갔다. 그리고 그녀는 미소를 지었고, 다시 지나가는 사람들 속으로 걸어 들어갔다.

"홀, 쇼핑을 마저 하자."

나는 도마뱀 가방을 만지작거리면서 그녀의 뒤를 따랐다. 머릿속에서는 가방속 수납공간마다 무엇을 집어넣을지 궁리하고 있었다. 그러고 있느라 피오나가

홀이라고 부른 것에 대해 화를 내는 것도 잊었다. 나는 구름 속을 걷는 기분으로 투팅 브로드웨이를 걸었다.

내가 손에 들고 있는 수화기 저쪽에 피오나는 없었다. 나는 수화기를 세게 내려놓았다. 도마뱀 가방은 선반 위에 축 늘어진 채, 피곤한 모습으로 놓여 있었다. 지퍼가 조금 느슨해졌고, 비를 맞아서 광택도 조금 덜해졌다. 부스 밖 거리에는 가로등이 모두 켜졌다. 마치 시간이 점점 빨라지는 것처럼 사람들은 발걸음을 재촉하고 있었다. 피오나는 가고, 가 버리고, 사라졌다. 밖은 투팅이 아니라 웨일스에서 가장 오래된 도시, 카마던이었다.

38. 기차역 승강장

나는 하마터면 다시 경찰서 앞으로 돌아갈 뻔했다. 그 안으로 들어가 책상에 앉아 있는 경찰관에게 가서 내가 가출을 했고, 특별 지원이 필요한 혼란스러운 아이니까, 나를 얼른 데리고 가서 보육원으로 보내 달라고 말하려고 했다. 그러면 그곳에서 나를 어떻게 처리할 것인지 회의가 열릴 것이고 모두들 내가 다시는 가출하지 않겠다는 약속을 어겼으므로 트림처럼 28일 동안의 재활 교육을 받으라고 할 텐데, 그렇다면 차라리 죽는 게 낫다는 생각이 들었다.

"모두 너를 위한 일이야, 홀리."

미코를 제외한 모든 사람들이 그렇게 말했다. 언제나, 무슨 일이 있거나 미코는 내 편이었다. 그는 자기가 어렸을 때는 우리보다 훨씬 더 나빴고 거칠었다면서 허풍을 떨곤 했다. 한번은 경찰에게 잡혀서 주머니에 있는 것을 모두 꺼내야 했을 때, 그의 주머니 속에는 열두 개의 마로니에 열매가 들어 있었다. 위스키한 병을 몽땅 마시고 나서 돌아다니며 주운 것들이었다. 그는 5년 동안 술을 퍼마셨고 마침내 자기 간이 기능을 멈추어서 술을 끊게 되었다고 했다. 하지만 그는 여전히 금주 모임에 계속 나가서 다시는 술을 마시지 않겠다는 약속을 늘 해야만 한다고 했다.

아동보호치료시설에서 나오기 위해 나 또한 약속을 해야 했다. 다시는 가출하지 않겠다는 것, 다시는 길에서 매춘을 하지 않겠다는 것. 나는 정말로 간절하게 나가고 싶었기 때문에 수녀가 되겠다는 맹세라도 할 수 있을 정도였다. 나는 약속이 진심이라는 것을 보여 주기 위해 각서를 써야 했다. 그러자 그들은 나를 내보내 주었다. 그리고 이제, 내가 그 약속을 깼기 때문에 그들은 다시는 나를 믿지 않을 것이다. 나는 끝났다.

나는 사람들 속으로 걸어 들어가 식당들과 텅 빈 상점들 앞을 지나쳤다. 그리고 환하게 불이 켜진 얼굴 같은 시계 아래 섰다. 나는 가출하던 날 머큐셔 로드의 창문들을 부숴 버리고 싶었던 것처럼 그 시계를 부숴 버리고 싶었다. 나는 배수로에 버려진 병 하나를 발견했고 그것을 집어 들었다.

그 순간 시계의 시침과 분침이 11시 정각을 가리켰다. 시계가 윙 하는 소리를 내더니 종을 울리기 시작했다. 댕~댕. 빅 벤보다 더 큰 소리였고, 피오나와 레이의 집 벽난로 위에 있는 시계의 재수 없는 똑~딱 소리보다 컸다. 나는 병을 시계가 아니라 도로의 경계석에 내리쳐 깨 버리고 차도를 향해 파편들을 발로 차 버렸다.

'무엇 때문에 그렇게 화가 나는데, 홀리?'

미코의 목소리였다. 머릿속에서 너무 크게 들려서 나는 거의 펄쩍 뛰어오를 뻔했다.

'몰라요, 미코.'

나는 속으로 대답했다.

'이번에는 좀 달라요.'

'네가 나에게 묻는다면, 예전과 똑같은 이유라고 말할 거야. 계속 되풀이되는 거야, 홀리. 그게 그거인 빤한 이야기가…….'

나는 어두운 거리 주위를 빙빙 돌면서 계속 걸었다. 화가 가라앉으면서 두려움과 슬픔으로 변했다.

'캄캄해.'

'추워.'

'숨어 있을 곳을 찾아야 해.'

노숙자들은 골판지 상자로 몸을 감싸거나, 다리 아래에서 몸을 웅크리거나, 개처럼 담벼락에 소변을 본다. 그런 건 상상조차 하기 싫었다.

나는 좀 더 나은 장소가 있을지를 생각해 보았다. 머릿속에서 목록을 작성해 보았다.

'교회.'

'극장.'

'헛간.'

'커튼이 쳐져 있지 않고, 주인이 휴가를 떠난 것 같은 집들.'

교회는 내가 전에 시도해 보았던 것처럼 밤에는 문을 걸어 잠근다. 극장은 마지막 상영이 끝나면 사람들을 내보낼 것이고. 헛간은 괜찮지만 몰래 숨어들어 가야만 한다. 비어 있는 집들도 마찬가지. 나처럼 재수 없는 사람은 하필이면 집주인이 돌아오는 바로 그 순간에 숨어들어 가려고 하다가 잡힐 수도 있다.

그때 나는 길모퉁이를 돌면서 기차역 간판을 보았다.

'기차역. 바로 저거야!'

미코가 늘 하던 말에 의하면, 그는 빈털터리로 길에서 지낼 때 기차역에서 노숙을 했다고 한다. 침낭을 뒤집어쓰고 노숙자들과 미친 변태들 사이에 끼어 역 대합실에 있었는데, 밤새 기차가 출발하고 도착했고, 어떤 여자가 계속 멈추라고 소리쳤지만, 귀찮게 구는 사람은 아무도 없었다고 했다.

"나는 다음날 아침 남자 화장실에서 세수를 하고 머리를 빗었어, 홀리. 리츠 호텔에서 하룻밤을 지낸 것처럼 행세를 했지."

나는 미코가 흐릿한 거울을 보면서 면도를 하는 장면을 그려 보고, 미소를 지었다. 그는 최상류층 사람처럼 행동했을 것이다. 나는 표지판을 따라갔고, 역을 발견했다. 매표소는 문을 닫았고 주위에는 아무도 없었다. 그냥 승강장까지 걸어 들어갈 수 있었다. 나는 다음 목적지를 고민하는 여행자처럼 그곳에 서서 기차 시간표를 들여다보았다. 그러다가 나는 밤늦게 출발하는 기차를 발견했던 것이다. 시간표에는 다음과 같이 적혀 있었다.

카마던 00:47

피시가드 항 01:40

잠깐 동안 나는 그것이 한낮에 운행하는 기차인 줄 알았지만 다음 순간 자정에서 47분 지나서 출발하는 기차라는 사실을 깨달았다. 오직 토요일과 일요일에만 운행하는 기차가 틀림없다는 생각, 그리고 시간표가 예전 것이라서 그 시간에 진짜 기차는 오지 않을지도 모른다는 생각이 연달아 들었다. 왜냐하면 승강장에는 나 혼자 서 있었고, 표를 검사하는 역무원도 없었기 때문이다. 곧 그 기차가 어느 승강장으로 들어오는지 모른다는 데 생각이 미쳤다. 게다가 00시 47분까지는 시간이 많이 남아 있었다.

한편 마음속으로는, 정말로 나는 활기를 되찾고 있었다.

'그 기차가 네 운명이야.'

나는 중얼거렸다.

'피시가드는 네 생일 선물인 거야.'

나는 길을 건넜고, 전광판이 켜져 있는 게 보이는 다른 승강장으로 걸어갔다. 전광판에는 호박색 글씨로 다음 기차는 00:47에 떠나는 피시가드행이라고 씌어 있었다.

'말했잖아. 저게 바로 네 기차야.'

나는 차가운 벤치에 앉아서 입술을 덜덜 떨었다. 1시간 39분을 기다려야 했다.

이어폰을 꽂고 '폭풍주의보'의 노래를 들으며, 몸을 잔뜩 움츠렸다. 드류가 〈누군가는 밤늦도록 일하고 있어〉라는 노래를 부르는 것을 들으면서 발을 굴렀다. 전에는 그 노래에 사로잡힌 적이 없었지만, 지금은 달랐다. 세 번이나 연거푸 들었다. 그리고 레이가 강의 북쪽에 있는 그의 사무실에서 밤늦도록 일하는 장면을 떠올렸다. 그는 구부정한 자세로 스탠드가 켜진 책상에 앉아 있었고, 피오나는 집에서 짜증을 내며 기다리고 있었다. 나는 다음 트랙으로 넘어갔다.

추위가 뼛속까지 스며들었다. 나는 이어폰을 뺐다. 콧물이 질질 흘렀다. 나의 일부분은 벤치 위에 앉아 있었지만, 일부분은 내가 왔던 길로 되돌아가고 있었다. 나는 의자에서 떨어지지 않기 위해 줄곧 나를 꼬집어야만 했다. 어두운 선로를 내려다보면서 생각했다.

'나는 영~원히 여기에 있을 거야. 나는 영~원히 여기에 있을 거야. 영~원히.'

아래로 내려가서 사람들이 침목이라고 부르는 저 위에 누울 수도 있을 것이다.

'그리고 나는 침목 위에서 잠들 수도 있겠지. 침목 위에 미끄러져 잠들고 잠들고 잠들어서…….'

나는 깜짝 놀라서 나를 꼬집었다. 선로를 내려다보다가 거의 그 위로 떨어질 뻔했다. 기차가 들어와서 내 위로 지나갔으면, 아무것도 의식하지 못하는 사이에 나는 정말로 스크램블드에그가 될 수도 있었을 것이다. 그리고 다시는 어떤 일이 일어났는지 결코 알지 못했을 것이다.

나는 승강장에서 쉬지 않고 왔다 갔다 걸어 다녔다.

마침내 멀리서 우르릉거리는 소리가 들려왔다. 처음에 나는 천둥소리인 줄 알았다. 그런데 영화에서 본, 바퀴 근처에서 증기가 피어오르는 옛날 기차가 생각났다. 나는 귀를 기울였다. 소리가 더 이상 들리지 않았으므로 나는 잘못 들었다고 생각했다.

'아니야. 다시 소리가 들려.'

신호등이 붉은색에서 초록색으로 바뀌었다. 전기가 치직거리며 선로를 지나갔다. 나는 눈을 부릅뜨고 어둠 속을 들여다보았다. 그러자 마름모꼴의 불빛이 모퉁이를 돌아 점점 가까이 다가왔다.

멈추지 않을 것 같다고, 나는 생각했다.

객차가 휙 소리를 내면서 지나갔다. 일등칸인 듯 멋진 전등과 커튼이 있었고, 책을 읽고 있는 여자가 있었다. 기차는 멈추지 않을 것처럼 보였다. 그때 브레이크가 끼익하고 날카로운 소리를 냈다. 다른 객차가 지나갔고, 또 다른 객차가 지나갔다. 기차는 점점 느려졌고, 갑자기 덜컥 멈춰 서더니 부르르 진동했다.

맨 앞쪽 어디선가 문이 열리는 소리가 들렸으나 아무도 보이지 않았다. 나는 반대쪽 끝으로 가서, 그 기차가 나의 생일 선물로 그 자리에 멈춰 섰다는 듯이, 커다란 금속 문의 손잡이를 마주하고 섰다. 그리고 잡아당겼다. 그 육중한 문이 열렸다.

기차 안은 어둡고 눅눅했다. 따뜻한 공기가 주위를 감싸면서 나를 안으로 끌어당겼다. 나는 계단을 올라간 뒤 문을 닫았다. 몇 초 뒤에, 기차가 미끄러지며 움직였고 승강장은 멀리 사라졌다.

39. 꿈의 기차에서

나는 통로에 웅크리고 앉아서 생각에 잠겼다.

'만약 잡히면, 그뿐이야.'

예전에 내가 기차를 타고 달아났을 때, 난 겨우 이스트 크로이던까지 갔다가 자수했다. 기차에서 술에 취해 날뛰던 사람들에게 겁을 먹었기 때문이다. 술 취한 사람들이 기차 안의 통로를 비틀거리면서 돌아다니는 것은 사실이다. 하지만 지금 이 기차 안에는 아무도 없었다. 엔진이 돌아가는 소리와 바퀴가 덜컹거리는 소리, 그리고 바닥과 벽, 천장에 드리운 어둠뿐이었다. 어쩌면 내가 기차 안에 있는 단 하나의 사람일지도 몰랐다. 기관사조차 없을 수도 있었다. 지구의 표면을 질주하는 나와 꿈의 기차.

그때 야구 모자를 쓴 남자 하나가 다가왔다. 나는 얼어붙었다. 그가 아일랜드 사람이라는 것은 누구나 금세 알아차릴 수 있었다. 나는 오래전 아일랜드에서 살던 어린 시절에 거리에서 본 사람들, 다리 위를 어슬렁거리던 남자들, 유모차를 밀고 가던 여자들의 얼굴을 기억하고 있었다. 희미해졌으나 그 얼굴들은 야구 모자를 쓴 남자와 비슷했고, 낯익었다. 남자는 나에게 다가오면서 고개를 끄덕였다. 그의 눈이 붉게 충혈되어 있었다. 그렇지만 그는 술에 취한 게 아니라 나처럼 잠이 부족한 것뿐이었다. 그가 마법을 깨뜨렸다.

"들어가도 되나요?"

그가 물었다.

나는 그가 기차에 올라타는 것에 대해 물어본다고 생각했다.

"네?"

"화장실 말이에요."

그가 손가락으로 가리키는 곳을 바라보았다. 나는 '비어 있음'이라고 씌어 있는 화장실 문 옆에 서 있었다.

나는 미소를 지었다.

"네. 물론이죠."

나는 옆으로 비켜섰고 그는 안으로 들어갔다. 나는 그가 왔을 길을 되짚어 가다가 객차와 객차 사이를 연결하고 있는 흔들리는 공간을 뛰어넘었다. 문이 열려 있었고 나는 긴 객실 안에 있었다. 그다지 많지 않은 사람들이 흩어져 앉아 있었다. 소곤거리고 있는 두 사람. 코를 골고 있는 한 사람. 비어 있는 커피 컵들. 한 여자가 작은 남자아이를 감싸 안고 있었다. 여자의 겨드랑이에 머리를 기대고 있는 아이는, 이제 겨우 여섯 살쯤 된 것 같은데도, 내가 조금 전에 본 남자와 마찬가지로 아일랜드 사람처럼 보였다. 아이는 입을 벌린 채 자고 있었고, 코에는 주근깨가 나 있었다. 아이의 엄마는 책을 읽으면서 하품을 했다. 그리고 아이가 깨지 않도록 조심하면서 자리를 옮겼다. 그녀는 얼굴로 내려온 아이의 앞머리를 치워 주려고 입으로 훅 바람을 불었다. 그리고 마치 아이가 자기만의 소중한 보물이라는 듯, 미소를 지었다. 그녀는 내가 옆으로 지나가는 것을 알지 못했다. 그녀는 완전히 다른 세계에 있었다.

아무도 나를 볼 수 없으면 나는 존재하지 않는 것과 마찬가지였다.

트림은 어떻게 하면 즐거운 기차 여행을 쉽게 할 수 있는지 말해 주곤 했다. 기차 안에서 계속 돌아다니면서 표 검사하는 사람을 피한다. 만약 불안한 상황이 되면 화장실에 들어가서 문을 잠그면 된다. 트림은 남동생이 입양되어 있는 저 위의 뉴캐슬에서 그의 친아버지가 살고 있는 저 아래 그레이브젠드 Gravesend(grave무덤, send보내다)까지 기차를 타고 영국 전체를 돌아다닌 이야기를 해 주었다. 그레이브젠드는 이름보다 더 형편없는 곳이었다고 그는 덧붙였다. 어쨌든 트림은 한 푼도 내지 않았다. 우선 표 받는 곳에서는 엄마를 잃어버렸다고 말하면서 겁에 질린 것처럼 보여야 통과할 수 있다. 그다음에는 기차에 올라타서 표 검사하는 사람을 피해 다닌다. 기차에서 내릴 때는 엄마가 먼저 가 버렸다고 말하면서 표 받는 곳을 통과해야만 한다. 그리고 저 멀리 아이들과 함께 걸어가고 있는 여자를 손가락으로 가리키면 된다. 트림은 사람들이 언제나 그 말을 믿었다고 한다. 그렇지만 문제는, 자기가 비행기 안에서 태어났다는 허풍을 떠는 트림을 믿을 수 없다는 것이다.

나는 표 검사하는 사람이 나타날까 봐 초조해하면서 계속 걸었다. 다음 통로로 다가가다가, 나는 역무원처럼 보이는 사람을 언뜻 보았다. 나는 황급히 오던 길로 되돌아갔다. 누군가 창문을 열어 놓았는지 추웠다. 몸이 떨렸다. 그때 나는 화장실 문의 '비어 있음' 표시를 보았고, 안으로 들어가서 문을 걸었다.

나는 숨을 내쉬었다. 거울을 보았다. 립스틱을 바를 때를 제외하고는, 내 모습을 오랫동안 보지 못한 상태였다.

내가 뭘 봤는지 상상할 수 있겠는가?

내 모습은 버드나무도 울고 갈 만한 꼴이었다.

매력적인 여자는 사라졌다. 나는 뒷덜미를 잡혀 질질 끌려서 나무 울타리 속을 지나간 마약 중독자의 행색이었다. 뺨은 온통 얼룩덜룩하고 지저분했으며, 머리카락은 금발과 갈색 머리카락이 온통 뒤엉켜 까치집을 짓고 있었고, 옷깃에는 진흙이 묻어 있었다. 눈과 코는 붉게 충혈된 데다 근질근질했고, 입술을 심하게 물어뜯어서 피범벅이었다. 가방에서 빗을 꺼내는 내 손은 부들부들 떨렸다.

나는 가발을 벗었다. 우선 내 머리를 빗었고, 그다음에는 가발을 손에 씌우고 빗질을 했다. 세수를 했다. 칫솔을 꺼냈지만 치약이 없음을 깨달았다. 나는 옷깃에 묻은 진흙을 닦아 내려고 애썼지만 얼룩이 더 번져 버렸다. 그래서 나는 변기에 앉아 울음을 터뜨렸다. 눈물을 흘리는 바람에 눈의 상태가 더 나빠졌지만, 울음을 멈출 수 없었다.

보육원에서 내가 엄청나게 난동을 부렸을 때마다 늘 그랬던 것처럼 미코가 내 옆에 있었다.

'울고 싶은 만큼 다 울어, 홀리. 네가 울음을 멈추고 난 뒤에는 세상이 다른 곳이 되어 있을 테니까. 더 나은 곳으로 변해 있을 거야. 약속할 수 있어, 홀리.'

하지만 이번에는 미코의 말이 틀렸다. 내가 울음을 멈춘다고 해도, 아무것도 달라지지 않을 것이다. 화장실의 불빛은 여전히 구역질 나는 초록색일 것이고, 거울 속에 있는 여자애도 마찬가지로 구역질 나는 초록색일 것이다. 그 애는 나를 보고 있었고, 갑자기 나는 어린 홀리를 보았다. 스카이 하우스에 살면서 발목까지 흘러내린 양말을 신고 학교에서 금별을 받아 오던 꼬마를. 기차의 경적 소리가 울리면서 기차가 갑자기 방향을 틀었고, 나는 넘어지지 않으려고 세면대에 매달렸다.

'도와주세요.'

거울 속에 있는 여자애가 나에게 소리쳤다.

'도와주세요. 누구 없어요? 제발.'

나는 세면대를 잡고 있던 손을 들어 그 애를 만져 보았다. 그러자 마치 이번에는 진짜로, 우리가 함께 스카이 하우스로 끌려 들어가는 것 같았다.

페인트가 벗겨지고 있다. 벽에서 나쁜 냄새가 난다. 나는 목소리가 들려오는 복도로 살금살금 나가 본다. 엄마와 데니 아저씨가 또 말다툼을 하고 있다. 나는 엄마가 울부짖는 소리를 들을 수 있다.

"당신이 내가 딴 돈을 모두 써 버렸잖아, 뭘 더 원하는 거지?"

소리가 높아졌다가 다시 낮아진다. 마치 승강기 소리처럼. 하지만 이번에는 부엌에서 소리가 들려온다. 엄마가 달걀과 베이컨을 프라이팬에 넣고, 그것을 휘젓다가, 데니가 쓰레기 수거함에서 집어 온 등받이 없는 의자에 걸터앉는다. 엄마는 너무 피곤해서 서 있을 수도 없는 것처럼 보인다. 엄마는 한쪽 손에는 투명한 술잔을 들고, 다른 손에는 주걱을 들고 있다. 엄마는 검은색 실내용 가운에 살구색 속치마를 입고 있다. 엄마가 얼굴을 찡그린다.

"차라리 저녁으로 술을 마시겠어."

데니가 투덜거리면서 엄마의 팔을 툭 쳤다.

"저리 가."

엄마가 쏘아붙였다.

"이미 요리를 시작했고 노른자를 터뜨렸어."

"노른자가 터진 건 딱 질색인데, 브리짓."

데니 아저씨가 몸을 돌려 나를 바라보았다. 그는 하늘로 눈길을 향했다.

"너희 엄마는 코크 출신 가운데 최악의 요리사야. 그렇지 않니, H?"

그는 이제 나를 그렇게 부른다. 인형도 난쟁이도 아니고 그냥 H로. 그는 H를 아일랜드식으로 '하이치'라고 발음한다.

"가서 양치질해, 홀. 어서."

엄마가 말하고 있다. 엄마는 데니 아저씨에게 접시를 건네준다.

"꺼져 버려, 둘 다. 난 블라우스를 다림질해야 해."

'블라우스를 다림질해야 해. 블라우스를 다림질해야 해.'

기차가 속도를 높이고 엄마의 말은 바퀴와 함께 맴돌고 있었다. 그러자 데니 아저씨가 고함을 지른다. 돈. 나쁜 년. 거짓말쟁이. 나가. '찰싹' 하는 소리, 의자가 넘어지고. 나는 지금 스카이 하우스의 욕실 세면대 밑에 웅크리고 앉아 있다. 나는 공포에 질렸다. 커다란 목소리들이 이제 들리지 않는다. 전혀. 나는 치약을 쥐어짜지만 튜브는 이미 납작해져서 아무것도 나오지 않는다. 그래서 나는 치약을 엄마에게 보여 주기 위해 복도로 돌아간다. 엄마는 이제 거실에서 하이힐을 신은 채 비틀거리며, 내가 좋아하는 블라우스를 다림질하고 있다. 옷깃과 커프스에 노란색 자수가 놓여 있는 붉은 옷인데, 등에는 용이 그려져 있고 앞에는 작은 단추들이 가로로 쭉 달려 있다. 엄마는 여전히 고함을 지르고 있는 데니 아저씨를 무시한 채 다리미를 이리저리 움직이고 있다. 아저씨는 접시를 비스듬히 들고 서 있고, 그의 다리 사이로 의자가 넘어져 있으며, 달걀노른자가 접시 가장자리에서 흘러 떨어지고 있다.

"엄마."

두 사람은 몸을 돌려 나를 노려본다.

"치약이 다 떨어졌어요."

나는 튜브를 내민다.

"더 힘껏 짜 봐."

엄마가 말을 자른다. 그러더니 미친 여자처럼 웃음을 터뜨린다.

"오래된 거시기를 똑바로 펴 봐. 맨 아래부터 짜는 거야, 홀. 위로 천천히 올라가면서. 그럼 나올 거야."

엄마는 더 큰 소리로 웃고, 데니 아저씨는 마치 우리가 재밌는 공연이라도 하는 것처럼 '으허허' 폭소를 터뜨린다.

"이런, 브리짓."

아저씨가 씩씩거리면서 말한다.

"딸에게 그렇게 지저분한 이야기를 하는 걸 들으면, 사회 복지국에서 당신을 데려갈 거야."

두 사람은 비명을 지르면서 웃어 대고, 나는 영문을 몰라 한다.

"홀, 꺼져. 이제 침대로 가."

엄마가 핀잔을 준다.

엄마가 나에게 가라고 했으므로, 나는 그렇게 한다. 나는 비틀거리면서 기차 화장실 안에서 나와 통로로 돌아간다. 나는 열려 있는 창문 앞에서 차가운 공기를 들이마신다. 하지만 나는 여전히 스카이 하우스에서 나는 목소리를 들을 수 있다. 점점 더 커진다. 기차는 본선에서 갈라져 나왔다가 원을 그리며 다시 돌아가다가 반대편에서 섬광을 내뿜으며 달려오던 다른 기차와 충돌한다. 나는 죽었나? 아니, 그렇지 않다. 다른 기차의 불빛이 가깝게, 닿을 듯 말 듯 스쳐 지나간다. 우리는 술 취한 사람들처럼 휘청거렸고, 맞은 편 기차의 객실 안에는 엄마의 얼굴이 있었다. 나는 이제 있는 그대로 엄마의 얼굴을 볼 수 있다. 엄마는 내 어깨 너머로 엄마가 원하는 다른 무엇인가를 보고 있었다. 게다가 엄마 옆에는 데니 아저씨가 있었고, 그들은 손가락질하고 몸을 흔들며 배를 잡고 웃고 있었다. 그리고 달걀노른자는 접시에서 흘러내리고 있었고, 나는 가발을 움켜잡고 있었다. 그때 맞은편 기차의 마지막 칸이 쏜살같이 지나갔고, 마침내 완전히 사라져 버렸다.

40. 서둘러, 서둘러, 홀리 호건

  기차는 속도가 느려졌고, 스카이 하우스는 사라졌다. 통로를 통해 어디선가 역무원의 목소리가 들렸다.

  "표를 준비해 주세요."

  나는 다시 화장실로 뛰어 들어갔다. 거울을 보니 내 얼굴이 분필처럼 하얗게 질려 있었다. 나는 더운물을 조금 받아서 그것으로 거울 위를 문질렀다. 거울에 비친 내 얼굴이 뿌옇게 흐려졌고, 물방울이 거울 표면으로 흘러내렸다.

  "엄마?"

  나는 속삭였다.

  "엄마가 지나간 게 아니죠, 그렇죠?"

  기차가 갑자기 방향을 바꾸면서 속도를 줄였다.

  물방울 때문에 쭈글쭈글해진 내 얼굴이 수증기 속에서 나타났다. 열려 있는 창문에서 바람이 불어와 가발이 흐트러졌고, 그래서 나는 다시 가지런하게 만들었다. 그때 창백한 금발을 매만지는 내 손가락에서 호박 반지를 보았다.

  '틀렸어. 엄마의 얼굴. 엄마는 그렇게 생기지 않았어. 그 사람은 X야.'

나는 반지로 거울을 긁어 X를 그려 넣으려 했다. 하지만 잘 되지 않았다. 내가 무슨 짓을 해도 데니 아저씨와 엄마의 모습이 새겨진 기억을 저 멀리 잊혀진 것들이 속하는 곳으로 보낼 수 없었다. 나는 변기 위에 앉아서 반지를 주무르고 있었다.

'이걸 받아, 홀리. 안전하게 잘 간직해.'

내 심장이 진정이 되었고 나는 심호흡을 했다. 그건 엄마의 목소리였다. 다른 누구의 목소리도 아니었고, 흉내를 내는 것도 아니었다.

'안전하게. 안전하게.'

누군가 화장실 문을 흔들었지만 나는 개의치 않았다. 그러더니 기차가 멈추었다. 고요했다. 문이 열리는 소리가 나지 않았으므로 역이 아니라 중간에 아무 데서나 잠깐 정차했음을 알았다. 나는 호박 반지를 빼고 반지가 내 손가락에 남긴 자국을 들여다보았다.

'사람들이 네 반지를 빼앗으려고 손가락을 잘라 버릴 수도 있어.'

나는 반지를 다시 도마뱀 가방의 주머니 속에 안전하게 집어넣었다.

"자, 엄마."

나는 지퍼를 닫으면서 속삭였다.

"이제 다시 안전해졌어요."

스피커에서 목소리가 흘러나왔다.

"이 열차는 곧 피시가드 항에 도착합니다. 열차에서 내리실 때는 소지품을 모두 챙겼는지 확인해 주십시오."

신음을 내며 기차가 다시 움직이기 시작했다. 나는 도마뱀 가방을 챙긴 다음, 화장실 문을 열고 밖을 내다보았다. 사람들이 상자와 배낭 같은 것들을 발밑에 내려놓고 통로에 나와 서 있었다. 나는 여행용 가방 하나 너머에 빈자리를 발견하고 그곳에 도마뱀 가방을 내려놓았다. 기차가 속도를 높이더니 곧 속도를 줄였고, 마침내 덜컥거리면서 조용한 승강장에 멈췄다.

남자 하나가 창밖으로 팔을 내밀어 바깥쪽 손잡이를 열었다. 우리는 한 사람씩 천천히 밖으로 나갔다. 차가운 공기가 뺨에 와 닿았다. 내 머리 위 어디에선가 구슬픈 울음소리가 들려왔다. 잠자는 것을 잊은 갈매기들이었다.

바다의 냄새를 맡을 수는 있었지만, 바다의 소리를 들을 수는 없었다.

'피시가드구나. 이건 현실일까?'

나는 승강장을 천천히 걸어갔고 아무도 나를 막지 않았다. 경사로를 따라 걸어 내려갔다. 모퉁이를 돌았다. 통로를 걸어갔다. 나는 배를 타려는 사람들의 줄에 다가갔다. 우리들 모두는 배를 향하고 있었다. 배. 모든 발걸음이 우리를 배로 이끌었다. 곧, 나는 생각했다. 우리는 꿈속을 항해하게 될 것이다. 곧.

그때 나는 표를 확인하는 경비원과 맞닥뜨렸다. 나는 얼어붙었다.

'저 앞에서 아이들과 함께 가는 여자를 손가락으로 가리키는 거야.'

트림의 목소리가 말했다.

'그 여자의 일행이라고 말해.'

하지만 내 앞에는 여자가 없었다. 아까 기차 안에서 자고 있던 꼬마 남자애도 찾아볼 수 없었다. 게다가 나는 가발을 쓰고 있어서, 아이처럼 보이지도 않았다. 그런 속임수를 쓰기에는 너무 성숙해 보였다.

"표를 보여 주셔야죠?"

역무원이 말했다.

나는 무슨 말을 하는지 모르겠다는 듯이 그를 쳐다보았다.

"배표요. 어디 있죠?"

나를 바라보는 그를 멍하니 바라보면서, 나는 고민했다. 바로 그거야.

"배표 말이에요, 아가씨. 표를 보여 주셔야죠."

역무원이 나를 바보 취급하듯 말했다.

천천히 나는 어깨에 메고 있는 도마뱀 가방을 내리려고 했다. 어쩌면 나는 가방을 열어 주머니를 죄다 뒤지면서 표를 잃어버린 척할 수 있었을 것이다. 어쩌면……. 나는 손으로 어깨를 더듬었으나 익숙한 끈이 만져지지 않았다. 도마뱀 가방이 사라졌다. 내 발밑에도 없었다. 아무 데도 없었다.

"내 가방!"

나는 비명을 질렀다.

"가방이 없어요."

역무원은 전부터 자주 본 일이라는 듯이 한숨을 쉬었다.

"기차에 두고 내렸어요? 선반에 놔둔 거 아닌가요?"

"그런 거 같아요."

나는 몸을 떨었다.

"어서 가요. 기차가 떠나기 전에 빨리 서둘러요, 아가씨. 배가 출항하려고 하니까."

나는 얼이 빠진 채 고개를 끄덕였다. 그리고 돌아서서 역 승강장을 향해 달렸다.

'서둘러, 서둘러, 홀리 호건.'

나는 달렸고, 또 달렸다. 브로드웨이의 상점에 도마뱀 가방이 매달려 있는 것과 피오나가 웃고 있는 게 눈에 보였다.

'길이 사라지기 전에.'

나는 승강장에 도착했다. 기차는 잠들어 있는 용처럼 여전히 그곳에 서 있었다.

나는 객차들을 지나쳐 달렸다. 내가 타고 있던 객차가 어느 것이지? 나는 마지막 남은 객차를 알아봤다. 바로 저거야, 나는 생각했다. 저 객차의 통로에 도마뱀 가방을 두고 내렸어. 저거야…….

그때 객차의 불이 꺼졌다.

'네가 추락하는 것으로 끝나기 전에, 추락하는 것으로…….'

나는 어두운 기차로 돌아가고 싶지 않았으나, 그렇게 해야 한다는 것을 알았다. 나는 문을 열기 위해 앞으로 걸어 나갔다. 하지만 내가 문을 열기 직전에, 기차가 진저리를 치더니, 움직이기 시작했다. 그리고 역을 빠져나가 어둠 속으로 진입했다.

나는 도마뱀 가방과 모든 것들이 가 버리는 것을 지켜보았다. 내 아이팟, 분홍색 털 지갑, 배터리가 나가 버린 휴대 전화, 심 카드, 립스틱과 거울, 칫솔, 머리빗. 그리고 지퍼로 잠그는 특별한 앞주머니 속에 있는 엄마의 호박 반지. 나는 이제 확실히 제인 에어가 되었다. 내 가방이 객차와 함께 사라졌으니. 나는 모든 보물을 잃었다. 제인 에어처럼, 나에게는 아무것도, 그리고 아무도 없었다.

41. 항구

나는 오랫동안 승강장에 서 있었다. 머릿속에서는 미코가 흙먼지 이는 길에 대한 노래를 흥얼거리고 있었다.

'서둘러, 서둘러…….'

하지만 너무 늦었다.

어둠 속에서, 혼자, 가방을 잃어버린 채 서 있었다.

몇 분이 지났을까, 30분쯤 됐나. 알 수 없었다. 결국 나는 승강장을 빠져나와 경사로를 걸어 내려갔다. 역무원은 가고 없었다. 나는 커다란 배를 보았다. 갑판에 타이어가 붙어 있고 불이 환하게 켜진 배가 나를 두고 떠나고 있었다. 나는 차라리 얇고 어둡고 고요한 유령이 되어 내 운동화 속에 들어가고 싶었다. 나는 아무도 나를 보지 못하도록 벽에 붙어 움직였다. 하지만 이미 거리에는 인적이 끊겼다. 어둠 속에서 나는 어디로 가야할지 몰랐다. 나는 아무도 없는 검문소 앞을 지났다. 차도에도 차들이 없었다. 나는 도로변에 있는 작은 길을 따라 걷다가 바다를 마주 보고 있는 평평한 땅에 앉았다. 머리 위로, 반쪽 달이 얼굴을 내밀었다. 금세 하늘에서 떨어질 듯 온통 기울어져 있었다.

시간이 흘러갔다.

서서히 밝아지기 시작했다.

바다에는 파도가 없었다. 바다 빛깔이 되살아났다. 분홍, 초록, 빨강 그리고 주황색 축구공들이 물 위에 떠올랐다. 나는 데번으로 돌아가 미코와 함께 항구의 앞부분을 바라보고 있었다.

"저게 뭐예요, 미코?"

나는 물었다.

"물에 떠 있는 공 같이 생긴 것들이 뭐죠?"

"저것들은 부이야."

"보이요? 트림 같은 남자애들?"

"아니, 부이. 부표 같은 거야. 배를 붙들어서 묶기 위한 거지."

나는 얼굴을 찡그렸다.

"왜 바다로 떠내려가지 않죠?"

미코가 웃었다.

"저것들은 쇠사슬로 묶여 있어. 그리고 내 생각에는 닻에 연결되어 있을 거야."

"나랑 좀 비슷해요, 미코."

"그래. 너랑 좀 비슷하고, 나와도 좀 비슷하지. 아마도 우리 같은 사람들은 모두 저런 쇠사슬이 필요할 거야, 홀리."

"아뇨, 그렇지 않아요, 미코. 우리는 쇠사슬이 필요 없어요. 자유가 필요해요."

부이는 어둠 속의 잔잔한 물 위에 신기루처럼 떠 있었다. 그것들을 보니 오토바이를 타고 올 때 본, 웨일스의 언덕 위에 떠 있던 선홍색 태양이 생각났다. 그리고 그레이스가 부둣가를 무대 삼아 모델 같은 걸음걸이로 엉덩이를 흔들면서 나에게 걸어왔다. 나는 미소를 지었지만 그 모습은 사라졌다. 나는 무릎을 보면서 껴안았다. 무릎은 진짜였고 따뜻했기 때문이다. 나는 잠시 졸았다.

햇빛이 점점 밝아졌다. 초록색 절벽 위에 집이 몇 채 있었고, 차고들이 보였고 엔진 소리가 들렸다. 내 밑에 있는 땅바닥을 내려다보았다. 나는 어떤 모자이크 그림의 테두리에 앉아 있었고 거기에는 다음과 같은 제목이 붙어 있었다.

프랑스군의 피시가드 침공 1797

사람들과 배, 무기 들이 마구 뒤엉켜 있는 그림이었다. 나는 한 남자가 장대를 들고 다른 사람을 배 위에서 옮기고 있는 부분을 들여다보았다. 그러다가 나는 그가 다른 사람을 옮기려는 게 아니라 창으로 찌르고 있는 장면이라는 것을 깨달았다.

나는 일어섰다. 어지러웠다. 내 마음속에서는 창에서 흘러내리는 것이 피가 아니라 달걀 노른자였다.

'노른자가 터진 건 딱 질색인데, 브리짓.'

나는 방죽 위의 좁고 긴 길을 술 취한 사람처럼 비틀거리면서 걸었다.

'홀리 호건, 정신 차려!'

나는 손목을 세게 비틀어 꼬집었다.

나는 방죽 끝에 이르러 바다를 바라보았다. 아침이 환하게 밝았고, 반짝이는 바다 밑에서 해가 떠올랐다.

홀리, 계속 앞을 바라봐.

그때 나는 바다 쪽에서 검은 얼룩 하나를 발견했다. 가까이 다가가 보니, 그것은 배였다. 오랜 친구를 만난 것 같았다. 갈매기들이 배 주위를 돌고 있었다. 배가 정박해 있었다. 항구는 활기찼다. 새로운 차들이 도착해서, 승선을 기다리고 있었다. 차들은 모두 여섯 차선에 늘어서 있었다. 대부분은 승용차들이었고, 하나의 차선에만 트럭들이 줄을 서 있었다. 나는 한쪽 옆에 서서 지켜보았다.

'너 혼자 힘으로 아일랜드로 가는 거야.'

나는 자동차들 근처로 걸어갔다. 바닷새들이 바위와 해초 위를 뛰어다니고 있었다. 햇빛에 눈이 부셨다. 자동차의 라디오들이 우아한 고전 음악과 대중가요를 섞어서 틀어 주고 있었다. 몇몇 사람들은 차 밖으로 나와 부둣가 구경을 가거나, 음료수를 사거나, 수다를 떨거나, 어슬렁거렸다. 화장실로 가는 사람들도 있었고, 차 안에 앉아서 기다리는 사람들도 있었다.

안내판에는 배가 9시 정각에 출항한다고 씌어 있었다.

8시 15분이 되자 모든 차선은 꽉 찼다.

자동차의 문들이 열리고 닫혔다. 사람들이 끊임없이 오고 갔다.

그리고 그때 나는 계획을 짰다.

42. 선창

그래서 나는 이제 이 이야기의 출발점으로 돌아왔다.

내가 배에 탈 방법을 찾고 있음을 아무도 눈치채지 못하도록 하기 위해 나는 자동차들의 줄을 향해 재빨리 다가갔다. 이제 나는 붙잡히거나 말거나 상관하지 않았다. 나는 '미스 못된 저리 꺼져'가 되어 있었다. 그날 아침 나는 악에 받친 위험한 사람이었다. 제정신이 아닌, 나쁜 솔러스였다. 나에 비하면 트립 골칫덩이는 아무것도 아니었다.

솔러스가 귀에 대고 속삭였다.

'저지르는 거야, 홀. 너는 할 수 있어.'

내가 짙은 색 사륜구동 차를 보았을 때, 그리고 꼰대들이 수다를 떨면서 문을 활짝 열어 놓고 내리는 것을 보았을 때, 운명이 내 이름을 부르는 것 같았다. 나는 차 안으로 들어가 크리스마스에나 입을 것 같은 코트 아래 숨었다. 차 주인인 꼰대들이 돌아왔지만, 그들은 나를 발견하지 못했다. 그들은 '만일의 사태'에 대해 말다툼하느라 바빴다. 가발이 벗겨졌지만, 나의 행운은 지속되었고, 매표소 직원도 나를 보지 못했다. 그리고 차가 요란한 소리를 내면서 경사로를 올라갔고,

목소리들, 종소리들, 문 닫히는 소리들이 났다. 비록 나는 코트 아래 숨어 있었지만 낮게 드리워진 배관들과 뜨겁고 깊숙한 어디에선가 엔진이 돌아가는 것을 느낄 수 있었다.

하지만 주인이 내리면서 나를 안에 둔 채 차 문을 잠갔다. 모든 문들이 동시에 잠겼다. 쇠로 만든 손가락들이 내 목을 조르면서 숨을 못 쉬게 하는 것 같았다. 그리고 곧 배가 요동쳤고, 항해가 시작되었다. 어두운 악몽으로 들어서는 항해였다. 도로의 흰색 중앙 분리대가 사방으로 날아갔고, 길의 흙먼지가 내 눈으로 쏟아졌고, 여행은 저절로 계속되어 마침내 처음과 끝이 만났지만, 그 사이에서 미코가 경고했듯이 긴 도로가 무너져서 사라지고 있었다. 게다가 가발도 그 속으로 떨어져 버려 나는 예전의 평범한 홀리 호건이 되었고 그건 지옥의 구덩이였다.

꼼짝없이 갇혔다.

나는 유리창을 두드렸으나 아무도 오지 않았다.

'나를.'

'밖으로.'

'내보내 주세요.'

나는 다시 처음 붙잡혔을 때의 아동보호치료시설로 돌아갔다. 나는 문을 두드렸으나 아무도 오지 않았다.

"울고 싶은 만큼 울어라, 귀염둥이야. 문은 아침까지 열리지 않을 테니."

나는 침대에 있던 담요를 찢었고, 침대를 뒤집어 버린 채, 바닥에 누워 벽을 발로 찼다. 그리고 머리가 부서질 것처럼 소리를 질러 댔다. 그러자 내 머릿속에서 기억 서랍들이 열리기 시작했다. 몇 년 동안 내가 열리지 않도록 했던 것들이었다. 나는 다시 서랍들을 힘껏 닫아 버렸지만, 기억의 조각들이 계속 새어 나왔다. 여기서는 목소리들이, 저기서는 비명들이. 나는 겁이 나서 머리털을 잡아뜯었다.

'제발. 나를 밖으로 내보내 주세요.'

잠 든 괴물이 으르렁거리듯이 엔진이 요란한 소리를 냈다.

이제 나는 문 두드리는 것을 포기했다. 나는 창문에 뺨을 대고 축 늘어져서 희미한 조명을 바라보았다. 차 옆에 또 다른 차, 한 줄로 늘어선 범퍼들, 텅 빈 유리창들, 칙칙한 색들. 나는 등을 대고 누워서 천장에 있는 초록색과 크림색 얼룩들을 멍하니 바라보았다. 그러자 내 머릿속에서 커다란 빈 구멍이 열렸다. 어둠이 밀려들어 왔다.

'엄마. 어디로 갔어요, 엄마? 왜 나를 두고 갔어요?'

배가 요동을 쳤다. 모든 기억 서랍들이 열렸고, 안에 들어 있던 것들이 쏟아져 나왔다. 나는 손을 쓸 수 없었다. 나는 그것들을 보고 싶지 않았지만, 너무 늦었다. 나는 보아야만 했다. 그것들이 나타났다. 세 개의 작은 인형들, 엄마와 데니 아저씨, 그리고 어린 홀리 호건이었다. 우리는 스카이 하우스에 함께 갇혀 있었다. 바로 그 순간 속에 영원히, 호박 반지 속에 갇혀 있는 벌레처럼.

43. 스카이 하우스

"달콤한 꿈은 이것으로 만들어지지……."

그 여자의 목소리가 스테레오 스피커에서 흘러나오고 있다. 엄마는 웃으면서, 수놓인 붉은 블라우스를 다림질하고 있다. 데니 아저씨도 웃고 있고, 나는 왜 두 사람이 나를 놀리는 것인지 영문을 몰라 눈만 깜빡이고 있다.

"이런, 브리짓!"

데니 아저씨가 요들을 부른다.

"재밌어."

"서둘러, 홀."

엄마가 다리미를 휘두른다.

"얼굴을 녹여 버리기 전에. 어서 꺼져."

나는 살금살금 욕실로 가서 치약 튜브를 쥐어짠다. 나는 아랫니로 윗입술을 깨물고 기다린다. 밖은 조용하다.

그때.

"망할 놈의 돈을 달라니까, 브리짓. 내 놔!"

데니 아저씨가 고함을 지른다. 접시가 쨍그랑 소리를 낸다. 나이프와 포크도. 나는 나가고 싶지 않지만, 엄마에게는 내가 필요하다. 내 발길은 거실로 되돌아간다. 바닥에 접시가 엎어져 있다. 달걀노른자가 플라스틱처럼 굳어져 있다. 다리미판이 한쪽 구석에 뒤집어진 채 쇠로 된 다리가 허공을 찌르고 있다.

"누가 아니라고 할까?"

노래가 계속 흘러나오고 있다.

"돈을 몽땅 내 놔."

데니 아저씨가 악을 썼다.

"네가 어딘가에 돈을 숨겨 놓은 거 다 알아."

엄마와 내가 아일랜드로 돌아가기 위해 모아 놓은 돈 얘기다. 엄마는 이따금 돈을 아침 식사용 시리얼 통에 넣는다. 또는 찬장에 있는 냄비 속에. 또는 긴 가죽 부츠 속에.

"하나도 없어."

엄마가 쏘아붙인다.

"한 푼도."

"거짓말쟁이."

데니 아저씨가 엄마를 벽에 밀어붙이고, 어깨를 꽉 누르고 있다.

"엄마를 놔줘요,"

내가 소리친다.

엄마는 몸을 비틀며 밀쳐 내려 애쓴다. 엄마가 손에 들고 있던 뜨거운 다리미를 아저씨의 팔에 댄다. 아저씨가 울부짖는다.

"네가 거짓말쟁이야."

엄마가 소리를 지른다.

"도둑놈!"

"나쁜 년!"

아저씨가 엄마의 팔목을 비틀어 다리미를 빼앗고 엄마의 뺨을 때린다.

"네 얼굴을 녹여 주마."

아저씨가 말한다. 아저씨는 다리미를 엄마의 뺨에 점점 가까이 갖다 댄다.

두 사람은 움직임을 멈춘다.

"모두들 무엇인가를 찾아 헤매지."

"제발, 데니. 그만둬."

엄마가 속삭인다.

"녹여 버릴 거야, 브리짓."

아저씨가 씩씩거린다.

"네 얼굴을 깨진 달걀노른자로 만들어 버릴 거야. 그럴 거야."

"데니, 제발."

"부츠 속에 있어요, 아저씨!"

내가 비명을 지른다.

하지만 나는 거기 없다. 아저씨의 눈과 엄마의 눈이 마주 보고 있고, 엄마는 점토 인형처럼 아저씨의 엉덩이 밑에 깔려 있다.

"돈은 엄마의 부츠 속에 있어요."

내가 고함을 지른다.

천천히, 마치 입맞춤을 하듯이, 아저씨가 다리미를 엄마의 머리카락 위에 내려놓자, 머리카락이 치직거리며 타들어 간다, 아주 조금.

"꼴좋군."

아저씨는 말하면서 뒤로 물러난다.

"달콤한 꿈은 이것으로 만들어지지, 달콤한 꿈은 이것으로 만들어지지……."

"농담이었어, 브리짓."

엄마는 입을 벌린 채 머리를 묶고 있다. 그리고 데니 아저씨는 엄마에게 다리미를 건네주고, 나를 밀어 버리고 침실로 들어간다. 부츠는 벽으로 내던져진다.

그러더니 아저씨는 거실로 돌아온다. 아저씨의 얼굴은 야위고 공허하며, 둘레에 곱슬곱슬한 털이 있는 박물관의 그 가면 같다. 아저씨는 손을 흔든다.

"안녕, 모두들."

아저씨는 뒤도 돌아보지 않고 가 버린다.

현관문이 닫힌다.

"데니."

엄마는 흐느낀다.

"돌아와, 데니, 돌아와."

하지만 아저씨는 가 버렸고, 나는 기쁘다. 아저씨는 계단으로 간 게 틀림없다. 왜냐하면 승강기 돌아가는 소리가 들리지 않으니까.

데니 인형이 장식장 끝에서 떨어지고 있다. 하나가 떨어져 나가고, 둘이 남았다. 엄마와 나.

"엄마?"

나는 부른다. 음악은 여전히 흘러나오고 있다. 엄마는 무릎을 꿇은 채 넘어져 있는 다리미판 옆에 웅크리고, 병든 동물처럼 신음하고 있다. 엄마의 실내용 가운이 양탄자 위에 온통 펼쳐져 있다.

나는 엄마에게 다가가 머리카락을 만져 본다.

"엄마?"

"데니……."

엄마는 신음하고 있다.

엄마가 고개를 들어 나를 본다. 엄마의 눈꼬리가 치켜 올라간다.

"너. 이건 네 잘못이야, 홀."

엄마는 내 잠옷 소매를 잡고 엄마 얼굴 가까이로 홱 끌어당긴다. 나를 잡고 흔든다.

"왜 돈이 있는 곳을 말했어? 요 원숭이야. 그건 내 돈이라고, 내 거야."

이제 나를 벽에 밀어붙인다. 그리고 증기가 나오는 작은 구멍들이 달린 은색 판이 나를 향해 다가온다. 엄마의 붉은 손과 뼈가 앙상한 손목이 그것을 들고 있다. 나는 엄마를 발로 차고 달아나지만 엄마는 재빨리 나를 붙잡아 팔로 목을 감는다. 나는 엄마의 팔을 물고, 엄마는 욕설을 퍼부으며 내 머리에 다리미를 갖다 댄다. 머리카락이 타는 냄새는 폭죽이 터지고 난 뒤 나는 냄새 같다. 내 머리는 폭발하고 있고, 뜨거운 쇠가 내 귀에 느껴진다. 나는 발로 차고 고함을 지른다. 다리미가 내 발 위로 쾅 하고 떨어진다. 나는 비명을 지른다.

"쉿, 조용히 해, 홀."

엄마는 내 얼굴 여기저기를 때린다.

"이웃들이 몰려오겠어."

그래서 내 얼굴은 구겨지고 내 어깨는 오르락내리락하지만 소리는 나지 않는다.

나와 엄마. 그 순간에 정지한다.

엄마가 부들부들 떨면서 뒤로 물러난다.

"홀."

엄마는 속삭인다.

"다쳤니, 홀?"

이제 엄마는 나를 소파로 데려간 뒤 엄마는 내 머리맡 근처 바닥에 웅크리고 앉는다. 붉은 블라우스를 돌돌 말아 베개처럼 받쳐 준다. 엄마는 이제 다시 나의 엄마처럼 되었다. 엄마는 꿈을 꾸는 것 같다. 초점을 잃은 눈동자가 허공을 두리번거린다.

"괜찮니, 홀?"

"네, 엄마."

"많이 아프니?"

"아뇨, 엄마."

"난 이제 나가야 해, 홀."

"그래요, 엄마."

엄마는 아기처럼 침실로 기어간다. 문을 닫는다. 의자가 넘어지고, 유리잔이 깨지는 소리가 들린다. 서랍을 잡아당겨 여는 소리도 들린다. 그러더니 엄마가 밖으로 나온다. 가장 좋은 옷인, 깃에 회색 털이 달린 하얀 코트를 입었다. 엄마는 술 장식이 달린 하얀 핸드백을 어깨에 메고 있다.

"서둘러야 해, 홀."

엄마는 태엽을 감는 장난감처럼 떨고 있다.

"너는 거기 소파에 누워 있어. 나는 데니를 찾아서 돈을 가져올게. 그 돈은 우리 거야, 홀. 우리가 아일랜드로 돌아가기 위한 돈이라고."

"엄마, 언제 올 거예요?"

"곧 올 거야, 홀. 고~온."

엄마는 끼고 있던 호박 반지를 잡아당긴다.

"이걸 받아, 홀. 안전하게 잘 간직해. 사람들이 네 반지를 빼앗으려고 손가락을 잘라 버릴 수도 있어."

엄마는 반지를 빼서 내 손바닥 위에 올려놓고 꽉 누른다.

"안전하게 잘 간직해."

엄마의 말은 투명한 술잔 속에 있던 얼음 조각들처럼 달그락거린다.

엄마의 구두 굽 소리가 또각또각 멀리 울려 퍼진다. 엄마는 배의 통로 위에 서 있는 것처럼 비틀거리면서 걸어간다.

"안녕, 엄마."

현관이 꽝 닫히고 음악이 끝난다. 나는 승강기가 삐걱거리며 올라오는 소리를 듣고 있다. 정적. 그리고 엄마를 태우고, 승강기가 내려간다. 이제 멀리서 런던이 웅웅거리는 소리만 들린다.

"엄마."

나는 부른다.

"엄마?"

하지만 나는 나지막하게 속삭인다.

'쉿, 조용히.'

왜냐하면 우리는 이웃들과 말하고 싶지 않기 때문이다. 엄마는 곧 돌아올 것이다. 엄마는 일부러 나를 다치게 한 것은 아니었다. 나는 호박 반지를 쓰다듬고 있다. 내 머리는 망치로 때리는 것처럼 아프다. 내 발은 엔진이 돌아가는 것처럼 뜨겁고 심하게 욱신거린다.

44. 다시 선창에서

엄마의 구두 굽이 내 머릿속에서 또각거리면서 멀어지고 멀어져서 사라졌다. 나는 주먹으로 내 눈을 눌렀다. 나의 뇌가 흑판이라도 되는 것처럼 북북 문질러서 내 기억을 지워 버리려고 노력했다.

왼쪽 발이 핀과 바늘로 찌르는 것처럼 욱신거렸다.

배의 엔진이 연소하면서 나는 냄새가 머리카락 타는 냄새 같았다.

하지만 기억 속의 나, 홀로 남은 작은 인형은 사라지려 하지 않았다.

'네 잘못이야, 홀. 요 원숭이야. 썩 꺼져.'

그 애는 호랑이 가죽 소파에 누운 채 붉은 블라우스를 머리에 받치고 있었다.

그리고 엄마는 내가 아니라 엄마가 더 간절히 원하는 다른 것을 보고 있었다.

모든 기억들이 동시에 살아날 수는 없다. 그러면 머리가 터져 버릴 것이다. 그래서 사람들은 기억을 머리 깊숙한 곳에 있는 서랍 속에 집어넣고 닫아 버리는 것이다. 데니 아저씨와 엄마는 그날 스카이 하우스에서 사라진 뒤 몇 년 동안 자취를 감추었다. 그리고 나는 그 기억들을 어떻게 짜 맞춰야 하는지 잊었다. 그것이 모두 데니 아저씨의 잘못이고 엄마는 아저씨를 피해 아일랜드로 달아나야 했고, 엄마가 그곳에서 나를 기다리고 있으니까 가서 만나야 한다고, 나 자신을 속이고 있었다.

그건 꿈이었음을, 이제 나는 알게 되었다. 진실은, 엄마가 내 머리카락을 태웠고, 데니 아저씨를 잡기 위해 떠났던 것이다. 아저씨를 피해 달아난 게 아니었다. 엄마는 아저씨가 아니라 나에게서 달아난 것이었다.

이제 희미한 빛 속에서 정말로 무슨 일이 일어났는지 나는 알게 되었다.

돈을 갖고 떠난 건 데니 아저씨였다.

다리미를 갖고 있었던 건 엄마였다.

그리고 나는 남겨졌다.

배는 항해를 계속하고 있었다. 내가 있는 곳은 어두웠고 이리저리 흔들렸다. 그리고 나는 내 여행의 출발점을 발견하게 되었다. 시작은 템플턴 하우스를 떠난 것도 가발을 발견한 것도 아니었다. 스카이 하우스의 꾸며진 기억이 아니라 그곳에서 일어난 진짜 사건이 시작이었다. 절대로 돌아가고 싶지 않은 곳. 나는 꼰대들의 차에 누워서 바닥에 떨어진 가발을 보았다. 그것을 주워 올려서 내 주먹에 씌웠다. 나는 머리빗을 잃어버렸으므로 그 대신 손가락으로 머리카락을 빗고 가다듬었다.

"솔러스,"

나는 속삭였다.

"너는 어디로 갔니, 솔러스? 왜 나를 떠났니?"

그리고 나는 가발을 썼다.

아무 일도 일어나지 않았다. 솔러스는 마법의 연기처럼 나에게 몰려오지 않았다. 그녀는 웃지 않았고, 광대처럼 행동하지도 않았으며, 담배 연기로 고리를 만들어 세상의 꼰대들에게 뿜어 대지도 않았다. 그녀의 날씬하고 화끈한 엉덩이를 자랑하지도 않았다. 그녀는 조용히 슬퍼하며 내 안에 앉아 있었다. 그녀는 나였고, 우리가 함께 한 모든 일들이 나였다. 모두 나였다. 나이트클럽에 가고, 차를 얻어 타고, 말대꾸를 하고, 전화를 걸고, 걸어 다니고, 꿈을 꾸고, 웃고, 울었던 것. 나 스스로 한 것이었다. 홀로.

그때 조용한 차 안에서 나 자신의 목소리가 크게 터져 나왔다.

"오, 홀리."

시간이 흘렀다.

배가 전보다 더 거칠게 요동을 쳤다. 내 배 속이 뒤집어지는 것 같았다. 나는 옆에 있는 것을 움켜잡고 매달렸다. 그리고 조금 전까지 알지 못했던 중요한 사실을 깨달았다.

'네 옆에 있는 건 어린이용 좌석이야. 어린이용 좌석이라고, 홀. 기억나? 어린이용 좌석은 어린이나 마찬가지야.'

그리고 머리가 희끗희끗한 꼰대들이 손자들에 대해 이야기를 나누던 걸 기억해 냈다.

그 순간 나는 미니밴을 타고 데번으로 갈 때, 미코가 꼬마들은 뒷좌석에 앉으라고 했던 기억이 떠올랐다. 왜냐하면 뒷문에는 어린이 보호용 잠금장치가 있고, 앞문에는 없기 때문이었다. 어린이 보호용 잠금장치는 아이들이 떨어지지 않게 하기 위해 있는 것이다. 그래서 문이 밖에서뿐만 아니라 안에서도 절대로 열리지 않는다.

앞문을 열어 보면 열릴지도 모른다고 나는 생각했다. 어쩌면.

나는 실망하게 될까 봐 무서워서 움직이지 않았다.

'해 봐, 홀. 시도해 보는 거야.'

나는 좌석을 넘어서 앞으로 슬슬 움직였다. 그리고 몸을 비틀어 핸드 브레이크를 피하면서 꼰대 씨의 좌석에 앉았다. 입술을 깨물었다. 그리고 손잡이를 눌렀다. 나는 숨을 쉴 수 없었고, 내 심장은 두근거리고 있었다……

45. 킬로글린의 별

……그리고 마법처럼 찰칵하고 문이 열렸다.

나는 비틀거리면서 밖으로 나왔다. 몸이 뻣뻣하고 따갑고 구역질이 났다. 나는 심호흡을 했다. 차 문을 닫았다. 다시 문을 잠글 수는 없었다. 꼰대 씨와 꼰대 여사는 아마도 자기네가 문을 잠그는 것을 잊었다고 생각할 것이고, 그럼 된 거다. 나는 선창의 기름과 금속 냄새를 맡으며, 누군가 나를 볼까 봐 두려워하면서 자동차들 사이를 살금살금 걸었다. 그곳 전체에 사람이 없었다. 마치 이동식 다층 주차장 같았다 .

나는 '상층 갑판'이라고 씌어 있는 문을 발견했다. 문을 열고, 마치 정강이를 부딪치기 위해 만들어 놓은 것 같이 보이는 사다리를 조금 올라갔다. 맞은편에는 계단이 있었다. 나는 위로 올라갔다.

그리고 나서 나는 휴게실을 통과해서 슬롯머신(도박에 쓰는 상자 모양의 기계)을 지나쳐 걸어갔다. 사람들이 하는 이야기들이 모두 귓가에서 웅웅거렸다. 둥근 창으로 햇빛이 들어오고 있었지만, 유리가 두꺼워서 밖이 잘 보이지 않았다. 사람들은 의자에 앉아서 자거나 플라스틱 컵에 담겨 있는 음료수를 마시고 있었다.

나는 한쪽 구석에서 꼰대 씨와 꼰대 여사를 알아보았다. 꼰대 여사는 얼굴을 찡그린 채 잡지를 읽고 있었다.

"잠깐 이것 좀 들어 봐. 정말 충격적이야."

꼰대 여사가 말했지만, 나는 기다리지 않고 지나쳤다. 나는 다시 사다리를 올라가서 통로로 내려와 둥근 창들을 지나갔다. 한 남자가 마치 배가 폭풍을 만난 것처럼 휘청거리면서 내 옆을 지나쳤지만, 폭풍이 아니었다. 그는 취해 있었다. 완전히. 그의 뺨은 붉게 물들어 있었고 눈빛은 흐릿했다. 나는 그 남자의 내면에 텅 빈 구멍이 있음을 알아차렸다. 내가 그랬던 것처럼. 그리고 아마도 엄마와 데니 아저씨의 내면에도 그런 것이 있었을 것이다.

나는 한 줄로 늘어서 있는 또 다른 슬롯머신들 앞을 지나갔다. 오직 어린 소년 하나가 앉아 있을 뿐, 게임을 하는 사람이 아무도 없었다. 나는 걸음을 멈추고 그 애를 지켜보았다. 그 애는 겨우 손잡이를 당길 수 있을 정도의 키였다. 돈이 나오지 않자, 그 애는 기계를 발로 찼다. 화가 잔뜩 난 얼굴이었다.

"애, 기운 내라. 이거 가져."

나는 필의 돈이 내 운동복 웃옷 주머니에 남아 있다는 데 생각이 미쳤다. 그래서 동전들을 꺼내서 그 애에게 건네주었다. 그 애는 내가 변태라도 되는 듯 눈을 가늘게 뜨고 쳐다보았다.

나는 미소를 지었다.

"괜찮아. 가져. 난 필요 없어."

그 애를 보니 보육원에 있던 꼬마들이 떠올랐다. 그 꼬마들은 자기가 내던질 수 있을 만한 사람도 절대 믿지 않는다. 그 애가 천천히 손을 내밀더니 동전을 받았다. 그리고 말을 했다. 내가 한 번도 들어 본 적이 없는 심한 사투리를 썼다.

"저거. 아주 구려요."

"저 기계?"

"네. 사기예요."

"옆에 있는 걸로 해 봐."

그 애는 옆으로 옮겨 갔다. 나는 그 애가 어떻게 하는지 보려고 기다렸지만, 내가 자기에게 관심을 갖지 않기를 바라는 티를 내면서 나를 노려봤다. 그래서 한 걸음 뒤로 물러나 기도하듯이 두 손을 모았다. 그러자 그 애가 미소를 지었다. 그러더니 손잡이를 잡아당겼고, 짤랑거리는 소리를 내면서 동전들이 쏟아져 나왔다. 그 애는 비명을 지르더니, 정신 나간 당나귀처럼 킬킬대며 웃었다.

"잘했어."

내가 말했다.

"좀 나눠 줘요?"

그 애가 물었다.

"아니. 그건 네 거야."

"정말요?"

그 애가 10펜스 동전을 내밀었다.

"물론이지."

나는 박물관에서 만난 어린 아인슈타인과 그 애가 말했던 외계인과 운석을 떠올렸다. 두 소년의 자리를 바꿔 놓으면 도대체 어떤 일이 벌어질까? 나는 궁금했다.

"정말로 정말이에요?"

"너 가지라니까. 한 번 더 해 봐."

한 번 더 해 봤지만 이번에는 아무것도 나오지 않았다. 그 애가 기계를 발로 차더니 다시 처음에 하던 기계로 돌아갔고, 동전을 집어넣자 이번에는 동전이 쏟아져 나왔다.

"넌 운이 좋은 애구나."

내가 그 애에게 말했다.

"이름이 뭐니?"

"조셉 워드. 누나 이름은 뭐예요?"

"홀리 호건이야."

나는 미소를 지었다.

"우리 고모 이름이 호건이에요."

"오, 그래?"

"그런데 누나도 여행 중인가요?"

"그럼, 물론이지. 나는 온 세상과 일곱 바다를 여행하지."

그 애는 얼굴을 찡그렸다.

"여기는 아일랜드 해인데요."

"여기도 들어갈걸. 넌 어디로 가는 길이니?"

"몰라요. 우리는 배에서 내려서 차를 몰고 가다가 아빠가 길옆 긴급 대피 구역에 차를 세워요. 그러면 거기가 집이 되고, 엄마는 차를 끓여요."

"오."

"그리고 저는 방학 중인데 이제 학교에는 가지 않을 거예요. 다시는요. 아빠가 그랬어요."

"너는 운이 좋구나."

"누나는 어디로 가는 길이에요?"

그 애가 물었다.

"나도 집에 가."

그 애가 씩 웃었다.

"한 번 할래요?"

그 애가 동전 하나를 내밀었다.

"아니."

그때 나는 아일랜드 사람들이 작별 인사를 어떻게 하는지 생각났다.

"행운을 빈다."

"행운을 빌어요."

그 애가 말하고 나서 슬롯머신 쪽으로 몸을 돌렸다.

나는 그 자리를 떠났다. 빈털터리가 되어.

거센 바람 때문에 잘 열리지 않는 문을 밀었다.

밖에 나오자마자 나는 가발이 날아가지 않도록 움켜잡아야 했다. 나는 야외 갑판으로 걸어 나갔다. 그곳에는 빨강색과 흰색의 구명부이들이 걸려 있었다. 그리고 부이들 위에 '킬로글린(아일랜드 케리 주에 있는 도시)의 별'이라고 씌어 있었다. 그래서 나는 배의 이름을 알게 되었다.

갑판의 한쪽에는 바람이 불었고 다른 쪽은 잠잠했다. 모든 사람들이 바람이 불지 않는 쪽에 앉아 있었으므로, 나는 바람이 부는 쪽에 서 있었다. 한쪽 손으로 계속 가발을 붙잡고 있어야 했다. 배가 파도에 밀려 휘청거렸다. 내 머릿속에서 또 다른 서랍이 열렸다. 캐버나 가족의 집에서 악몽을 꾸고 난 뒤 아침에 일찍 잠에서 깨어났을 때, 나는 침대 옆에 두었던 엄마의 사진을 보았다. 엄마의 입술은 벌어져 있었고, 눈은 한쪽 옆을 보고 있었다. 머리카락은 바람에 흩날리고 있었고, 바람이 연인이라도 되는 것처럼 고개를 갸우뚱하고 있었다. 그리고 사실, 엄마는 언제나 나를 중요하게 생각하지 않았고 무시했다. 손톱을 바르고, 화장을 하고, 새 신발을 신어 보고, 가방을 고르면서, 나에게 꺼지라고 소리쳤다. 엄마는 언제나 나가 버렸고, 승강기 소리가 사라지고 고요해지면 나는 혼자 남곤 했다.

그리고 캐버나 가족의 집에서의 그날 아침, 나는 현실의 스카이 하우스에서 본 진짜 엄마의 모습을 기억해 냈다. 미소를 짓지 않았던 그 입술을, 찢었다. 사납게 흘겨보던 눈을, 찢었다. 종잇조각들이 침대보 위에 흩어졌다. 그리고 나는 다시 잠들었다. 다시 잠에서 깨어났을 때 찢어진 조각들을 보고, 누군가 다른 사람의 꿈속에서, 누군가 다른 사람이 한 짓이라고 생각했다.

나는 바다를 바라보았다. 바다는 아름답고 맑은 물 위에 하얀 크림 같은 거품이 떠 있었다. 마치 이제 막 끓어오르는 것처럼 보였다. 그것은 나의 기억처럼 차갑고 진실했으며, 나의 선택처럼 단단하고 투명했다.

옥스퍼드로 가는 버스 안에서 만난 클로이가 나에게 미소를 지었다.

'툴레가 보이고 있어. 하지만 아득히 멀리서. 네가 언제나 가기를 소망했던 곳.'

저 앞에, 멍든 것처럼 짙은 보라색 땅이 보였다. 아일랜드였다. 나는 미소를 지었다. 왜냐하면 이제야 나는 클로이가 했던 말의 의미를 깨달았기 때문이다. 전에는 그 말을 이해하지 못했었다.

그레이스가 상냥한 눈빛으로 거품 속에서 나를 바라보았다. 트림이 한 번도 멈춘 적이 없는 것처럼 깔깔대며 웃고 있었다. 예전에 우리 학교에 왔던 작가라는 사람에게, 나는 "현대의 기적을 믿지 않는다."라고 말했다. 어쩌면 다른 사람들에게 기적은 일어날지도 모른다. 하지만 나에게는 아니다.

이제 나는 엄마가 사라지고 난 뒤, 스카이 하우스에서 오랫동안 기다리던 기억이 떠올랐다. 밤이 오면 온 집 안의 불을 다 켜 놓았다. 아침이 되어도 학교에 가지 않았다. 왜냐하면 집에서 기다려야 한다는 것을 알고 있었기 때문이다. 나와 벽과 고요와 침묵이 있었다. 나는 이웃들에게 방해가 되지 않도록 살금살금 돌아다녔다.

내가 엄마의 침실에 들어가 엄마의 화장대 앞에 앉았을 때 내 귀에 물집이 잡힌 것과 머리카락이 헝클어지고 타 버린 것을 알았다. 나는 가위를 가져다가 타 버린 머리카락 한 덩이를 잘라 냈다. 거의 두피에 닿을 정도였다. 그리고 나는 엄마의 립스틱을 가지고 놀다가 화장대 서랍 속에서 바닷가에서 찍은 엄마의 사진을 발견했다. 그래서 나는 엄마가 준 호박 반지와 사진을 안전하게 숨겨 두었다.

그리고 나는 시리얼을 콜라에 넣어 먹었다. 우유가 다 떨어졌기 때문이었다.

그리고 한 벌의 카드 가운데 반밖에 남지 않은 동물 그림 카드를 가지고 혼자

서 카드놀이를 했다.

얼마나 오랫동안 스카이 하우스에서 나 홀로 기다리고 있었는지 모른다. 하지만 어느 순간 현관 초인종이 울렸고, 어떤 여자가 우편함을 통해서 내 이름을 부르면서 문을 두드렸다. 나는 반지와 사진을 가지고 내 침대 밑에 숨었다. 그 먼지와 낡은 신발들, 그리고 양탄자의 뻣뻣한 털들이 기억난다. 그때 누군가 내 팔을 잡아서 끌어냈고, 그렇게 스카이 하우스에서 영원히 떠났다.

배가 서서히 육지를 향해 가고 있었다. 내 꿈은 산산이 부서졌다. 젖소들이 초록색 언덕을 넘어가고 있고, 개들이 엎드려서 즐겁게 짖어 대는 꿈. 홀터 넥 드레스를 입은 엄마가 미소를 지으며 두 팔을 벌려 맞아 주는 꿈. 산뜻한 공기를 들이마시는 꿈. 명주실 같은 안개비가 내리는 꿈.

미코가 나의 두툼한 서류 파일을 손에 들고 있었다.

'엄마가 너를 떠났구나, 홀리. 그때 기분이 어땠니?'

그는 마지막으로 나를 한 번 바라보고 몸을 돌려 사라졌다.

템플턴 하우스의 내 방에서 처음 만났을 때 피오나는 슬픈 눈으로 나를 바라보았다. 나는 그녀가 원했던 아이가 아닌 다른 누군가였다.

레이가 하늘을 바라보고 있었다. 그러자 'ㅎ', 'ㅗ', 'ㄹ', 'ㄹ', 'ㅣ'라는 글자들이 흩어져서, 마치 처음부터 그 자리에 없었던 것처럼 사라졌다.

나는 바람을 피해 몸을 구부리고 앉아서 운동화 끈을 풀었다.

미코, 그레이스, 트림, 피오나, 레이. 모두 가 버렸고, 사라졌고, 내 삶에서 지워졌다. 이제는 그들이 나를 떠나는 게 아니라 내가 그들을 떠나려고 한다.

구름 사이로 햇살이 비스듬히 비쳤고, 파도가 춤을 추었다.

'가는 거야, 얘야. 너와 내가, 영원히.'

솔러스가 속삭였다.

마치 삼키는 법을 잊어버린 것처럼 목이 메었다.

'무서워하지 마. 어서 가.'

나는 운동화를 벗었다.

'마음이 변하기 전에. 빨리.'

나는 미끄러지듯 나아가고 있는 배의 난간에 매달렸다. 발아래에는 뒤로 길게 이어진 물거품이, 영국으로 돌아가는 길을 따라 부글거리며 춤추고 있었다. 햇살이 물 위에 어른거렸다.

'길 위에서 신을 만날 수 있을 거야, 홀리. 길 위의 신. 길 위의 신.'

필은 트럭을 타고 숲의 정상을 통과하면서 드넓은 세번 강을 내려다보았다.

'어서 하라고.'

과거의 목소리들, 좋은 것들과 나쁜 것들, 나에게 관심을 가졌던 사람들과 그렇지 않았던 사람들. 타이타닉호에 탔던 소녀가 웃고 있었다. 그녀의 머리카락이 길을 안내하는 여신처럼 바람에 흩날렸다.

'지금이야, 뛰어내려.'

고함과 웃음소리, 그리고 밀고 당김. 사각형의 무대가 섬광처럼 번쩍였다. 몸들이 비틀려서 모였다가 다시 흩어졌다. 누군가의 팔이 나를 치고 지나갔다. 내 안의 솔러스가 사납게 고함을 질러 댔다. 뛰어내려! 배는 돌진했고, 파도가 철썩였다. 나의 창백한 금발 머리카락들이, 마치 하늘로 올라가려는 것처럼, 위로 그리고 사방으로 흩어졌다.

46. 솔러스 솟아오르다

하지만 내가 뛰어내리기 전에 어떤 일이 일어났다. 돌풍이 나를 덮쳐서 가발이 날아갔다. 잡으려고 했지만 너무 빨랐다. 그것은 스치듯이 지나가면서 배 밖으로 날아가 허공에서 춤을 추었다. 머리카락들이 마치 연의 꼬리처럼 둥근 고리를 만들었다. 그리고 하늘로 치솟더니 머리카락들이 회전 폭죽처럼 은빛으로 맴돌았다. 보이지 않는 사람이 가발을 쓰고 기쁨에 겨워 빙글빙글 돌고 있는 것 같기도 했다. 그러고 나서 아래로 떨어지더니 나에게서 멀어져 갔다. 나의 갈색 머리카락이 얼굴 위로 거칠게 흩어졌다. 피오나의 목소리가 머릿속에서 들려왔다. '홀리, 내 머리카락이 다시 자라더구나. 형태는 달라졌지만.'

나는 숱이 적은 갈색 머릿결을 만져 보았다. 내 머리카락이었다. 그것들은 강하고 곧았으며, 타고 그을린 냄새는 이미 사라졌다.

가발이 마지막으로 반짝이는 금발을 휘날리며 크림 같은 거품 속으로 떨어지더니 사라져 버렸다.

나는 가발을 뒤쫓지 않았다. 나는 그 자리에 서 있었다.

피오나가 나의 어깨에 손을 얹는 것 같았다. 피오나는 가 버린 게 아니라, 투팅 브로드웨이 시장에서 내 이름을 부르면서, 나를 향해 다가오고 있었다. 그리고 쇼핑을 하던 사람들도 뒤를 돌아보면서 내 이름을 불렀다. 그 속에서 키가 문만큼 큰 미코가 소리치고 있었다.

"기다려, 기다려, 홀리 호건. 기다리라고."

그리고 가발은, 피오나의 힘들고 아팠던 시절처럼 하얀 물거품 속으로 멀리 사라졌다. 아마도 그것은 넓은 바다로 떠내려가 일곱 바다를 여행하게 될지도 모른다. 어쩌면 바닷속으로 가라앉아 밑바닥에서 떠돌아다닐 것이고, 그러면 물고기들이 창백한 금발의 머릿결 사이를 헤엄칠 것이고, 조개껍질 위에 붙어 있게 될 수도 있을 것이다. 혹은 아일랜드까지 갈지도 모른다. 나뭇가지나 해초들과 함께 해변으로 밀려가, 밀물과 썰물 때마다 모래 위를 굴러다닐 수도 있다. 그러면 갈매기들이 머리카락을 뽑아 둥지를 지어, 솜털이 난 통통한 아기 새들이 그 속에서 포근하고 보송보송하게 지낼 수 있을지도 모른다.

나는 모른다.

하지만 솔러스는 사라졌다. 그리고 열다섯 살하고 하루가 지난 홀리 호건이 돌아왔다.

47. 툴레

　나는 배의 난간에서 내려와 맨발로 갑판 위를 터벅터벅 걸었다. 운동화를 다시 신는 것을 잊어버렸다. 배 앞으로, 희미한 지평선이 바위와 언덕, 그리고 들판으로 이루어진 분홍색과 회색 얼룩으로 펼쳐졌다. 로슬레어 항이 나타났다. 암소들이 어슬렁거리는 초록색 언덕과 푸른 바다와 구불구불한 길과 깎아지른 듯한 절벽, 햇빛이 있는 곳이었다. 그리고 그곳은 꿈처럼 어슴푸레하게 빛나는 아일랜드였다.

　하지만 나는 하선하는 줄을 서지 않았다. 몰래 올라탈 차를 찾기 위해 선창으로 내려가지도 않았다. 나는 갑판 위에 서서 항구와 사람들과 자동차들을 바라보았다. 나는 아일랜드의 공기를 들이마셨다.

　그리고 나는 난간을 떠나 배의 사무장이 있는 곳으로 갔다. 그곳에서는 제복을 입은 남자와 여자 들이 수다를 떨고 있었다. 나는 사무실 안으로 들어가 내가 어떻게 밀항을 했는지 말했다. 그들은 내가 이야기를 꾸며 낸다고 생각하고 웃었다. 하지만 나는 마주 웃어 주지 않았다. 나는 더 이상 말을 할 수도 없었다. 그때 그들은 내가 신발도 신지 않은 데다 지저분하고 엉망인 상태라는 것을 알아차렸다.

어떤 남자가 내가 누구인지 엄마는 어디에 있는지 물었다. 나는 내 이름이 홀리 호건이고, 나이는 열다섯하고 하루가 지났으며, 나는 엄마가 없고, 런던의 머큐셔 로드에 사는 피오나와 레이가 나의 위탁 부모라고 말했다.

그들은 나에게 배에 머물러 있으라고 했고, 작고 동그란 유리창이 있는 방을 마련해 주었다. 어떤 여자가 나에게 생선튀김과 콜라를 갖다 주었고, 나는 그것을 허겁지겁 먹어 치웠다. 그다음에 화장실에 가서 먹은 것을 다시 죄다 토해 냈다. 그들은 나를 배에 태워 영국으로 돌려보내 주었고, 나는 아일랜드 땅에 발가락 하나 내려놓지 못했다. 항해하면서 툴레를 지나가게 됐지만 멈출 시간이 없던 로마 인과 마찬가지였다. 그런데 나는 어쩌면 슬프기도 했고 그렇지 않기도 했다. 왜냐하면 나는 언젠가 다시 그곳으로 항해를 할 것이기 때문이었다.

나는 차에 태워져 웨일스를 지나 런던으로 돌아갔다. 차를 타고 돌아갈 때의 기억은 별로 나지 않는다. 창밖을 내다보았으나 고속 도로를 지나가고 있어서 보이는 게 많지 않았다. 그래서 잠들었다.

48. 뒤에 남은 흙먼지

사람들은 나를 아동보호치료시설에 보내지 않았다. 그 대신 남부 런던의 언덕 위에 있는 정신적인 문제가 있는 사람들을 위한 병원에 수용되었다. 병원 간판을 보았을 때 나는 거의 미칠 뻔했지만, 간호사가 와서 나는 아주 잠깐 이곳에 머무는 것이고, 이곳에 있다고 해도 내가 미쳤다는 건 아니기 때문에 걱정할 건 없다고 설명해 주었다. 그리고 주사를 맞거나 구속복을 입을 걱정은 할 필요가 없으며, 내가 있는 병동에 있는 다른 사람들도 나처럼 그저 피곤하고 우울하며 여러 가지 일들에 대해 이야기할 필요가 있을 뿐이라고 했다.

그리고 모든 것이 괜찮았다. 나는 갇혀 있지 않았고, 커다란 창문으로 햇살이 쏟아져 들어왔다.

여자 심리 상담가가 날마다 나를 만나러 왔다. 그녀는 위탁 아동을 위한 전화를 받던 게일이라는 여자와 목소리가 비슷했다. 하지만 이름은 라지트였으며 인도 사람이었다. 우리는 마주 앉아 좋아하는 것과 싫어하는 것에 대해 수다를 떨었다. 색깔, 숫자, 음식 같은 것들이었다. 그러다가 내가 그녀에게 길과 하얀 중앙 분리대에 대해 이야기했고, 마침내 내가 어떻게 스카이 하우스까지 도달하게 되었으며 그곳에서 무엇을 발견했는지 말해 주었다.

나는 배에서 거의 뛰어내릴 뻔했던 이야기도 했다.

"왜 운동화를 벗었지, 홀리?"

그녀가 물었다.

"몰라요. 그냥 그렇게 했어요."

"뛰어내릴 생각이었니?"

"네. 아마도요."

"죽을 작정이었던 거니?"

"네. 그랬던 거 같아요. 제 말은, 그렇지 않으면 왜 뛰어내리겠어요? 잠깐 수영을 하려고 커다란 배에서 뛰어내리지는 않잖아요, 그렇지 않나요?"

"그러면 왜 운동화를 벗은 거야?"

라지트 여사는 내 말문을 막히게 만들었다.

"몰라요. 아까도 말했지만."

하지만 나는 그녀가 무엇을 지적하고 싶은지 알아차렸다. 그때 나는 뛰어내리고 싶었지만, 동시에 수영을 하고 싶기도 했던 것이다. 운동화를 벗었다는 것은, 살아날 기회를 얻고자 했던 것일 수도 있었다. 어쩌면 다른 배가 지나가다가 나를 건져 줄 수도 있으니까. 하지만 어차피 내가 뛰어내리지도 않았는데, 왜 묻는 것일까? 라지트 여사는 미소를 지었고 다음 질문으로 넘어갔다.

그러고 나서 질문의 여왕인 피오나의 면회가 허락되었다. 나는 그녀가 화를 내며 펄펄 뛸까 봐 무서워서 긴장을 하고 있었다. 그녀가 침대들 사이의 통로를 걸어오는 것을 보자 몸이 떨렸다.

"오, 홀리."

나를 보고 그녀가 한 말은 그뿐이었다.

"홀리."

그녀는 침대에 걸터앉았고, 눈에는 눈물이 고였다. 나는 공식적으로, 작살을 맞은 마지막 고래였다.

그녀는 레이와 자기가 미칠 것 같아서 얼마나 오락가락했는지, 그리고 그녀가 걱정이 되어 조각보 이불을 만들기까지 했다는 이야기를 했다. 사실 그건 농담처럼 들렸다. 왜냐하면 그녀는 바느질 솜씨가 없었기 때문이다. 그리고 그녀는 네모난 헝겊들을 이어 붙이면서, 자기가 무슨 잘못을 해서 내가 달아났을지 내내 생각했다고 했다. 나는 입술을 깨물었다. 그리고 가발에 대해, 가발이 어떻게 나를 홀려서 솔러스라는 나쁜 여자가 되도록 만들었는지에 대해 털어놓았다. 그리고 내가 길을 떠난 것과 웨일스로 가는 길 내내 따라가던 흰색 중앙 분리대와 아일랜드로 가서 엄마를 찾으려고 했던 것들을 이야기했다. 그리고 나서 나는 그녀에게 다리미와 엄마가 내 머리카락을 태웠던 것과 스카이 하우스에서 일어났던 진짜 일들에 대해 말했다.

"오, 홀리."

그녀가 속삭였다.

"정말로 기억이 났구나."

그리고 그녀는 매일 저녁에 나를 보러 왔다. 레이와 함께.

피오나는 포도와 잡지책, 그리고 여러 조각의 피자들을 갖다 주었다. 병원 부엌에 있는 전자레인지에서 조리하는 게 허용되는 것들이었다. 그리고 레이는 내가 잃어버린 것을 대신할 새 아이팟을 사다 주었다. 그 속에는 내가 좋아하는 '폭풍주의보'의 노래와 그가 따라 부르곤 하던 괴상한 밴드인 '현악 이론String Theory'의 노래가 들어 있었다.

어느 날 피오나가 나의 서류들을 갖다 주었다. 나는 내 서류를 볼 수 있는 권리가 있었고, 내 권리를 행사하고 싶었다. 경찰 보고서에는 엄마가 도박과 마약 중독자였고, 데니 아저씨는 마약 공급책이자 중독자라고 씌어 있었다. 사회 복지국이 엄마에 대해 알게 되어서 나를 아동 보호 대상자로 등록해 놓았다. 그러자 엄마는 밀항을 해서 아일랜드로 돌아간 뒤 사라져 버렸다. 떠나기 전에 엄마는 사회 복지국에 전화를 걸어서 내가 아파트에 남아 있으니 데려가라고 말을 했다. 서류에는 사회 복지국 사람들이 나를 발견했을 때 나는 머리카락이 타고 잘려진 상태였고, 귀에는 물집이 잡혀 있었으며 발은 부어 있었다. 나는 오직 "엄마는 어디에 있어요?"라고 묻는 것밖에는 아무 말도 하지 않았다고 적혀 있었다. 따라서 나는 내 기억이 진실 그대로 돌아왔음을 알았다.

그 일은 서류와 내 머릿속에 동시에 남아 있었지만, 내가 밀폐해서 격리해 두었던 것이다.

피오나는, 그녀가 나라면 — 자기를 사랑해 줘야 마땅한 사람이 그런 식으로 자신의 삶에서 사라져 버렸다면 — 엄청나게 화가 날 것이고 그 사람에게 복수하기 위해 전 세계를 향해 핵무기라도 터뜨렸을 것이라고 말했다. 고래를 구하고자 하는 눈빛을 지닌 피오나가 세상을 향해 핵무기를 사용하겠다고 했을 때 나는 미소를 지었다.

레이는 북부에 일자리를 얻었지만 포기했다. 그는 피오나와 나에게 한가하게 살고 싶었으며, 주말의 초과 근무 같은 건 내던지고 베이스 기타를 계속 연주하고 싶었다고 설명했다. 그는 나의 사례에 대한 회의를 할 때 나를 옹호해 주었다. 그는 내가 집에서 생활을 잘했으며, 따로 말하지 않았는데도 담배를 끊었고, 우리 세 사람 모두 함께하는 생활을 다시 시도하고 싶어 한다고 말했다. 피오나는 고개를 끄덕이면서 눈물을 흘렸고, 나는 내 손을 내려다 보면서 담배를 피우고 싶다는 생각을 했다. 하지만 사람들은 레이의 말을 믿어 주었고, 찬성했다.

그래서 나는 머큐셔 로드 22번지로 돌아갔다. 병원에서 나올 때, 레이와 피오나는 나의 깜짝 생일 선물로 강아지를 줄 생각이었다고 말했다. 내가 달아났던 날 피오나가 늦게 집으로 돌아온 것은 그것 때문이었다. 그녀는 개 사육장에 가서 강아지를 골랐다. 우리는 강아지가 태어난 지 8주가 지나서 어미 곁을 떠나도 괜찮은 때가 되기를 기다렸다. 그리고 강아지는 집으로 와서 우리와 함께 지내게 되었다.

이제 그 강아지는 우리와 일 년 이상을 함께 지냈으며, 미코가 늘 하던 말을 빌리면, 못 말리는 멍청이가 되었다. 우리 개가 멀리 떨어진 앞발과 뒷발로 배를 바닥에 문지르고 다니는 것을 보면, 꼭 길게 늘여 놓은 리무진같이 생겼다. 나는 우리 개를 로자벨이라고 부르지 않았다. 왜냐하면 우리 개는 수놈이기 때문이다. 우리 개의 이름은 사람들이 가고 싶어 하는 꿈의 장소, 툴레이다. 하지만 우리는 이따금 툴레를 바보라고 부른다. 침질질이라고 부를 때도 있다. 그 개가 하는 짓 때문이다.

나는 학교로 돌아갔고, 카루나와 나는 공식적인 짝꿍이 되었다. 그리고 우리는 이따금 초인종 누르는 취미를 가진 미친 맥스와 함께 어울렸는데 왜냐하면 우리보다 그 애가 더 제정신이 아니었기 때문이다. 도시에서 나고 자란 카루나는 고스(1980년대에 유행한 록 음악의 한 형태. 가사는 주로 세상의 종말, 죽음, 악에 대한 내용을 담음)에 몰두해서, 농담이 아니라 진짜, 나무로 짠 자기 관까지 갖고 있었다. 앳킨스 선생님은 나에게 제인 에어가 로체스터 씨와 결혼해서 프랑스의 휴양지로 신혼 여행을 갔다가 그가 이미 결혼한 사람이고 그녀를 속였다는 사실을 알게 되었을 때 어떤 일이 벌어질지에 대해 가상의 이야기를 길게 써 오라고 했다. 나는 그녀가 화가 나서 영국으로 돌아가기 위해 노를 젓는 배를 훔쳤지만, 오히려 해적에게 사로잡히게 되었다고 썼다. 그래서 그녀도 해적이 되기로 결심했으며, 모든 남자 해적들이 그녀를 사랑하게 되어 그녀가 두목이 되었고, 그녀가 훔친 수많은 보석들 덕분에 그녀의 이름은 제니 주얼 더 크루얼Janie Jewel the Cruel이 되었다고 했다. 어쨌든 진짜 『제인 에어』보다는 나았다. 앳킨스 선생님은 나에게 'A-'를 주었고, 그 이야기를 반 아이들 앞에서 큰 소리로 읽었는데, 카루나는 내가 결코 잊지 못할 반응을 보였다.

나는 여전히 일주일에 한 번 라지트 여사를 만난다. 이따금 말이 나오지 않을 때도 있지만, 그러면 오히려 내가 스카이 하우스의 기억을 끄집어낸다. 여행을 하면서 만났던 모든 사람들에 대한 이야기를 할 때도 있다. 나는 그녀에게 지도를 보여 주면서 그곳에서 만났던 좋은 사람들을 수호천사처럼 묘사하기도 한다. 왜냐하면 그들은 아무런 대가 없이 나에게 중요한 도움을 주었기 때문이다.

툴레에 대해 설명해 주었던 클로이.

샌드위치를 주었던 킴.

자석 남자.

내가 이름조차 물어보지 않았던 오토바이를 탄 소년, 그리고 트럭에 돼지들을 싣고 가던 커크도.

나에게 무용수 같은 몸매를 가졌다고 말해 주었던 시안.

그리고 보이지 않는 생일 초를 꽂은 케이크를 나에게 사 준, 슬픈 채식주의자의 눈빛을 지닌 필. 여전히 신이 그의 내면에 있을 거라고 나는 장담한다. 그리고 그는 직업을 바꿀 계획을 짜면서, 치즈를 실은 트럭을 타고 흰색 중앙 분리대를 따라 경치가 좋은 길로 다니고 있을 것이다.

템플턴 하우스 사람들은 다시는 만나지 못했다. 나는 여전히 머릿속에서 미코의 목소리를 듣는다. 그리고 등에 기타를 멘 채, 언덕 꼭대기에서 나를 내려다보면서 웃고 있는 그의 모습을 본다. 그가 잘 지내고 있으면 좋겠다. 레이철은 나에게 트림이 아동보호치료시설을 떠나자 곧바로 소년 범죄를 저질렀다고 알려 주었다. 그러니 그는 카지노를 시작할 기회를 영영 놓쳐 버렸다. 그리고 그레이스는 보육원을 떠났고, 어디로 간다는 말도 남기지 않았다. 그래서 나는 잡지를 사면 슈퍼 모델이 된 그 애의 얼굴이 있는지 훑어 본다. 잡지 속에는 피부색이 다양한 예쁜 여자들이 많이 나온다. 때때로 캐러멜빛 뺨에 땋은 머리가 눈에 띄면 잠시 동안 나는 한 번 더 사진을 들여다본다. 하지만 그게 누구건, 검은 동전처럼 빛나는 눈동자와 젠체하는 미소를 지닌 그레이스와는 비교도 되지 않았다. 하지만 나는 언젠가는 그 애가 꿈꾸었듯, 보석과 스팽글로 치장한 옷을 입고 패션쇼 무대에 선 그 애를 보게 되리라는 희망을 계속 지니고 있을 것이다.

'그건 마치 하늘로 향해 걷고 있는 기분일 거야, 홀리.'

잡지 속 화보에 실린 그 애가 말하고 있다.

'홀리, 천국을 향해 걷는 거야. 죽지도 않았는데 말이야.'

감사의 말

2004년에 내가 아동 인권에 대한 연수 과정을 밟을 때 옥스퍼드에서 만난 사회 복지사들에게 깊은 감사를 전한다. 그들이 하는 일에 대해서 들은 이야기들이 많은 영감을 주었다. 특히 피터 트레드웰은 '돌봐 주어야 할' 아이들의 영역에서 일어나는 많은 일들을 직접 전달해 주었다. 또한 '아동 상담 전화 Childline'와 '후 케어즈? 트러스트 Who Cares? Trust'. 그들의 소중한 간행물들에 대해서도 감사한다.

피오나 던바, 오나 에머슨, 헬렌 그레이브즈, 소피 넬슨, 앨리슨 리치, 린다 사전트, 애나 시이스, 그리고 리 웨덜리 모두에게 소중한 도움을 받았다. 그리고 나의 에이전트 힐러리 델라메어와 나의 다섯 편집자들인 애니 이턴, 켈리 허스트, 벨라 피어슨, 벤 샤프 그리고 특히 데이비드 피클링에게 말로 다 할 수 없는 빚을 졌다. 여정은 험난했으나 그들은 결코 포기하지 않았다.

마지막으로, 옛날 간선 도로를 취재하는 여행길에서 운전을 해 준 제프에게 감사한다. 그것은 홀리가 말했듯이, 하늘을 향해 뛰어오르는 도약과도 같았다.

나를 찾아가는
징검다리 소설

나는 솔러스

초판 인쇄 ┃ 2013년 5월 31일
초판 발행 ┃ 2013년 6월 10일

지은이 ┃ 시본 도우드
옮긴이 ┃ 부희령
펴낸이 ┃ 황호동
편집 ┃ ㈜나이테북스
디자인 ┃ ㈜나이테북스
펴낸곳 ┃ ㈜생각과느낌
주소 ┃ 서울시 마포구 창전동 2-43 2층
전화 ┃ 02-335-7345~6
팩스 ┃ 02-335-7348
전자우편 ┃ tfbooks@naver.com
등록 ┃ 1998.11.06 제22-1447호

ISBN 978-89-92263-23-8 (43840)